타나카 유 지음
Llo 일러스트
신동민 옮김

전
생
했
더
니 검
이
었
습
니
다

1

"보고를 듣죠."
"아아. 크랄 파티와 함께 현장으로 향했는데,
거기서 프란 씨를 만났소."
"전투는 이미 끝난 뒤였습니다."
"그렇습니까.
그럼 프란 씨에게 듣고 싶군요……"
길드 마스터가 가볍게 한숨을 쉬었다.
프란이 말수가 적다는 사실을
알기 때문일 것이다.
어떻게 이야기를 시킬까 걱정하는 얼굴이었다.
뭐, 사태가 꽤나 긴박한 거 같으니
여기서는 내가 거들어줄까.

원래 인간이었던 검
스승

고양이 귀 소녀
프란

길드 마스터
클림트

프롤로그

눈을 뜨고 처음 한 생각은 어둡다였다.

뭐지? 밤인가?

하지만 다음 순간, 왼쪽에서 빛이 들어오는 것이 느껴졌다.

나는 빛에 이끌리듯이 그쪽으로 눈길을 돌렸다.

그리고 너무나도 아름다운 광경이 내 눈에 들어왔다.

어스레한 하늘 아래 끝없이 펼쳐진 지평선. 그 가장자리에서 후광처럼 빛이 비치고 있었다.

태양이 솟아오르고 있는 것이다. 떠오르는 태양이 마치 무지개처럼 빛나서, 나는 어울리지도 않게 감동하고 말았다.

그럼 반대편은 어떻게 돼 있을까?

오른쪽으로 눈길을 돌렸다. 이쪽에서는 지평선 너머로 달이 지려고 하고 있었다.

놀랄 만큼 거대한 은빛 원반. 그 꼭대기가 바야흐로 지금 지평선 너머로 사라지려 하고 있었다. 전체 모습은 이미 보이지 않았지만, 얼핏 보이는 부분만으로도 그 거대함을 알 수 있었다.

압도되는 광경이었다.

30년간 살면서 이렇게 아름다운 광경은 본 적이 없었다. 눈물이 나오지 않는 게 이상할 정도였다.

아니, 잠깐만. 30년간 살면서?

내가 지금 살아 있는 건가? 아니, 난 죽은 건가?

내가 기억하는 마지막 광경은 맹렬한 속도로 돌진해 오는 새빨

5

간 오픈카였다. 운전석에 앉은 경박한 남자는 스마트폰을 한 손에 들고 엉뚱한 곳을 보면서 큰 소리로 웃고 있었다.

네, 운전 중에 딴짓을 하고 계시네요. 즐겁게 웃고 계시네요. 하지만 이쪽은 전혀 즐겁지 않다고 이 멍청한 자식아!

그렇게 마음속으로 소리를 지른 것까지는 기억하고 있는데…….

아마 죽었을 것이다. 아니, 죽었겠지?

『으─음. 어떻게 된 거지……?』

『여어. 이제야 눈을 떴나?』

『우왓! 누구야!』

느닷없이 울려 퍼진 목소리. 하지만 인기척은 느껴지지 않았다.

아니, 머릿속에서 울린 거 같은데?

『이제부터 힘들겠지만, 힘내.』

『어? 무슨 소리야?』

『그럼, 또 보자고──.』

그렇게 남자의 목소리는 들리지 않게 됐다.

『어라? 여보세요?』

불러봤지만 대답은 없었다. 도대체 어떻게 된 거지? 환청? 그런 것치고는 또렷하게 들렸는데…….

그리고 주위를 둘러보기 위해서 몸을 움직이려고 하다가 깨달았다.

몸이 움직이지 않는다.

『어? 뭐지? 아니, 내가 어떻게 된 거지?』

묶여 있는 게 아닌가 싶었지만, 상황은 그렇게 단순하지 않은 듯했다.

몸의 감각이 이상했다. 우선 손과 발의 감각이 없었다. 아니, 애초에 손도 발도, 다른 감각들도 모두 이상했다.

『눈꺼풀도 없어. 눈도……. 눈의 감각이 안 느껴지는데 사물을 어떻게 보고 있는 거지?』

나는 자신의 몸을 내려다봤다. 조금 불안했지만 시선은 약간이나마 움직일 수 있었다.

『……검이네.』

시선 앞에 있었던 것은 받침대에 꽂힌 한 자루의 검이었다.

그 검이 자신의 몸이라는 사실을 나는 어째선지 자연스럽게 이해할 수 있었다.

이해의 범주를 넘은 사태.

그런데 검=자신이라고 의심할 여지도 없이 이해할 수 있었다.

눈——같은 뭔가는 도신의 밑동이었다. 날밑과 도신 사이에 있는 모양이었다. 몸이 검인데 어떻게 사물을 보는 거지? 의문이 들었다.

『죽어서…… 검으로 전생한 건가?』

어디선가 본 황당무계한 라이트 노벨 같다.

꿈이라고 생각하고 싶지만, 이 몸으로는 뺨을 꼬집어볼 수도 없다.

『일단, 피부 감각? 같은 건 있는데.』

자신의 도신이 아래쪽에 자리한 받침대에 꽂혀 있다는 건 이해했다. 피부의 촉각과는 다르지만, 뭔가가 닿는 감각이 느껴지는 듯했다.

『진짜 이세계인 건가?』

적어도 지구는 아니었다.

왜냐하면 달이 잔뜩 떠 있었기 때문이다. 바로 위를 올려다보니 빨강, 파랑, 초록, 보라, 노랑, 분홍을 띤 여섯 개의 달이 하늘에서 어슴푸레 빛나고 있었다.

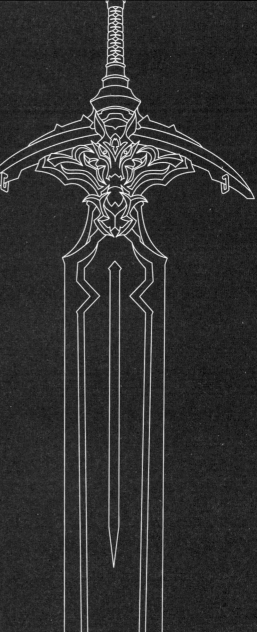

전생했더니 검이었습니다

"I became the sword by transmigrating"
Story by You Tanaka, Illustration by Llo

1

타나카 유 지음
Llo 일러스트
신동민 옮김

CONTENTS

"I became the sword by transmigrating"
Volume 1
Story by Yuu Tanaka, Illustration by Llo

제1장 　대초원의 외톨이 검

　나는 지구라고는 생각할 수 없는 광경에 놀라면서도 자신의 상황을 확인하기 시작했다.

　『이세계로 전생하는 라이트 노벨이라면 보통 치트 능력이 생기는데 말이야.』

　검으로 전생한 내가 애초에 스킬 같은 것을 다룰 수 있을까. 설마 검으로 전생한 일 자체가 치트 취급을 받는 건 아니겠지. 아니, 전생하면 치트 능력을 얻는 편한 전개가 내게도 펼쳐질 거라고 생각하는 것 자체가 애초에 어리석을지도 모르겠다.

　『전생 치트의 정석은 감정안(鑑定眼)인데⋯⋯ 오오, 진짜 있는 거야?』

　아무래도 편한 전개가 펼쳐지려나보다.

　나의 스테이터스를 똑똑히 확인할 수 있었다.

　명칭 : 불명
　장비 등록자 : 없음
　종족 : 인텔리전스 웨폰
　공격력 : 132　 보유 마력 : 200/200　 내구도 : 100/100
　자기 진화 〈랭크 1〉
　스킬 : 감정 6, 자기 수복, 염동, 염화, 장비자 스테이터스 상승【소】, 장비자 회복 상승【소】, 스킬 공유, 마술사

왠지 굉장해 보였다. 개별적으로 확인할 수 있는 듯해서 확인해봤다.

감정 6 : 눈에 보이는 사물의 정보를 표시한다.

자기 수복 : 무구 자신의 파손을 자동적으로 수복한다. 완전히 파괴되지 않는 한 복원이 가능하다.

염동 : 마력을 사용해서 몸을 쓰지 않고 물체에 간섭한다.

염화 : 마력을 사용해서 정신으로 타인과 대화한다.

장비자 스테이터스 상승【소】: 장비자의 모든 스테이터스를 미세하게 상승시킨다.

장비자 회복 상승【소】: 생명력과 마력의 회복 속도를 약간 상승시킨다.

스킬 공유 : 현재 세트된 스킬을 장비 등록자와 공유하고 장비 등록자에게 부여할 수 있다.

마술사 : 마력의 흐름을 감지한다. 마술을 사용할 수 있다는 증거.

스킬의 뒤에 달린 숫자는 스킬의 레벨인 것 같군. 대뜸 감정 6이라니, 나 꽤 대단한 거 아냐? 아니, 상한이 999일 가능성도 있으니까 기뻐하기는 아직 이른가?

하지만 적어도 평범한 무기는 아니었다. 의미를 알 수 없는 항목이나 스킬도 몇 개 있었지만, 대단한 분위기만큼은 전해졌다. 어떻게 보면 레어 무기나 유니크 무기로 분류돼도 좋을 능력이었다.

다만 명칭이 불명이었지? 감정 레벨이 부족한 걸까, 원래부터 없는 걸까. 검인데 생전의 이름을 대는 것도 이상하고———. 어라? 생전의 이름? 내 이름이 뭐였더라? 어라? 진짜 생각이 나지 않는다. 어?

『으음……. 진짜 생각이 안 나네.』

다른 건 생각나는데.

서른 살. 남자. 회사원. 독신. 취미는 애니메이션, 만화, VRMMO, 독서(라이트 노벨 한정). 성격은 주위에서는 긍정적이라고 말할 때가 많다. 좋아하는 음식은 카레, 싫어하는 음식은 없다. 여자 친구도 없다. 아니, 여성을 사귄 적이 없다.

『왠지 서글퍼지는군…….』

뭐, 다른 기억은 있으니까 조만간 생각나겠지. 어차피 인간에서 검으로 전생했으니까 기억이 어긋나는 일쯤은 일어나도 이상하지 않다.

기억에 관해서는 어떻게도 할 수 없으니까 일단 미뤄두자.

다음은 외양을 체크하자.

도신은 하얗게 빛나는 불가사의한 금속에 파란 세로줄 세 개가 들어가, 좋게 말해서 겉보기엔 아름다웠다. 모양은 이른바 롱소드일 것이다.

색조를 억제한 금빛 날밑에는 은빛으로 빛나는 용맹스러운 늑대 조각과 푸른 장식 끈. 손잡이에는 파랗고 하얀 끈들이 격자 모양으로 짜여 있었다.

자화자찬이지만, 이리 보고 저리 봐도 단순한 양산품이 아니었다. 가격이 상당한 검으로 보였다.

다만 공격력 132라는 수치가 얼마나 센지 알 수 없었다. 졸부가 만들어서 장식만 과다하게 들어간 칼일 가능성도 제로는 아닌 것이다. 스킬도 있으니까 가능성은 낮다고 생각하지만.

만약 그렇다면 최악이다. 졸부의 칼이라면 스스로 화로에 뛰어들어 죽자(?).

그런데 화려한 검이다. RPG라면 상당히 후반부에 등장하는 느낌의 신비한 모습이었다.

『근데, 검이구나.』

마음속으로 한숨을 토했다.

생전에 미남이었던 건 아니다. 그렇다고 눈에 띌 만큼 못생기지도 않았다. 뭐, 흔하고 흔한 오타쿠 1이었던 셈이다. 그러므로 생전의 육체에 미련은 없다. 전생해서 다른 몸이 되었다고 해도 딱히 불만은 없었다. 오히려 전생을 희망했기 때문이다.

하지만 검은 아니잖아. 검은.

이제 식사도 할 수 없고 게임도 할 수 없다. 동정도 뗄 수 없다.

그, 그렇다. 나는 현자 확정이다! 이제 평생 이 십자가를 지고 살아가야 한다.

『............』

절망적이다. 손발이 있다면 통곡의 오체투지 확정 코스였겠지.

잠깐, 스킬에 있는 마술사는 그런 뜻인가? 그러고 보니 그 스킬만 다른 것과 성질이 다른 느낌이었는데······. 까불지 마! 안 웃기다고!

얼마나 낙담하고 있었는지 스스로도 알 수 없었다. 5분이었을까, 1시간이었을까. 잠시 멍하니 있자니 왠지 점점 바보 같아졌다.

『지금의 나는 검이니까 그런 걸 신경 쓸 필요가 없잖아? 어차피 검이니까.』

결코 현실도피가 아니다. 정말이다.

게다가 전생하지 않았다면 분명 그 자리에서 죽었을 것이다.

잘 생각해보면 운이 좋았던 걸지도 모른다. 죽었을 텐데 이렇게 의식만이라도 남겼으니 말이다.

그렇다. 검이 되는 건 아무나 경험할 수 있는 일이 아니다. 즐기지 않으면 손해가 아닌가.

그렇게 생각하자 왠지 속이 후련해졌다.

뜻밖에 얻은 제2의 인생. 아니, 검생. 이왕이면 검으로서 정점을 목표하는 것도 괜찮을지도 모른다.

검으로서의 정점은 뭘까? 뭐, 우선은 누군가가 써주지 않으면 이야기가 시작되지도 않겠지. 예를 들면 용사? 하지만 용사의 검은 마왕 따위와 싸우느라 고생도 많을 것 같다. 경우에 따라서는 부러지기도 하고 말이다. 그래서 전설의 대장장이(드워프)가 고쳐주는 거다. 게다가 용사라고 하면 고지식하게 정의를 추구할 테고, 숨이 막히는 몸짱에 아마 미남일 테니 나와는 정반대 존재다. 솔직히 친해질 수 있을 것 같지 않다.

이왕이면 여성이 써주면 좋겠다. 귀엽다면 더할 나위 없겠지만, 못생기지만 않으면 된다. 뇌까지 근육인 용사보다는 훨씬 낫다.

남은 건 검 실력이다. 실력이 굉장한 검사가 나를 써서 적을 뎅강뎅강 베어 쓰러뜨리고 영웅이 된다. 그리고 그 애검으로 수백 년 뒤의 교과서에 실리는 것이다.

……뭐 꿈이니까 말하는 것뿐이라면 자유다. 꿈은 커도 상관없지 않을까?

일단 이 평원에서 어떻게 탈출하느냐가 문제지만 말이다.

아까 들린 남성의 목소리는 아무리 애를 써도 들리지 않으니 지금은 생각하지 말자.

그러면 우선은 주위의 상황을 확인해볼까.

내가 있는 곳은 낡은 유적 같은 장소였다. 지붕도 없이, 널따란 대평원에 덩그러니 존재하고 있었다. 나는 그 중심에 설치된 받침대에 보검처럼 꽂혀 있었고, 그 받침대의 사방에는 사당 같은 시설이 자리하고 있었다. 이끼가 낀 정도가 아니라 지붕의 균열에서 어엿한 나무가 자란 사당도 있어서, 사람들에게 잊혀 방치된 시간의 길이를 느낄 수 있었다.

이건 그건가? 도착한 자에게 주어지는 전설의 무구 같은 위치인 건가? 그런 것치고는 주위가 던전처럼 느껴지지 않았다.

받침대 탓에 몸을 돌릴 수가 없어서 뒤쪽은 확인할 수 없었다. 하지만 둘러보는 한 높은 나무 없이 수풀과 키 작은 나무만 있는 평원이 이어져 있었다.

한곳을 집중해서 보니 저 멀리 때때로 움직이는 그림자도 있었다. 동물일까.

『사람 하나 안 보이네.』

자력으로는 못 움직이는 건가.

아니 잠깐만. 스킬에 분명히 염동이 있었을 테다. 혹시 이걸로 움직일 수 있지 않을까?

『음.』

집중하자. 염동 염동.

그러자 내 몸이 언뜻 가벼워진 느낌이 들었다.

받침대에서 도신이 어렴풋이 떨어진 감각이 느껴졌다.

그 감각을 소중히 여기며 검이 하늘을 나는 이미지를 떠올렸다.

『오오오! 떴다!』

상상하니 자유자재로 움직였다. 받침대를 떠난 나는 공중을 씽씽 날아다녔다.

『아이 캔 플라이!』

속도는 그다지 나지 않았지만 지금은 이것으로 충분했다. 자력으로 움직일 수 있다는 걸 알았으니까.

받침대 주위를 탐색했다. 역시 유적처럼 보였다.

원래는 벽돌 같은 갈색 블록으로 쌓여 있었을 것이다.

하지만 오랫동안 비바람에 노출됐는지 색은 거무스름해지고 이끼가 곳곳을 덮고 있었다.

넓이는 직경 30미터 정도였다.

『대체 누가 만든 걸까. 내 제작자인 것 같긴 한데…….』

이곳이 이만큼 오래돼 보인다는 건 나는 상당히 오랫동안 방치되어 있었다는 뜻일까.

검으로 전생했다고 해도 아무것도 없는 곳에서 검이 응애 하고 태어날 리도 없다. 내 몸을 만든 인간이 있을 테다. 뭐, 몸이 어떤 사고로 검으로 변화하지 않았다면, 말이다.

그 제작자가 제1후보가 되겠지만, 제작자가 이미 죽었다면 그 가능성은 사라진다.

다만 내 몸인 검 자체와 내 검이 꽂혀 있는 받침대나 그 받침대를 장식한 천 등에는 이끼나 먼지가 붙어 있지 않았다. 마치 하루아침에 이곳에 설치된 듯이 말이다.

그렇다면 제작자는 아직 살아 있는 건가?

『으응?』

주위를 관찰하면서 이런저런 생각을 하고 있자니 몸에 위화감이 퍼졌다.

『……어라?』

왠지 피로가……. 힘이 빠져나가는 감각이 검인 몸을 덮쳤다.

그리고 떨어졌다.

『설마!』

필사적으로 염동을 쓰려고 했지만 전혀 반응하지 않았다.

높이는 추정 30미터에 달했다.

『떠! 떠달란 말이야!』

하지만 분투한 보람도 없이 나는 지면에 힘껏 내동댕이쳐졌다.

카아아아아앙!

커다란 금속음이 울렸다.

『아프――……지는 않지만 어디 부서진 거 아냐? 금이 갔다거나.』

황급히 몸을 살펴봤지만 아무래도 무사한 듯했다.

감각상으로도 이상한 곳은 없었다.

그만한 높이에서 떨어지고 무사하다니 역시 명검일지도 모른다.

『근데 왜 떨어졌지?』

느닷없이 권태감 같은 감각이 일더니 염동을 쓸 수 없게 됐다.

이변의 원인을 찾고자 스테이터스를 체크했다.

원인은 바로 알 수 있었다.

『보유 마력이 바닥났구나.』

보유 마력 : 0/200이 되어 있었다. 아마 염동을 사용하는 동안에 마력을 계속 소비했을 것이다.

권태감의 원인도 이것이 틀림없다.

마력이 바닥나도 의식을 잃지 않는 게 그나마 다행인가.

『5분도 못 나는구나. 아마 3분 정도였을 거야.』

나는 포석 위에서 한동안 기다렸다.

그러자 마력이 약간 회복됐다. 주위에서 마력이 조금씩 흘러들어오는 것이 느껴졌다. 대기 중의 마력을 무의식중에 흡수하고 있는 것 같았다.

머릿속으로 시간을 세면서 기다려보니 아무래도 1분에 1씩 회복하는 듯했다.

1시간을 기다려서 60까지 회복시킨 후, 나는 다시 염동을 행사했다.

『좋아, 뜬다.』

문제는 없어 보였다. 나는 그대로 스테이터스를 체크했다. 마력이 뚝뚝 떨어졌다.

『염동을 사용하고 있을 때는 1초에 1씩 소비하는 건가? 그러면 마력 2백으로 3분 정도 버틴다는 계산도 성립하고 말이야.』

또다시 지면에 내동댕이쳐지면 참기 힘들 것 같았다.

나는 마력이 떨어지기 전에 서둘러 받침대로 돌아왔다.

받침대에 몸을 꽂으니 묘하게 안심이 됐다.

『휴, 돌아왔다.』

하지만 이로써 섣불리 돌아다니는 건 위험하다는 사실을 알

았다.

한동안은 받침대 주변으로 나가는 건 피하고 평원을 관찰하며 지내기로 하자.

평원을 살펴보니 다양한 생물이 있었다.

지구의 사바나처럼 포유류만 있으리라고 생각했는데, 어떻게 봐도 곤충이나 모양이 일정하지 않은 녀석들도 있었다. 게다가 그 크기는 범상치 않았다.

예를 들어 처음에 발견한 개미 같은 형체는 대형견만했다. 물론 소나 박쥐 같은 녀석도 있었다. 크기는 역시 거대했지만 말이다.

검이라서 다행이다. 적어도 먹잇감으로 공격당할 일은 없어보였다.

『역시 지구가 아니네.』

더 멀리 보니 더욱 큰 짐승도 있었다.

눈대중으로 재긴 했지만 10미터에 가까울 것이다.

적어도 코끼리보다는 커 보였다.

『이른바 마수라는 녀석인가?』

그것들을 보고 있자니 마음에 걸리는 일이 하나 생겼다.

『저렇게 큰 마수가 다니는데 인간이 여기에 오는 일이 있을까?』

여전히 사람의 모습은 보이지 않았다.

전생 이틀째.

뭔가가 왔다.

받침대 뒤쪽에서 발소리가 다가왔다. 그것도 여럿이었다.

"게헤게하후."

"아갸교."

"게갸!"

대화인가? 대화하고 있는 건가? 의미는 알 수 없지만 뭔가 커뮤니케이션을 나누고 있는 듯했다.

목소리를 들어보니 원숭이 같은 느낌이 들었다.

기척이 가까워졌다. 이제 바로 뒤다.

좋아, 좀 더 이쪽으로 와라. 그러면 모습을 파악할 수 있을 것이다.

뚜벅뚜벅.

조금만 더.

뚜벅뚜벅뚜벅.

이제 1미터.

뚜벅뚜──우뚝.

젠장. 바로 뒤에서 멈췄다.

"갸규?"

"갸르가가."

"걍가?"

"구르하~."

뭐야? 무슨 말을 하는 거지? 의논하고 있는 것처럼도 들리는데…….

그리고 내 자루를 뭔가가 만졌다.

자루를 확연히 잡았다. 그 감촉은, 지나치게 거칠기는 하지만 인간의 손의 감촉 같기도 했다.

아무래도 나를 받침대에서 뽑으려는 모양이다.

다만 **어째선지** 나는 모습도 알 수 없는 상대에게 뽑히는 일에 묘한 저항감을 느꼈다.

뽑히고 나서 모습을 확인해도 딱히 상관없지만…….

괜스레 염동을 사용해서 저항했다.

내가 뽑히지 않아서 오기가 생겼는지 의문의 상대가 힘을 더욱 줬다.

하지만 어설펐다. 전력으로 저항했다. 뽑힐까보냐.

"갸갸!"

"규가가가……!"

"하가하후!"

동료를 응원하듯이 다른 녀석들도 큰 소리로 소란을 떨기 시작했다. 그리고 나를 뽑으려고 도전하고 있는 개체의 주위를 달리듯이 돌기 시작했다.

"갸르가!"

"고르갸르!"

그 덕분에 이 녀석들의 모습이 눈에 똑똑히 들어왔다.

이거 생시인가.

녹색 피부. 고릴라보다 흉악해 보이는 못생긴 얼굴. 머리에는 짧은 뿔이 나고, 몸에는 모피를 걸쳤으며, 손에는 곤봉을 들고 있었다.

『고, 고블린?』

그렇다, 녀석들은 바로 고블린이었다.

고블린들이 나를 뽑으려고 했던 것이다.

잠깐 잠깐, 고블린은 아니야! 고블린은 아니잖아! 고블린에게 쓰이는 마검이라니, 난 끝이다. 적어도 고블린 킹이라면 괜찮았을 텐데 어떻게 봐도 말단 고블린이었다.

나는 염동으로 저항하면서 시야에 들어온 두 마리의 스테이터스를 확인했다.

명칭 : 고블린

종족 : 사인(邪人)

Lv : 5

생명 : 17 마력 : 6 완력 : 8 민첩 : 12

스킬 : 곤봉술 1, 구멍 파기 2

명칭 : 고블린

종족 : 사인

Lv : 5

생명 : 19 마력 : 4 완력 : 9 민첩 : 10

스킬 : 검술 1, 경계 1, 독 내성 1

오호라. 같은 종족이라도 미묘하게 차이가 있구나.

뭐, 그렇겠지. 무기가 다르면 특기도 다를 테니까.

좀처럼 뽑지 못하자 초조해서 정면으로 돌아온 다른 한 마리도 감정했다.

명칭 : 고블린 리더

종족 : 사인

Lv : 2

생명 : 24 마력 : 6 완력 : 11 민첩 : 13

스킬 : 검술 1, 생존술 1, 해체 2, 지휘 1

오, 이 녀석은 고블린 리더다. 레벨이 낮은 건 진화한 탓일까? 뭐, 조금 강했다. 진짜 조금이긴 하지만.

어떻게 할까.

녀석들이 떠날 기색은 조금도 보이지 않았다. 어떻게든 나를 뽑으려고 이번에는 땅땅 두드리기 시작했다.

그래도 무리라는 것을 알았는지 선수를 교대했다.

아마 다른 한 마리는 사각에 있었던 모양인데, 그 녀석이 나를 잡은 듯했다. "훈누가가─"라는 듣기도 괴로운 소리를 지르면서 필사적으로 힘을 줬다.

최대 파워로 저항했다.

힘으로는 무리라는 것을 깨닫자 리더는 동료의 곤봉을 빌려 받침대를 후려치기 시작했다. 받침대를 부숴서 나를 손에 넣으려는 것이다. 하지만 받침대에는 흠집 하나 나지 않았다. 그게 초조함과 화를 부채질했나 보다. 리더의 얼굴은 분노로 물들어서 이제는 뽑으려고 하는 건지 분풀이를 하는 건지 알 수 없는 상황이었다.

어차피 고블린. 하는 짓이 너무 멍청했다.

고블린은 한동안 악전고투를 벌이다가 힘든 나머지 받침대에 발차기를 날렸다.

하지만 받침대가 생각보다 단단했던 모양이다. 발끝이 찍혀서 우스꽝스럽게 펄쩍 뛰었다.

큭큭큭. 쌤통이다.

분노 상태인 리더는 사각에 있던 다른 한 마리에게 곤봉을 내던졌다. 이 친구야, 동료한테 화풀이하지 마. 그렇게 생각하고 있는데 고블린 자식이 놀랍게도 나에게 침을 뱉었다.

도신에 더러운 침이 묻은 것을 감지할 수 있었다.

저질이다! 저질! 기분 나빠! 그리고 굴욕이다.

좋아, 알았어. 전쟁이다. 제법인데.

스스로도 이상할 만큼 전의가 솟았다.

첫 표적은 눈앞에 있는 이 녀석이다.

나는 고블린 리더를 대신해서 검을 뽑으려고 다가온 검술 고블린을 목표로 정했다. 그리고 그 녀석이 힘을 준 타이밍을 계산해서 염동으로 하던 저항을 멈췄다.

쑤욱.

갑자기 저항이 사라진 검은 고블린에 의해 쉽게 뽑혔다. 쑥 빠진 기세에 고블린은 균형을 잃고 꼴사납게 엉덩방아를 찌었다.

멍청한 놈. 빈틈투성이구나!

염동을 써서 은근슬쩍 도신을 움직였다.

그 칼날은 무방비한 고블린의 숨통을 깨끗하게 베었다.

사고로 꾸며서 한 마리를 격파했다.

첫 살인인데 놀랍게도 전혀 불쾌하지 않았다. 오히려 기분이 마구 들떴다.

그렇다기보다 눈앞에 있는 고블린을 베는 게 당연하게 여겨졌다.

위험해. 난 혹시 저주받은 마검이라든가 피를 빨아야 하는 요도라든가, 그렇게 불리는 검인 건가? 하지만 더 이상 멈출 수 없다. 그렇다면 이 기세대로 가주마!

"갸, 갸고오?"

사태가 이해되지 않는지, 남은 녀석들이 당황하며 달려왔다.

거기에 내 몸통박치기가 작렬했다.

뭐, 검이라서 몸통박치기=필살기지만 말이다.

싸움의 상투 수단으로 강한 놈을 먼저 공격했다.

노린 건 고블린 리더 쪽이다.

설마 검이 혼자서 움직인다고는 생각 못 했는지, 리더는 피하지도 못하고 내 몸통박치기를 먹었다.

배에서 등으로 관통한 내 도신을 멍하니 내려다보고 있었다.

털썩.

그대로 지면에 쓰러졌다.

이제 두 마리 남았다.

역시 고블린을 죽여도 양심의 가책은 받지 않았다.

적을 갈라서 몸속을 젖히는 감촉도 전혀 기분 나쁘지 않았다. 몸이 검인 덕분인지, 상대를 베는 데 기피감이 전혀 없었다.

그러기는커녕 묘한 충만감이 있었다.

검으로서 임무를 마쳤다는 만족감일까.

나는 등을 돌리고 달려가던 다른 한 마리의 등을 덮쳐서 역시 일격에 해치웠다.

남은 한 마리는 겁을 먹고 주저앉아 있었다. 해치우는 건 간단했다.

명칭 : 고블린

종족 : 사인

Lv : 2

생명 : 12 마력 : 9 완력 : 7 민첩 : 10

스킬 : 검술 1, 코볼트 킬러

그런데 나 굉장한데? 기습이기는 해도 전부 일격이었고 말이야.

공격력 132는 폼이 아니었다. 뭐, 그 수치가 강한지 강하지 않은지는 알 수 없지만, 고블린 정도는 손쉬운 모양이다.

다만 마음에 걸리는 점이 하나 있었다.

『나, 지금 빛났지?』

그렇다. 서너 번째 고블린에게 결정타를 날렸을 때, 도신이 순간 빛을 내뿜었던 것이다.

실은 두 번째를 해치울 때도 빛났던 기분이 들었다. 기분 탓이라고 생각하고 넘어갔는데 기분 탓이 아닌 모양이다.

하지만 첫 번째를 쓰러뜨렸을 때는 빛나지 않았다.

뭐, 일단은 이상이 없는지 스테이터스를 체크하자.

명칭 : 불명

종족 : 인텔리전스 웨폰

공격력 : 132 보유 마력 : 166/200 내구도 : 100/100

자기 진화 〈랭크 1 마석치 3/100 메모리 10〉

스킬 : 감정 6, 자기 수복, 염동, 염화, 장비자 스테이터스 상승【소】, 장

비자 회복 상승 【소】, 스킬 공유, 마술사

세트 스킬 : 없음

메모리 스킬 : 구멍 파기 1, 해체 1, 검술 1, 곤봉술 1, 지휘 1, 생존술 1, 코
볼트 킬러

뭐지? 스테이터스에 새로운 항목이 늘었다. 우선 눈에 띈 건 자
기 진화에 추가된 항목이었다.

마석치? 3/100이라고 적혀 있네. 빛난 건 세 번. 마석치도 3이
다. 관계가 있는 건가?

그리고 메모리? 이것도 무슨 소린지 모르겠다. 다만 그 뒤에 추
가된 메모리 스킬이라는 항목과 관련된 건 확실하겠지.

다시 잘 생각해보니 메모리 스킬에 추가된 건 죽였을 때 빛이
난 고블린의 스킬이었다. 처음 쓰러뜨린 고블린이 가지고 있던
경계와 독 내성이 표시되어 있지 않으니 확실할 것이다.

쓰러뜨린 고블린의 스킬을 흡수했다?

메모리 스킬을 선택해보니 알림 같은 것이 울렸다.

〈현재 남은 메모리는 10입니다. 스킬을 세트하시겠습니까?〉

물론 세트해야지. 그러자 스킬 선택 화면으로 들어갔다.

위에서부터 순서대로 골라갔다.

세트 스킬 : 구멍 파기 1, 해체 1, 검술 1, 곤봉술 1, 지휘 1, 생존술 1, 코볼
트 킬러

메모리 스킬 : 없음

이로써 세트된 건가? 잘 모르겠다.

잘 모르겠는 건 빛나는 기준도 마찬가지다. 어째서 처음에는 빛나지 않았을까? 거기서 힌트가 되는 것이 마석치라는 단어였다.

마석. 이세계 소환물 라이트 노벨에서 자주 나오는 말로, 마수의 몸속에 존재하는 마력의 결정이다. 내 상상대로라면, 말이다.

쓰러뜨리는 방식의 차이라면, 맨 처음 한 마리는 목을 갈랐을 뿐이다. 나머지 세 마리는 몸을 꿰뚫었다. 이 차이일지도 모른다.

『흐음. 시험해볼까.』

나는 맨 처음 쓰러뜨린 고블린에게 다시 돌진했다.

쓰러져 있는 그 시체에 나의 칼날을 힘껏 꽂았다.

그리고 세 번째 찌르자 나는 목표로 삼았던 반응을 얻을 수 있었다. 약간 단단한 감촉과 함께 도신이 빛난 것이다.

뭔가가 흘러들어오는 감각과 불가사의한 만족감이 솟아올랐다. 그것이다. 배고플 때 좋아하는 음식을 입에 넣었을 때와 같은 느낌이었다.

역시 마석을 꿰뚫으면 마력이나 뭔가를 흡수할 수 있는 듯했다. 고블린의 마석은 배에 있는 거겠지.

마석 흡수 욕구라는 게 있는지는 알 수 없지만, 내가 고블린에게 묘하게 호전적인 기분이 들었던 것도 고블린의 몸속에 있는 마석에 반응해서 그랬던 걸지도 모르겠다.

『뭐, 그것도 앞으로 검증해갈까.』

지금은 마석치를 확인하는 게 우선이다.

역시 마석치가 4/100으로 늘었고, 메모리 스킬란에는 경계와 독 내성이 추가되어 있었다.

이제 궁금한 건 스킬의 레벨이다.

고블린 리더는 해체 2를 가지고 있었고, 말단 중 한 마리는 구멍 파기 2를 가지고 있었을 것이다. 하지만 얻은 스킬은 레벨 1이었다. 아무래도 레벨이 리셋되는 듯했다.

이 스킬들은 레벨업을 하는 걸까. 그건 스킬을 사용해야 할까? 아니면 마석을 흡수하면 될까? 앞으로도 검증이 필요했다.

일단 경계와 독 내성도 세트해두자.

으음. 그건 그렇고 고블린들 시체가 걸리적거리네.

받침대 앞에 쓰러져 있어서 받침대에 내 몸을 꽂으면 이 녀석들을 계속 보게 된다.

나는 염동을 써서 시체를 질질 끌면서 유적 밖으로 옮겼다.

지면에 핏자국이 남았지만 시체보다는 낫다.

그리고 시체를 묻을 구덩이를 팠다.

방금 얻은 구멍 파기 스킬이 작동해줬으면 좋겠는데.

응. 파진다.

얇은 도신으로 푹푹 팔 수 있었다. 마치 삽이라도 쓰고 있는 듯했다. 다만 구멍 파기 스킬 덕분인지, 염동이 생각보다 쓸만해서 그런 건지 알 수 없었다. 그래도 아마 뭔가 효과가 있었다고 생각하고 싶다.

뭐, 내게 어울리는 장비자를 기다리는 동안에 스킬을 수집한다는 새로운 목표가 생긴 건 다행스러운 일이다. 마검으로서 보다 강해질 수 있으니 말이다.

그래서 나는 사냥감을 구하러 즉시 탐색을 개시했다.

염동을 써서 유적 주위를 날았다. 마력이 떨어지면 착지해서 쉬었다.

　이곳은 평원이므로 조금 멀리 간다고 받침대를 찾지 못할 일은
없으니 안심이다.

　처음에 발견한 건 다리가 여섯 개 달린 작은 쥐였다.

『바로 감정해볼까.』

　명칭 : 육각서

　종족 : 동물

　Lv : 1

　생명 : 2　마력 : 0　완력 : 1　민첩 : 7

　스킬 : 없음

　약하다. 너무 약하다. 스킬도 없다.

　하지만 마석을 흡수할 수 있기만 해도 좋다.

　현재 마석치는 4/100. 나는 앞으로 96을 모으면 랭크가 올라간
다고 예상했다.

　내 성장을 위해서 죽어줘.

　나는 쥐에게 급강하했다. 내 공격은 예상외로 간단히 쥐에게
적중해서 쥐는 두 동강이 났다.

　그러나 내 몸은 빛나지 않았다.

『어라? 왜 그러지?』

　다시 한 번 쥐의 시체에 칼을 찔렀다. 하지만 빛나지 않았다.

　지금 공격으로 마석을 흡수하지 못했던 건가?

　나는 원인을 찾기 위해서 쥐의 시체를 신중하게 갈랐다.

광경이 상당히 기괴했지만 몸이 검이라서 살았다. 속이 안 좋아서 토하는 일도 없고 말이다.

그 결과, 쥐의 몸속에서는 마석의 흔적을 발견할 수 없었다.

그리고 깨달았다.

이 쥐의 스테이터스를 확인했을 때, 종족에 동물이라고 표기되어 있었다. 어쩌면 마수만 마석을 가지고 있는 게 아닐까. 지구에서도 동물에게 그런 물건은 없었으니까.

나는 그 가설을 검증하기 위하여 쥐 학살 마검으로 변해 쥐들을 덮쳤다.

그 결과, 서너 마리를 해치워도 마석은 찾을 수 없었다.

다음에는 마수를 노렸다.

실은 이미 한 마리를 발견했기 때문이다.

처음에 죽인 쥐의 시체를 뜯어먹는, 50센티미터 정도 되는 큰 지네다.

명칭 : 자이언트 센티피드

종족 : 마수 · 요충

Lv : 4

생명 : 18　마력 : 7　완력 : 6　민첩 : 14

스킬 : 진동 감지 1, 등반 1, 독니

종족은 마수. 문제없다.

나는 우선 머리를 꿰뚫었다.

하지만 지네가 마구 날뛰었다.

입에서 노란 액체를 토하며 버둥댔다.

결정타를 날리기 위해서 이번에는 몸통을 갈랐다.

앞뒤로 쪼개진 대형 지네는 그래도 벌레 특유의 생명력을 발휘해서 꿈틀거렸지만, 곧 움직임을 멈췄다.

아으, 기분 나빠.

다만 쓰러뜨린 보람은 있었다.

움직임을 멈춘 지네의 심장 부근을 다시 찌르자 내 도신이 빛난 것이다.

마석을 흡수할 때 느껴지던 만족감과도 비슷한 감정이 솟아올랐다.

역시 마수는 마석을 가지고 있는 듯했다.

참고로 얻은 스킬은 진동 감지 1과 등반 1과 독니였다.

나한테 독은 없는데…… 독니를 세트하고 사용해보니 마력이 5가 줄고 도신에서 액체가 미묘하게 흘러나왔다. 아마 독액이겠지. 뭐, 사용이 가능하다면 상관없다.

이어서 등반을 세트하고 더 나아가 진동 감지를 세트하려고 했지만 할 수 없었다.

〈세트 스킬의 상한을 넘었습니다〉

보아하니 얻은 스킬을 모두 사용할 수 있는 건 아닌가보다.

스테이터스 항목에 자기 진화 〈랭크 1 마석치 5/100 메모리 10〉이라고 표기되어 있는데, 메모리 10은 장비할 수 있는 스킬의 숫자를 나타내는 듯했다.

분명 현재는 구멍 파기 1, 해체 1, 경계 1, 검술 1, 곤봉술 1, 지휘 1, 생존술 1, 코볼트 킬러, 독 내성 1, 독니의 스킬 10개가 세트되어 있다.

　시험 삼아 곤봉술을 빼고 진동 감지를 세트해보니 문제없이 세트할 수 있었다. 뭐, 곤봉술은 제일 필요 없으니 새로운 스킬을 얻을 때까지는 이대로 가자.

　나한테 확연하게 필요 없어 보이는 것은 지휘, 생존술, 독 내성, 등반이다. 이것들과 바꿀 수 있는 스킬을 손에 넣고 싶다.

　그래서 탐색을 재개했다.

　다음에 발견한 것은 내게 등을 보이고 걷는 그림자 두 개였다. 안짱다리로 이족보행을 하는 침팬지 같은 실루엣에 녹색 피부를 가진 못생긴 그 녀석들이다.

『고블린이네. 게다가 손에 뭔가 들고 있잖아.』

　감정한 고블린의 스테이터스는 지금까지 만났던 녀석들과 거의 다르지 않았다. 다만 손에 든, 녀석들의 사냥감인 듯한 큰 쥐는 처음 보는 상대였다.

　명칭 : 포이즌 팽 래트

　종족 : 마수 · 아수(牙獸)

　Lv : 1

　상태 : 사망

　생명 : 0　마력 : 3　완력 : 4　민첩 : 14

　스킬 : 경계 1

　저건 식은 죽 먹기다.

들키지 않도록 수풀 그림자를 이용해 접근했다.

거리는 이제 2미터 정도.

우선은 레벨이 높은 쪽을 덮쳤다.

『이야호! 마석을 내놓으시지!』

음, 진짜로 피에 굶주린 게 아니다.

그저 한 번 말해보고 싶었다고나 할까.

푸욱.

둔탁한 소리와 함께 고블린의 등 뒤로 내가 꽂혔다. 고블린은 전혀 저항하지 못했다.

도신이 빛나는 모습을 보면서 나는 몸을 즉시 고블린에게서 뽑았다.

그리고 넋이 나간 다른 한 마리에게 달려들었다.

이로써 두 마리. 스킬도 투척술과 수렵을 문제없이 획득할 수 있었다. 즉시 바꾸자.

그리고 새로운 마수를 살폈다. 다만 나는 이상한 점을 느끼고 고개를 갸웃거렸다. 아니, 고개는 없지만.

『포이즌 팽 래트? 인데 스킬은 경계밖에 없어?』

어떻게 생각해도 스킬에 독니가 없으면 이상했다. 이름과 맞지 않았다.

일단 염동으로 쥐 시체의 입술을 뒤집었다. 기다란 송곳니. 그리고 그 끝에서 노란 액체가 푸슉 하고 나왔다. 독액인가?

흐음. 어떻게 된 거지? 지네에게는 독니라는 스킬이 있는데, 이름에 포이즌 팽이 붙은 쥐에게 없다?

고민해봐도 힌트가 너무 적었다. 마수를 좀 더 사냥해서 정보를 수집하자. 스킬이 즉각 반응하고 있는 것 같고 말이다.

진동 감지와 수렵 덕분에 나는 풀숲 저편에서 조심스레 움직이는 어떤 존재를 감지했다. 그렇게 크지는 않은 듯했다.

풀숲 반대편으로 천천히 돌아갔다.

명칭 : 스캐빈저

종족 : 마수 · 마조

Lv : 5

생명 : 13   마력 : 5   완력 : 9   민첩 : 15

스킬 : 독 내성 1, 소화 강화

새인가. 감지 능력이 굉장할 것 같다. 여기서는 신중하게 가자.

나는 지면에 스칠 정도로 날면서 소리가 감지되지 않도록 풀숲을 신중하게 피해 스캐빈저에게 단숨에 달려들었다.

스캐빈저는 날아오를 새도 없이 내게 목을 베여 길게 누웠다.

『휴우, 날았으면 성가셨을 거야. 그 전에 쓰러뜨려서 다행이다.』

나는 스캐빈저의 몸을 몇 차례 찔러서 마석을 흡수했다.

소화 강화를 습득했다. 그런데 어차피 소화기관이 없으니 소화 강화는 가장 필요가 없다. 애초에 이 스킬을 잘도 습득하는구나. 줏대 없는 자기 진화 씨에게 감탄해 마지않았다.

그건 그렇고 마석을 흡수하는 순간에는 역시 충만감이 느껴졌다. 마석 흡수 욕구는 농담이 아니라 정말로 존재하는 듯했다. 마석을 더 흡수하고 싶다.

자아, 다음 희생자는 와 계실까요. 가능하면 없는 스킬을 가진 녀석이 좋은데.

그렇게 사냥감을 찾다가 나는 묘한 모습을 포착했다.

연 같은 존재가 하늘을 낮게 둥실둥실 떠다니고 있었다. 이동 속도는 빠르지 않았지만 움직임이 불규칙해서 기묘했다. 하늘을 나는 녹색 해파리로도 보였다.

명칭 : 에어 플로터

종족 : 마수 · 마식물

Lv : 5

생명 : 14   마력 : 10   완력 : 6   민첩 : 4

스킬 : 마력 흡수 1, 매의 눈, 부유

접근해봤지만 아무런 반응도 없었다. 나의 10미터 정도 앞을 둥실둥실 떠다니고 있을 뿐이었다.

공격해도 괜찮으려나?

나는 일단 내리쳐보기로 했다. 목표는 버섯의 갓으로도, 해파리의 머리로도 보이는 몸통의 중심 부분. 눈 같은 모양이 붙어 있는 곳이다.

무슨 일이 있어도 반응할 수 있도록 천천히 다가갔다.

그리고 2미터 정도까지 다가간 찰나였다.

에어 플로터가 상상 이상으로 민첩한 움직임을 보였다.

『우웩, 토할 거 같아!』

열 개 정도 되는 촉수가 나를 향해 뻗어온 것이다. 구불거리며 움직이는 검붉은 촉수는 지렁이나 뱀을 연상시켰다. 엄청나게 기분 나빴다.

게다가 그 역겨움에 순간 움직임을 멈춘 나는 촉수에 휘감기고 말았다.

『윽, 마력이 빨려 들어가고 있는 건가?』

촉수를 통해 마력이 빨려 들어가는 것을 알 수 있었다.

기분 나쁜 데다 위험했다.

나는 정신없이 탈출을 시도했다.

다행히 촉수의 강도는 대단하지 않아서 조금 움직인 것만으로도 쉽게 끊을 수 있었다.

『휴우, 위험했다.』

스테이터스를 확인하니 마력 10이 빨려 들어가 있었다.

그대로 잡혀 있었다면 어떻게 됐을까.

이 녀석은 위험하다. 전력으로 해치우자.

나는 에어 플로터의 머리 위로 올라가 최대 속도로 돌격했다.

역시 촉수의 힘이나 강도는 대단치 않았다.

다시 뻗어온 촉수를 날려버리고 몸통을 꿰뚫었다.

단단한 물체를 꿰뚫는 감촉이 느껴지는 것과 동시에 도신이 빛났다. 급소인 마석을 파괴한 증거였다.

힘을 잃은 에어 플로터는 지면으로 휙 떨어졌다.

스킬의 힘으로 떠 있었기 때문에 죽은 몸이 부력을 잃은 것이다.

그리고 내게는 부유와 마력 흡수와 매의 눈이라는 스킬이 추가되었다. 어느 것이든 편리해 보이는 스킬이었다. 특히 부유를 써 보니 염동과 상성이 무척 좋았다.

아무것도 안 해도 떠 있을 수 있는 스킬이었다. 물론 마력은 소비하지만 염동으로 무리하게 떠오르는 것보다 단연코 적게 들었다. 염동과 조합해보니 지금까지의 다섯 배 이상 떠 있을 수 있다는 사실을 알았다. 마력 흡수도 조합하면 시간은 더욱 늘어날 것이다.

그렇게 부유를 검증하고 있을 때, 나는 어떤 점을 깨달았다.

『그러고 보니 에어 플로터한테는 부유란 스킬이 있었는데, 스캐빈저한테는 비행 계열 스킬이 없었네. 새 타입 마수인데.』

포이즌 팽 래트와 마찬가지다. 있어야 할 스킬이 없었다.

뭔가 공통점이라도 있는 걸까. 독나나 비행이 스킬이 아닌 이유. 뭐, 비행은 날개가 없으면 쓰지 못할지도 모르므로 얻을 수 있을지 없을지는 알 수 없지만 말이다.

응? 잠깐만, 날개가 없으면 비행 스킬을 쓸 수 없어? 애초에 비행은 스킬이 아닌 건가?

예컨대 고블린에게 보행이나 호흡이라는 스킬은 없다.

그와 마찬가지로 새가 나는 건 당연하다.

그건 스킬도 마법도 아니고 몸이 가진 당연한 기능이다. 거기에 마력이나 기술은 아무 관계도 없다.

그렇게 생각하면 포이즌 팽 래트의 독나는 순전히 육체의 기능이라서 독샘이나 독나라는 전용 기관이 없으면 쓸 수 없는 몸의 구조 중 하나인 거겠지. 지구에도 있던 독사 등과 마찬가지다.

반대로 대형 지네의 독나는 마력으로 만들어낸 독을 사용한 판타지적인 특수 능력일 것이다.

『검술은 단련해서 얻은 후천적인 거니까 스킬로 흡수할 수 있는 거겠지?』

　내 몸은 아직 알 수 없는 점이 많구나. 검증이 더 필요한 듯했다.

　남은 매의 눈 스킬의 효과도 상당히 괜찮았다. 이 스킬은 사물을 내려다볼 수 있는 스킬이다. 덕분에 주위의 모든 것을 거의 볼 수 있게 되었다. 지금까지는 자루에 고정된 카메라 같은 시점이었지만, 지금은 판○(건담 시리즈에 등장하는 무선식 유도 병기 판넬을 말한다) 같은 카메라를 자유롭게 움직여서 사물을 보는 감각이었다. 뭐, 몸에서 멀리 떼어낼 수는 없지만 말이다.

　『좋아, 좀 더 다양한 종류를 사냥해볼까!』

　검으로 전생한 지 나흘째.

　『이 자식아! 네 마석은 무슨 색이냐~!』

　오늘, 열두 마리째 마수를 제물로 바친 직후였다.

　〈자기 진화 효과가 발동했습니다. 자기 진화 포인트 10 획득〉

　스테이터스를 체크했다.

　자기 진화 〈랭크 2 마석치 102/300 메모리 12 포인트 10〉

　마석치가 백을 넘었다.

　『어라? 빠른데?』

　오늘 아침에 확인했을 때만 해도 마석치는 80이었을 테다.

　『으음, 어제와 다른 건 사냥터를 옮긴 거 정도인데…….』

　유적 주위에 서식하는 마수를 상대로는 문제없이 싸울 수 있다는 사실을 알았기에 유적에서 더욱 먼 곳까지 사냥터를 옮겼다.

유적에서 멀어지는 만큼 적이 강해지는지 망치 같은 코를 가진 대형 멧돼지 크래시 보어나 바위마저 씹어 삼키는 거대 개미 마수인 아이언 앤트, 돌처럼 단단한 껍데기를 몸에 두른 록 바이슨 같은 약간 큰 몬스터가 출몰했다.

레벨도 높고 소지한 스킬도 많은 데다 마석도 한결 큰 녀석들이다.

『그렇구나, 마석의 크기……. 혹시 강한 마수의 마석에서 얻을 수 있는 마석치는 1이 아닌 건가?』

아마 그럴 것이다. 애초에 2미터가 넘는 크래시 보어와 잔챙이 고블린의 마석이 수치가 같을 리가 없다.

『좀 더 자세히 확인해봐야겠다.』

그러자 스테이터스도 올라 있었다. 그것도 상상 이상으로.

공격력 : 162   보유 마력 : 300   내구도 : 200

『오오! 이거 반가운 일인데! 마석을 계속 흡수하면 세계 최강의 검도 꿈이 아니란 건가! 하하하, 의욕이 생기는데! 은근슬쩍 메모리 숫자도 늘었고 말이야.』

좋아, 카운터 스톱을 노리자.

『그리고…… 자기 진화 포인트 10은 뭐지?』

랭크를 올렸을 때 받은 것 같은데. 그것을 더욱 자세히 조사했다.

오? 여러 가지 항목이 나왔네. 스킬 일람?

포인트 보너스 일람

공격력 상승【소】, 내구도 상승【소】, 염동 상승【소】, 염화 상승【소】, 보유 마력 상승【소】, 메모리 증가【소】, 스킬 레벨업, 마수 지식, 식물 지식, 광물 지식

오오? 다양하게 있는데, 그건가? 보너스 스킬 같은 건가?

일단 가장 궁금한 보유 마력 상승【소】를 선택했다.

〈포인트 5를 사용해서 보유 마력 상승【소】를 획득하겠습니까?〉

정말 획득할 수 있는 건가? 나는 머릿속으로 네, 라고 대답했다.

〈보유 마력 상승【소】를 획득했습니다〉

그러자 자기 진화 포인트가 5로 줄고 스킬 항목에 보유 마력 상승【소】가 추가되었다. 더 나아가 보유 마력이 백이나 상승했다. 자기 진화 선생님 대단해! 다, 다음은 어떻게 하지? 전부 가지고 싶지만 포인트가 부족하다.

이번에는 스킬 레벨업을 골랐다. 놀랍게도 이건 현재 소지하고 있는 메모리 스킬을 레벨업시킬 수 있는 듯했다. 다만 스킬을 개별적으로 선택해야 하는 모양이다.

시험 삼아 검술을 골라보니 필요한 포인트는 2였다. 전부 시험해보니 거의 2였다. 다만 독니, 부유의 레벨업은 5 포인트나 드는 듯했다.

이 차이는 뭘까. 독니와 부유가 레벨 표기가 없는 스킬이라는 점이 관계있는 걸까.

으음. 여러모로 망설여지지만 여기서는 공격력 상승【소】로 하자. 마수에게 가장 효과적일 테고 말이다.

그리고 스킬에 공격력 상승【소】가 추가되자 내 공격력이 50 상

승했다.

좋군. 이로써 마석치를 모으는 일이 한결 즐거워졌다.

『좋아, 의욕이 생기는데! 이 주변 마수를 사냥하고 사냥하고 사냥해주겠어!』

그렇게 결심하고 즉시 행동에 나섰다.

나는 의기양양하게 평원을 활공했다.

그리고 상공에서 마수를 찾으면 발견 즉시 공격해갔다.

먹이를 찾는 맹금류처럼 발견한 마물을 향해 급강하해서 도신을 꽂아 넣었다.

대부분의 마수는 공중에서 날아오는 일격에 절명했고, 살아남은 마수도 빈사 상태에 빠졌다.

남은 건 무참한 살육밖에 없었다.

그리고 마석의 흡수를 확인하면 다시 하늘로 날아올라 사냥감을 찾으며 배회했다.

그야말로 피에 굶주린 마검 상태였다. 서치&디스트로이인 것이다.

역시 죄책감은 들지 않았다. 살기 위한 사냥이라고 할까, 식사에 가까운 감각이라고 하면 적당할까.

뭐, 게다가 스킬이 모이는 게 기쁘기도 했다.

『좋았어, 새로운 스킬 얻었다.』

스킬은 착실하게 늘어나고 있었다. 개중에는 내게 전혀 의미가 없는 스킬도 있었지만.

소화 강화나 미각 강화는 어디에 쓰냐는 말이다.

미래에 장비자가 나타나면 도움이 된다고는 생각하지만, 지금은 완벽하게 무의미했다.

하지만 스킬 수집이 나의 덕심을 무척 부추기고 있는 건 확실했다. 마석치의 증가보다 기쁠 만큼 말이다.

가능한 한 스킬을 잔뜩 가지고 있는 마수와 싸우고 싶은데…….

그렇게 생각하자 어느 마수가 떠올랐다.

『사실 고블린은 꽤 괜찮아.』

집단으로 있는 경우가 많아서 마석치도 어느 정도 올라간다. 그리고 무엇보다 스킬이 다채롭다.

손재주가 있는 고블린은 생활하면서 후천적으로 스킬을 얻을 수 있기 때문에 동물형 마수에 비해 얻는 스킬의 폭이 넓었다.

『이거 고블린 사냥을 해야겠어.』

다행히 녀석들은 받침대 주위에 많은 모양이니까 찾는 데 고생은 하지 않겠지.

한동안 고블린을 주로 사냥하며 마석치를 모으자.

하지만 바로 벽에 부딪혔다.

『고블린이 전혀 없잖아!』

전혀 없지는 않았지만 솟아난다고 할 정도도 아니었다.

『으음…… 그렇지!』

좋은 생각이 떠올랐어!

『고블린 소굴을 찾아서 한꺼번에 섬멸하면 되잖아!』

그러면 우선 소굴을 찾아야 한다.

뭐, 차폐물이 거의 없는 이런 평원이니 지면에 판 굴이 거의 확실할 것이다. 하늘에서 찾으면 찾는 건 그리 어렵지 않을 테다.

그렇게 생각한 시간이 있었건만.

『전혀 안 보이잖아.』

이틀 동안 아무리 찾아도 고블린 소굴을 찾을 수 없었다.

고블린을 우습게 봤구나.

이젠 어쩔 수 없이 고블린이 스스로 안내하게 할 수밖에 없다.

말단 고블린을 죽이지 않고 놓아준 후 소굴로 안내시킨다. 그리고 일망타진한다는 멋진 작전이다.

나는 낮게 날면서 고블린들의 뒤를 밟았다.

살금살금 걸었다.

아니, 다리는 없지만 기분상 그랬다.

1시간 정도 스토킹했을까.

고블린들은 느닷없이 그 자리에서 춤을 추기 시작하거나 개미 행렬에 푹 빠지는 등 시간을 마구 낭비했다.

애초에 이렇게 오랫동안 고블린을 관찰한 적은 없지만, 하나하나 신경에 거슬린다고나 할까 짜증나게 했다.

지지부진한 그 걸음에 몇 번이나 죽여버릴까 망설였다.

『나는 고블즉참이 배어들어버렸으니깐 말이야.』

잘 참았다고 자신을 칭찬해주고 싶다.

나는 수풀에 숨겨진 소굴에 몰래 침입하면서 웃음을 참을 수가 없었다.

『크크크. 이제 안 참아도 되겠지?』

쌓인 울분과 마석 흡수 욕구를 고블린들에게 풀기로 하자.

『마석 내놔!』

"슈갸!"

"규하!"

『역시 소굴은 좋네.』

마석에서 흘러들어오는 마력에 내 안에 있는 갈증이나 굶주림 같은 느낌이 해소되는 걸 알 수 있었다.

나는 되도록 기척을 지우고 고블린을 더욱 찾았다.

그렇게 어쌔씬 플레이를 계속한 지 1시간 정도 지났을까.

이미 30마리 이상은 해치웠을 것이다. 그런 것치고는 소란이 일어나지 않았다.

아직 안 들켰나?

『오, 넓은 통로로 나왔네.』

그대로 나아갔다.

그러자 모퉁이를 돌아간 앞쪽에 체육관 정도 되는 어떤 넓은 방이 있었다.

그 광장에 고블린들이 잔뜩 북적대고 있었다. 50마리 이상 있을 것이다.

한 마리 한 마리는 잔챙이라도 숫자가 저만큼 모여 있으니 위협적이었다.

아마 어지간한 중형 몬스터조차 간단히 압살할 수 있을 것이다.

그리고 그 방 안쪽에 유달리 눈길을 끄는 존재가 버티고 있었다.

얼굴에는 흉터가 잔뜩 있고, 체격도 다른 고블린의 두 배에 가까웠다. 그야말로 역전의 용사라는 풍모였다.

모험가에게서라도 빼앗았는지 몸에 걸친 건 철제 갑옷이었고,

그 옆에는 거대한 검이 세워져 있었다.

『오오! 빙고!』

명칭 : 고블린 킹

종족 : 사인

Lv : 21

생명 : 97   마력 : 26   완력 : 57   민첩 : 26

스킬 : 위압 2, 검기 2, 검술 4, 지휘 4, 사기 고양 3, 방패술 2, 도발 1, 투척 1, 패기 1, 기력 조작

다른 고블린과는 비교가 되지 않을 스테이터스. 고블린 킹이었다.

『침입자의 존재를 눈치채고 왕을 굳건히 지키는 건가.』

나는 스테이터스를 체크하며 환희로 몸을 떨었다. 마치 뷔페 요리를 앞에 뒀을 때와 같은 고양감이 솟아올랐다.

게다가 녀석들 중에서 상위종을 여러 마리 확인할 수 있었다. 솔저, 아처, 나이트, 메이지, 시프, 워리어, 몽크, 메딕, 샤먼이라는 쟁쟁한 멤버였다.

『제법인데!』

나는 힘을 차분히 가다듬었다. 염동도 이미지에 따라서는 힘을 조절하는 게 가능하다. 마력을 최대한 실어서 염동의 힘을 폭발시키면 무시무시한 가속을 붙일 수도 있다.

이름하여 염동 캐터펄트 어택!

큭큭큭, 우선 너다! 고블린 킹!

나는 모퉁이에서 뛰쳐나와 고블린 킹을 조준하고 힘을 해방했다.

순식간에 최고속에 도달한 나는 버티고 앉은 킹의 안면에 무시무시한 기세로 박혔다.

염동은 무음.

그래서 고블린 킹은 전혀 반응하지 못했다.

푸욱!

킹의 머리를 터뜨린 나는 그대로 벽에 꽂혔다.

내가 한 일이지만 위력이 무시무시했다. 완전히 대포네.

뒤늦게 고블린 킹의 몸이 기울어지며 천천히 쓰러졌다.

털썩 하는 소리와 함께 피가 바닥에 흘러나왔다.

"————."

광장을 지배하는 한순간의 정적.

그리고 고블린들의 비명이라고도, 노성이라고도 여겨지는 외침이 확 솟아났다.

"갸오오오오오오!"

"그루우우아아아아!"

"고르르우우아아아!"

허둥대고 당황하는 녀석.

킹의 시체로 달려가는 녀석.

그저 그 자리에서 포효하는 녀석.

반응은 각양각색이었다.

그러자 킹의 곁에서 시중들던 부관 같은 녀석이 주위의 고블린들을 향해 뭔가를 지시하듯이 외쳤다. 그 목소리에 반응한 고블린 다섯 마리가 방 입구를 향해 달리기 시작했다.

검이 멋대로 움직였다고는 생각도 하지 못한 고블린들은 방 밖에서 누군가가 검을 던졌다고 생각한 모양이다.

모든 고블린의 시선이 통로로 향했다.

멍청한 놈! 그쪽으로 가봐야 아무도 없다고!

자연히 빠져 떨어진 모습을 가장해 벽에서 빠져나왔다.

나는 그 기세를 타고 부관을 덮쳤다.

나로서는 오히려 이 녀석이 진짜 목표라고 해도 과언이 아니었다.

『마술 스킬을 넘겨!』

전술에 따라 킹을 처음에 노렸지만, 내가 가장 쓰러뜨리고 싶었던 건 이 고블린 메이지다. 처음에 감정했을 때부터 이 녀석의 스킬에서 눈을 뗄 수 없었다.

　명칭 : 고블린 메이지

　종족 : 사인

　Lv : 9

　생명 : 27　마력 : 36　완력 : 14　민첩 : 20

　스킬 : 광물학 1, 지휘 1, 장술(杖術) 1, 전장술(戰杖術) 1, 화염 마술 3, 마
　력 상승【소】, 마력 조작

『우하하하하하! 이제 나도 마술을 쓸 수 있다!』

이세계에서 마술. 오타쿠가 동경하는 일 중 하나일 것이다.

나 역시 꼭 써보고 싶었다.

그 마술을 바로 지금 손에 넣었다. 조금 들뜬 것도 어쩔 수 없겠지.

『마술을 시험하기 전에 이 녀석들을 정리해야지!』

그때부터는 일방적이었다.

킹이 가지고 있던 사기 고양 스킬을 잃은 반동인지 고블린들이 당황해서 마구 소란을 피우기 시작한 것이다.

지휘하는 메이지도 없어져서 혼란을 가라앉힐 이도 이제 없었다.

역시 상위종은 반격을 해왔지만 개별적으로 행동해서는 내 적수가 되지 못했다.

일반 고블린은 제대로 직격당하지 않는 한 내게 대미지조차 줄 수 없었다.

집단의 특성을 잃은 고블린들은 오합지졸에 불과했다. 뭉쳐 있던 탓에 오히려 서로의 움직임을 방해하기까지 했다.

『좋아, 이 녀석이 마지막 아처구나!』

원거리 공격을 할 수 있을 법한 녀석은 모조리 먼저 정리했다. 남은 고블린들은 천장 가까이에 있는 내게 손을 대지 못한 채 그저 올려다볼 수밖에 없었다. 이제 경험치 덩어리에 불과했다.

나는 무리의 주위를 날아다니면서 고블린들을 쓰러뜨려갔다.

도망친 녀석을 우선적으로 노려 놓치지 않도록 주의하면서.

상당수의 고블린이 도망쳤지만, 그래도 30마리는 사냥했을 것이다.

놀란 건 스킬의 레벨업이었다.

고블린의 마석을 흡수했을 때, 검술, 곤봉 스킬이 연이어 오른 것이다.

가지고 있는 스킬의 마석을 흡수하면 숙련도도 흡수할 수 있나보다. 혹은 적의 스킬 레벨에 따라 일정한 숙련도가 쌓인 건가. 어찌 됐든 스킬이 레벨업한다는 건 무척 기쁜 정보다.

『우하하하하! 경험치를 내놔!』

남은 고블린들의 마석을 다 흡수한 나는 포만감과도 비슷한 감정에 둘러싸인 채 소굴을 뒤로 했다.

『으음. 받침대는 어느 쪽이지?』

고블린 소굴을 소탕하고 의기양양하게 동굴에서 뛰쳐나왔을 때까지는 좋았는데…….

이미 밤의 어둠이 주위를 에워싸서 방향 감각을 잃었다.

『으음, 달이 저기 있으니까…….』

모르겠다. 이쪽 세계의 달이 뜨는 방향 같은 건 모른다고.

달빛을 의지한다고 해도, 당연하지만 낮만큼 볼 수 없다.

완벽하게 미아가 됐다.

『오늘은 귀가를 포기할까…….』

받침대는 내가 일단 집으로 인정하는 장소다. 가능하면 매일 돌아가고 싶다.

게다가 받침대에 쏙 들어가 있으면 왠지 안심할 수 있고 말이다.

하지만 무슨 수를 써도 돌아갈 수 없을 것 같았다.

어쩔 수 없으니 큰맘 먹고 밤 사냥을 하자. 나는 검이라서 잠을 잘 필요도 없으니까.

지금까지 밤에 평원을 탐색하러 나가는 건 조금 무서워서 주저했지만…….

이렇게 되면 선택지는 남아 있지 않았다.

나는 마수의 모습을 찾으러 날아올랐다.

하늘에서 기습을 받았을 때는 재빨리 지표로 내려올 수 있는 높이를 유지했다.

『멀리서 봤을 때, 하늘을 나는 녀석 중에는 꽤나 큰 것도 있었어.』

몸이 소만한 박쥐라든가 날개가 돋은 큰 뱀 같은 녀석이라든가.

눈뿐만이 아니라 오감을 써서 경계했다.

뭐, 육체는 없으니 오감 같은 것이지만.

하지만 밤이라고 해서 마수가 더 세지는 일도 없었다. 어둠을 틈타 행동한다는 건 오히려 그다지 강하지 않다는 뜻이다.

발견하는 데 시간은 걸려도 전투 자체는 한순간에 끝나는 경우가 많았다.

『좋다, 좋아! 반향정위에 기척 감지! 편리한 스킬이 잔뜩 있구나!』

야행성 몬스터는 탐사 계열 스킬이 알찼다.

특히 유용한 것이 그 거대 박쥐, 자이언트 배트에게서 얻은 반향정위였다. 소리와 마력의 반사로 주위 30미터 이내의 지형이나 마수의 위치를 파악할 수 있는 스킬인데, 주위를 상당히 상세하게 탐색할 수 있었다.

『이대로 마석치를 모아서 랭크를 올릴까!』

네, 우쭐해졌습니다.

낮에는 본 적도 없는 야행성 마수들을 해치우는 데 성공해서 기고만장해지는 바람에 주위가 보이지 않았습니다. 그저 오로지 사냥감을 쫓는 일만 생각했습니다.

"쿠오오오오오오오!"

가까운 거리에서 갑자기 커다란 포효가 울려 퍼졌다.

『어?』

소리의 발생원을 올려다보니 거대한 그림자가 바로 위에 다가와 있었다. 얼핏 보기에 세스나기 정도는 될 것 같았다.

『말도 안 돼! 반향정위에 반응은 없었다고!』

조금 전에 사용한 반향정위에서는 모습도 형체도 나타나지 않았다.

"크아아아!"

『우왓!』

거대한 그림자가 내 바로 옆을 초고속으로 통과해 갔다.

키잉!

『우왁!』

뭔가가 내 도신과 스쳐서 새된 금속음을 울렸다.

그 충격은 무시무시해서, 나는 나선형으로 선회하면서 10미터 가까이 날아갔다.

그것뿐만이 아니었다.

스테이터스를 확인해보니 한 번 살짝 가볍게 접촉한 것만으로 내구도가 30이나 깎여 있었다.

『젠장! 기습은 비겁하잖아!』

너도 기습이 주전법이지 않냐고?

나는 괜찮아. 검이잖아.

어째서 검이면 괜찮냐고?

아무튼 검이라면 허용돼! 여하튼 검이잖아!

근데 상대한테 당하니까 엄청 열 받네!

나는 기습에 날아가면서도 어떻게든 공중에서 자세를 안정시키는 데 성공했다.

다만 상대의 모습을 정확히 포착하지 못했다.

빨라! 그 한마디밖에 할 수 없었다.

그리고 반향정위로 존재를 포착하지 못했던 이유를 알 수 있었다.

그림자 주인과 접촉한 지 고작 5초밖에 지나지 않았는데 거리는 이미 아득히 벌어져 있었다. 녀석이 지나치게 빠른 것이다.

나는 반향정위를 늘 사용하지 않고 몇 분에 한 번씩 써서 주위를 조사했다. 하지만 저만한 속도를 가진 상대라면 유효 범위 밖인 30미터 이상 떨어진 곳에서 침입해 내게 도달할 때까지 3초밖에 걸리지 않을 것이다.

"구오오오!"

『빌어먹을, 또 오잖아!』

돌진해 오는 상대를 아슬아슬하게 피하면서 감정을 시도했다.

명칭 : 레서 와이번

종족 : 열화 아룡 · 마수

Lv : 21

생명 : 223   마력 : 95   완력 : 122   민첩 : 142

스킬 : 위협 2, 은밀 2, 화염 내성 3, 기류 조작 3, 독 내성 3, 비늘 경화, 후각 강화, 흡수 강화, 시각 강화

강하잖아!

드래곤의 열화종인 와이번보다 더욱 열화종인 주제에 지금까지 본 마수 중 가장 강했다. 스킬도 현격히 많고.

회피에 전념한 덕분에 직격은 면했지만 풍압만으로도 온몸이 흔들렸다. 무시무시한 돌풍이 나를 덮쳤다.

내가 이 세계를 우습게 봤구나.

전혀 고전하지 않아서 드래곤 정도는 가볍게 잡는 거 아냐? 라고 생각했어.

『젠장!』

나보다 날쌔게 움직일 수 있는 상급 상대.

난이도가 너무 높은 거 아냐? 아니, 잠깐. 포기하면 거기서 게임은 종료된다. 포기하기에는 아직 이르다. 여차하면 지표에 거의 스칠 듯이 도망치면 어떻게든 될 거다. 아마도.

그 전에 시도해보자. 그렇다기보다 아무 것도 안 하고 도망쳐도 달아날 수 없을 것 같다.

영역 밖으로 나간다고 해서 상대가 포기할지도 알 수 없고.

이쪽도 반격할 수 있다는 것을 보여줘서 조금이라도 틈을 만들어야 한다.

좋아, 일단 녀석의 돌진에 맞춰서 카운터를 시도하자. 속도를 역이용하는 것이다.

동시에 도주도 시도한다. 살아남는 게 우선이다.

그래서 나는 레서 와이번의 돌진을 기다렸다.

녀석은 너무 빨라서 그런지 한 번 돌진하면 방향을 전환하거나 자세를 제어하는 데 시간이 걸리는 듯했다.

크게 선회하면서 이쪽으로 머리를 돌리려고 했다.

연속으로 돌진해올 걱정이 없다는 점이 유일한 위안인가.

『왔다!』

"크라라아아!"

목표는 부드러워 보이는 복부다. 돌진을 아슬아슬하게 아래쪽으로 피하고 단숨에 칼끝을 들어서 배를 가른다. 잘될지는 알 수 없지만 일단 해보자.

혹시 대미지를 받으면 도망치는 수밖에 없다.

쭉쭉 가까워지는 거체.

하지만 나는 의외로 냉정하게 있을 수 있었다.

확실히 빠르지만 차나 오토바이보다 압도적으로 빠르지는 않은 데다 움직임도 예상외로 직선적이었다.

『으라차!』

"쿠어어!"

네, 실패했습니다.

녀석의 돌진은 확실히 피했다. 하지만 생각보다 크게 움직이고 말았다.

스스로는 차분하게 대처하고 있다고 생각했지만 잠재의식으로는 공포를 느끼고 있었을지도 모른다.

들어 올린 칼끝은 레서 와이번의 배를 살짝 베었을 뿐이었다. 저 거체라면 찰과상이겠지.

상처를 입힐 수 있다는 사실을 안 건 다행이지만 말이다.

그리고 마력이 높은 만큼 마력 흡수 스킬로 빼앗을 수 있는 마력도 그런대로 많은 듯했다.

이로써 스킬을 쓰기가 조금은 편해졌군.

"그르르오오!"

『으헉! 엄청 화난 거 아냐?』

대미지는 거의 입지 않았지만 분노는 최대치로 올라갔나 보다.

긁어 부스럼이었나?

선회하면서도 증오가 담긴 그 눈은 고정된 채 나를 노려보고 있었다.

『좀 위험할지도 모르겠는데?』

그리고 다시 돌진해왔다.

나는 녀석을 피하려다가──당했다.

『커헉!』

"쿠오오오아아아!"

『빌어먹을! 잘도 때렸겠다, 도마뱀 자식! 그래도 한 방 먹였어!』

방금 나눈 공방으로 내가 카운터를 노렸다는 것을 알았겠지.

레서 와이번은 나와 접촉하기 직전, 꼬리를 아래로 휘두른 원심력으로 코스를 위로 바꾸는 곡예를 선보였다. 나는 뒷발 발톱의 직격을 고스란히 받고 말았다.

하지만 나도 가만히 당하지만은 않았다.

발톱에 튕겨나갈 때, 마침 눈앞으로 온 녀석의 오른쪽 눈으로 힘껏 돌진했다.

뭐, 그 탓에 부하가 걸려서 도신 끝이 부러졌지만.

녀석의 오른쪽 눈에는 내 도신 조각이 남아 있을 것이다.

꼴좋다!

"그아아아아아아아아아아!"

격통에 몸을 비틀면서 이리저리 날아다니고 있군.

『그보다 나, 괜찮으려나?』

도신이 3분의 2정도밖에 남지 않았는데. 멋지게 뚝 부러졌다. 당연히 통증은 없지만 이대로 괜찮을까.

비행에 문제는 없는 듯했다. 원래 염동과 부유로 날아다니고 있으니까 공기 저항은 관계없을 것이다. 모양이 바뀐 정도로 영향을 받지는 않았다.

부러진 도신 단면으로 마력이 새지도 않았다.

놀랄 만큼 멀쩡했다.

남은 건 자기 수복 스킬이 어느 정도까지 수복해주느냐에 달려 있겠군. 역시 부러진 채로 있기는 싫은데…….

그렇게 생각하고 있자니 도신 단면이 희미하게 빛나기 시작했다.

그리고 고작 몇 밀리미터지만 단면이 삐죽 솟아오르기 시작했다. 아마 수복이 시작된 거겠지.

훗. 자기 수복은 제대로 작동하는 듯했다.

『젠장, 이 도마뱀 자식! 잘도 이렇게 만들었겠다!』

내 몸에 탈이 없다는 사실을 확인하자마자 분노가 솟구쳤다.

하얗고 아름다웠던 나의 도신은 보기에도 무참했다. 용서 못 한다.

녀석도 나를 보내줄 생각이 없는 듯했다.

증오로 일그러진 형상으로 다짜고짜 달려들었다.

이성도 날아갔는지 그저 나를 물어뜯기 위해서 한없이 쫓아왔다.

부상으로 움직임이 둔해졌다고는 하나 나보다는 아직 빨랐다.

『좋아, 해보자!』

살을 주고 뼈를 취한다.

도신이 부러진 정도로는 활동에 제한이 걸리지 않는다는 사실은 알았다. 그렇다면 방법은 더 있다.

우선은 속도를 약간 늦춰서 녀석에게서 멀어지는 진로를 잡았다.

그걸 보고 도망치려 한다고 착각했을 것이다.

도마뱀 녀석은 일직선으로 달려들었다.

멍청한 놈! 걸려들었어!

나는 즉시 몸을 뒤집어 녀석의 날개를 향해 가속해 몸통박치기를 했다.

곧장 날아오던 도마뱀 녀석은 나를 피하지 못했다.

서로 가속한 양쪽은 무시무시한 기세로 충돌했다.

내 도신은 거의 다 부서졌다. 남아 있는 도신은 10분의 1 정도겠지.

하지만 그 보람이 있는지 레서 와이번은 왼쪽 날개가 뿌리부터 날아가 지면으로 점점 떨어졌다.

내 유도에 따라 고도는 30미터를 넘은 상태였다. 아무리 아룡종이라도 이 높이에서 떨어지니 멀쩡하게 끝나지 않았다.

지면에 떨어진 레서 와이번에게 다가가 보니 목이 이상한 방향으로 구부러지고 입에서는 대량의 피와 토사물이 나와 있었다.

아직도 몸이 부들부들 떨리고 있지만 죽는 건 시간문제겠지.

『후, 어떻게든 이겼네.』

위험했다.

처음 일격에 대미지를 좀 더 입었다면 당했을지도 모른다. 남은 내구도는 23. 정말 아슬아슬했다.

『자, 해치운 건 좋은데…… 마석을 어쩌지.』

그렇다, 나의 최대 목적은 마석이지만 도신의 태반을 잃은 나로서는 눈앞에 쓰러진 도마뱀 녀석에게서 마석을 꺼내기가 어려웠다.

어떻게든 안 되려나.

자기 수복의 느린 속도로 보아 완전 수복까지는 시간이 상당히 걸릴 것이다. 아마 하룻밤 사이에 수복되지 않을 터다.

그동안 다른 굶주린 마수들이 득실득실한 이 평원에서 레서 와 이번의 시체가 무사하리라고는 생각할 수 없었다.

『어쩌지…….』

자기 수복에 의한 수복은 부러진 단면에서 본드 같은 물질이 슬며시 배어나오는 것처럼도 보였다.

『하아아압.』

기합을 넣어봤다. 이 기합에 눌려서 나오는 속도가 올라가지는 않으려나.

음, 나도 참 무슨 바보 같은 짓을 하고 있는 거야.

그런 일이 있을 리가──.

『어라라?』

놀랍게도 도신의 빛이 늘어난 느낌이 들었다. 이거 혹시…….

『오오.』

도신의 수복 속도가 눈에 띄게 올라갔다. 이거 진짠가요.

그렇구나. 자동 수복 계열 스킬이라도 자신의 의지로 사용하면 효력을 높이는 것도 가능하다는 뜻인가. 그만큼 보유 마력이 무시무시한 속도로 줄었다. 1초에 1씩 줄어드는 속도다. 하지만 그 보람도 있어서 3분 정도 지난 시점에 도신이 완벽하게 수복됐다. 마력 잔량은 15. 마력 흡수로 레서 와이번에게서 마력을 빨아들이지 않았다면 부족했겠지. 진짜 아슬아슬했네.

『여러모로 공부가 되는 싸움이었어.』

그리고 마석까지 얻었다. 고전했던 만큼의 소득은 있었다.

마석 하나로 마석치를 20이나 얻을 수 있었고 말이다.

레서 와이번의 마석은 목의 뿌리 부분에 있었다. 여기라면 전투 중에 노릴 수 있었을지도 모르겠다.

『일단 오늘은 수풀에라도 숨어서 쉬자.』

레서 와이번을 해치운 다음 날.

나는 상공까지 올라가 받침대를 찾았다.

대낮이라면 먼 곳까지 내다볼 수 있으니 발견할 수 있다고 생각한 것이다.

그리고 상당히 먼 곳에서 받침대를 발견했다. 엄청나게 멀리 왔나보다.

받침대로 돌아갈 생각에 반대로 향했던 거겠지.

『으리야압!』

받침대를 향해 오로지 날았다.

도중에 마수와 몇 번쯤 조우했지만 모두 일격에 마석을 꿰뚫어 맛있게 먹어치웠다.

어젯밤에 와이번 전을 경험한 내게 하위 마수 따위는 멈춰 있는 것처럼 보였다.

새삼 드는 생각인데, 받침대에서 멀어지면 멀어질수록 마수는 강해지는 모양이다.

반대로 받침대로 가까워질수록 나타나는 마수의 랭크가 내려 간다.

받침대 주위에 흐르는 불가사의한 마력이 원인일 것이다. 추측 이지만 결계 같은 게 쳐져 있기 때문이다.

요즘 들어 마력을 다루는 데도 익숙해진 덕분에 감지할 수 있 게 되었다.

누가 쳤는지는 알 수 없지만. 내 제작자이려나?

전력을 다해 일직선으로 나아간 덕분인지, 한 시간도 안 돼서 받침대에 도착했다.

역시 낮에 하는 활동 쪽이 효율적이다.

하룻밤을 비웠을 뿐인데 그립기까지 했다. 결계의 따뜻한 마력 이 기분 좋구나.

『우오오! 받침대여! 내가 돌아왔다!』

나는 아무튼 받침대로 급강하했다.

쑥.

음, 진정된다. 받침대에 들어가니 엄청 진정되네.

역시 받침대야말로 나의 집. 받침대야말로 치유의 공간이다.

『휴. 겨우 한숨 돌렸네~.』

한동안 구름을 바라보며 시간을 보냈다.

아아, 편안해진다.

그럼 휴식도 했으니 즐길 시간이다.

『후후후후…… 하하하하하! 나는 드디어 손에 넣었다! 나는 단순한 검이길 포기한다! 죠이!』

네, 마술을 말하는 겁니다.

어제 고블린 섬멸전을 치르며 나는 고블린 메이지에게 마술 스킬을 얻었다.

염원하던 마술이다.

『화염 마술을 세트하고.』

준비 완료.

의식을 집중했다.

스킬을 몇 번이나 써봤으니 어떻게든 사용할 수 있다고 생각한다.

아니, 생각했다.

『아무 반응이 없네.』

마술이 발동하는 낌새는커녕 실패한 느낌도 들지 않았다.

다만 내가 끙끙거리다 끝났다. 그것뿐이었다.

『뭐지? 마력 부족? 아니, 고블린 메이지가 나보다 마력이 높을 리가 없는데……. 일단 메이지의 스킬을 전부 세트해보자.』

광물학, 지휘, 장술, 전장술, 불 마술, 마력 상승【소】, 마력 조작을 세트하고 염원해봤다. 그러자 이미지 몇 개가 떠올랐다.

파이어 애로, 파이어 실드?

그럼 파이어 애로로.

마술의 꽃이라면 공격 마술이지!

『뭔가 주문의 이미지가 떠올랐어.』

머릿속에 떠오른 주문을 소리 내 읽었다.

전부 읽자 내 도신에서 마력이 흘러나가는 것을 느낄 수 있었다.

『파이어 애로!』

슈웅.

내 외침에 부응하듯 허공에 불화살이 생겼다.

『오, 오오오?』

완성된 불화살이 진짜 화살처럼 멀리 날아갔다.

마술 성공이다!

『하하하! 성공이다!』

파이어 애로는 지면을 조금 태우는 정도의 위력에 불과했다.

저 정도라면 스스로 돌진하는 편이 백번 낫겠지.

하지만 아니다. 내가 마술을 썼다는 점이 중요한 것이다.

『그럼 다음은 이쪽이다! 파이어 실드!』

작은 불꽃 버클러가 생겼다.

『흐음. 강도가 얼마나 되려나.』

버클러에 염동으로 돌을 부딪혀봤다.

돌의 위력은 그리 대단치 않았다. 야구의 투수가 던지는 공 정도 속도였다.

한 발은 막아주는 듯했다.

두 발, 세 발을 맞혔다.

『음, 이 정돈가.』

방패는 세 발째 돌을 막고 소멸했다. 화살은 막겠지만 검이나 도끼는 불안한 느낌이네.

한동안 마술을 쏘며 놀았다.

어떤 주문이든 마력 소비는 5라서 랭크가 올라간 나는 꽤나 연속으로 발사할 수 있었다.

『파이어 애로! 파이어 애로! 야호!』

내가 진정한 건 30분 정도가 지난 이후부터였다.

관목이 불타고 있다고 느껴지는 건 내 기분 탓이겠지.

『휴우. 그러고 보니 스킬을 검증해야지.』

마술을 쓰기 위해 필요한 스킬을 확정하자.

우선은 마술과 관계없을 법한 광물학과 지휘를 제외했다.

장술, 전장술, 불 마술, 마력 상승【소】, 마력 조작으로 마술을
써봤다.

『쓸 수 있구나.』

그렇다면 장술, 전장술도 제외하자.

『파이어 애로!』

문제없는 모양이다.

다음으로 마력 상승【소】를 제외했다.

마술은 역시 쓸 수 있었다.

이번에는 마력 조작을 제외했다.

이로써 불 마술만 세트한 상태다.

『못 쓰네.』

마력 조작을 다시 넣었다.

『파이어 애로.』

슈웅.

보아하니 마술을 쓰는 데는 마력 조작이 필수인 듯했다.

앞으로는 넣어둘 필요가 있겠군.

그렇다면 이름이 비슷한 또 다른 스킬, 기력 조작도 궁금했다.

『마력 조작이 마술. 그러면 기력 조작은 뭐지?』

기력 조작을 가지고 있던 킹에게서 얻은 스킬은 위압, 검기, 검술, 지휘, 사기 고양, 방패술, 도발, 투척, 패기다.

역시 검술인가? 아니, 검기라는 새 스킬도 있다. 이건 뭐지?

검증을 계속하니 역시 검기와 기력 조작이 세트라는 사실을 알수 있었다.

검기는 기력을 소비해서 사용할 수 있다. 전사 등이 쓰는 필살기 같은 것이다.

2연격인 더블 슬래시와 일격필살인 헤비 슬래시라는 두 가지 기술이 있었다. 이것도 재미있어 보였다.

『얼른 써볼까.』

이 기술이 있으면 보다 강한 마수를 상대로도 싸울 수 있다. 사냥도 순조롭겠지.

『고블린 사냥도 일단락됐으니까 조금 멀리 나가볼까?』

불 마술을 익히고 나흘.

나는 매일 변함없이 살육의 마검으로서 마수의 두려움을 받거나 공격을 받으며 보내고 있었다.

마석 흡수도 진행되어 자기 진화 랭크는 4에 달했다.

최근에는 마석마다 맛이 다르다는 것도 알게 됐다. 아니, 맛 따위가 있을 리는 없지만, 마수에 따라 마력의 질이 명백하게 다른 것이다. 그 차이를 알 수 있게 됐다는 뜻이다. 요즘 마음에 드는 건 고블린이나 오크 등 사인의 마석이었다. 다른 마수의 마석에 비하면 흡수할 때의 자극이 강하고 만족스럽기 때문이다. 가끔

먹는 매콤한 요리가 묘하게 맛있게 느껴지는 감각이랄까. 뭐, 정말 극히 조금이지만 말이다.

스킬도 대량으로 입수했다. 그리고 숙련도도.

오크의 아종인 미식가 오크의 소굴은 특히 괜찮았다. 스킬도, 마석 흡수 욕구를 채운다는 의미에서도.

무기 스킬도 여러 개를 손에 넣었고, 사용 빈도가 가장 높은 검기, 검술의 레벨도 3까지 올랐다.

검술 스킬 레벨을 올려도 처음에는 효과를 그다지 실감하지 못했지만, 레벨이 3을 넘자 압도적인 효과를 알 수 있었다.

생각대로 검, 다시 말해 자신을 조종할 수 있는 감각이라고 하면 좋을까. 상대의 급소를 핀포인트로 정확히 공격할 수 있게 된 것이다.

거대한 마수의 공격을 흘리거나 받아넘기는 것도 가능해져서 몸이 검인 나로서는 공방일체의 스킬이라고 해도 과언이 아니었다.

그 후, 전투력을 한층 더 상승시키기 위해 스킬 레벨업 보너스로 레벨을 더욱 올렸다. 지금은 검술과 검기 모두 레벨 7이다.

미식가 오크 메이지들에게서는 흙, 바람, 물 마술도 입수했다. 정화 마술에 보조 마술도 얻을 수 있었다.

종족 특성인지, 대부분의 개체가 요리나 해체를 높은 레벨로 가지고 있어서 둘 다 레벨 5까지 올라 있었다. 검술 다음으로 레벨이 높은 스킬이 사용 기회가 전혀 없는 스킬이라는 사실에 웃음이 나왔다.

그 밖에도 다양한 마수에게서 갖가지 스킬을 입수했다.

돌처럼 단단한 등딱지를 가진 거미, 스톤 스파이더에게서 입수한 독니의 상위 스킬인 맹독니.

육식하는 거대 두더지, 구멍 파기 두더지에게서 얻은 열원 감지.

포이즌 팽 래트와 마찬가지로 이름은 그럴싸한데 마비 스킬을 가지고 있지 않았던 마비 발톱 고양이에게서는 기적 차단.

그것들을 비롯해 새 계열 마수에게서 입수한 기류 시각 등의 감지 계열 스킬이나 설치류 타입의 소형 마물이 가지고 있던 은밀 계열 스킬 등등. 쓰기 쉽고 유용한 스킬도 많았다.

평원의 70퍼센트 정도는 제패해서 이제는 우리 집 앞마당 같았다.

『으랴압!』

푸잉.

『파이어 애로!』

푸르르.

내가 지금 싸우고 있는 건 작품에 따라 힘이 전혀 다른 치트 오어 잔챙이 즉, 슬라임 씨였다.

이 세계에서는 어느 쪽이냐면 강적 쪽이었다. 높은 재생력에 물리에 대한 내성. 은밀성도 있었다.

더 나아가 점체기(粘體技)라는, 젤라틴 재질의 육체를 조종해 싸우는 스킬까지 가지고 있었다. 육체를 촉수 모양으로 만들어 채찍처럼 공격하거나 육체의 일부를 떼어 돌처럼 날려서 상당히 성가셨다.

나로서는 유난히 더 성가시게 느껴졌지만 말이다.

게다가 이 녀석들은 몸속에 강력한 산성을 띤 부분이 있다. 아무래도 여러 층으로 나뉘어 있는지 단단한 외층, 잡은 사냥감을 녹이는 산성의 중층, 마석을 보호하고 있는 독성의 심층. 그런 느낌이었다.

그리고 산성 부분이 나한테 무척 위험했다. 만지기만 해도 대미지를 입을 테니까.

습득한 불 마술로 태우는 것밖에 방법이 없었다.

다만 슬라임은 상당히 컸다. 가장 작아도 1미터. 큰 개체는 2미터 정도였다. 불 마술만으로 쓰러뜨리느라 몇십 발이나 쏴야 하는 경우도 있었다.

생각한 끝에 내가 고안한 전법은 대미지를 입을 각오로 슬라임을 가르고, 갈라진 틈으로 마석을 향해 불 마술을 쳐넣는 것이었다.

슬라임은 공격을 받으면 그 방향으로 촉수를 뻗어 반격하는 습성이 있다. 나한테 입히는 대미지는 늘어나지만 촉수로 소비된 양만큼 몸이 작아져서 마석을 노리는 마술은 오히려 통과하기 쉬워지는 것이다.

불필요하게 불 마술을 쏘는 것보다는 받은 대미지를 회복하는 쪽이 마력도 적게 들었다.

『이게 다인가?』

그건 그렇고 수가 많았구나. 슬라임의 서식지였던 모양이다. 쓰러뜨리고 쓰러뜨려도 지면 아래에서 솟아나왔다.

이 주변 마수에 비하면 슬라임은 그렇게 강하지 않지만 숫자로 대항하고 있었을 것이다.

『응? 뭔가 오는데?』

하지만 한숨 돌릴 새도 없이 나는 새로운 마수가 접근하는 것을 감지했다.

슬라임의 시체에라도 이끌려온 걸까.

"부오오오!"

발소리를 울리며 나타난 건 몸길이 3미터 정도의 거북이었다.

우선 감정으로 정보를 찾아봤다.

『캐논 토터스? 그러고 보니 대포 같은 통이 달려 있네.』

거대한 등딱지 정면으로 1미터 정도 길이의 통이 튀어나와 있었다. 저게 포신인가보다.

등에 붙어 있는 가느다란 파이프 같은 관은 뭐지? 개조 오토바이의 커다란 머플러처럼도 보였다.

"부오오!"

위잉!

거북의 울음소리에 호응하듯 청소기가 빨아들이는 소리와도 비슷한 날카로운 소리가 울려 퍼졌다.

『그렇군. 저 관으로 공기를 빨아들이는 건가.』

새형 마수에게서 빼앗은 기류 시각을 써보니 잘 알 수 있었다. 주위의 공기가 캐논 토터스의 등딱지에 달린 관을 향해 흘러들어가고 있었다.

펑!

그리고 포신에서 보이지 않는 포탄이 쏘아졌다.

뭐, 기류 시각이 있는 나한테는 훤히 보여서 여유 있게 탄환을 피할 수 있었다.

『공기를 압축해서 쏘는 건가!』

원거리 공격이 가능한 적은 오랜만에 보네.

하지만 움직임은 상당히 둔했다.

"부오오오!"

『어설퍼!』

게다가 한 발마다 공기를 모아야 하는 데다 정면에서만 쏠 수 있는 듯했다.

내가 전력을 다해 뒤로 돌아가자 느릿한 움직임으로 몸을 돌리려고 했으니 말이다.

다만 등딱지는 상당히 단단해 보였다. 여기에 갇히면 성가실 것 같았다.

『그렇다면 그 전에 쓰러뜨리자!』

나는 높은 고도로 올라가 그대로 캐논 토터스의 목을 향해 기세 좋게 낙하했다.

모습이 사라진 나를 찾아 두리번거리며 주위를 둘러보고 있네. 목이 훤히 보였다.

그리고 낙하한 나의 도신이 캐논 토터스의 목을 단숨에 베어 날려버렸다.

『좋았어! 노렸던 대로야!』

승리에 대해 자축하는 나.

하지만 그 기쁨은 잠시밖에 이어지지 않았다.

『하여간에, 조금은 쉽게 해달라고.』

슬라임의 시체가 캐논 토터스를 부르고, 캐논 토터스의 피가 새로운 마수를 불러들였다. 자연계라면 당연한 흐름이지만 당사

자로서는 한숨을 한 번 쉬고 싶어진다.

게다가 이번 마수는 상당히 강해 보였다.

"그르르르."

『우와, 압도감이 엄청난데.』

눈앞에 있던 건 몸길이 7~8미터 정도의 거대한 붉은 표범 마수였다. 꼬리 끝이 횃불처럼 불타고 있었다.

『감정해야지.』

마수의 이름은 플레어 레오파드.

스테이터스 수치는 과거에 봤던 마수 중에서도 최강일 것이다. 특히 민첩 수치는 레서 와이번의 두 배 이상인 305나 됐다. 더 나아가 불 마술도 있어서 원거리와 근거리에서 모두 싸울 수 있을 듯했다.

『성가시네.』

하지만 강하다는 건 그만큼 마석치도 높다는 뜻이다.

이 녀석의 마석은 어떤 맛일까?

『네 마석도 먹어주마!』

"크아아앙!"

플레어 레오파드와의 격전으로부터 이틀이 지났다.

『좋아, 가볼까.』

이제부터 향하는 건 평원의 외각. 내가 멋대로 에어리어 5라고 이름 붙인 장소다.

이 독창적인 지역 구분은 출몰하는 마수의 힘으로 대충 나눈 것이다.

받침대의 결계가 내는 효과인지, 평원에서는 받침대에서 멀어질수록 마수가 강해진다.

받침대 주위의, 고블린 등의 잔챙이만 나타나는 장소를 에어리어 1로 하고 숫자가 늘어나면 늘어날수록 마수가 강해져간다는 생각이다.

그리고 이제부터 향할 에어리어 5가 일단 최대치라고 설정했다.

에어리어 5보다 더욱 바깥쪽으로 가면 미지의 영역이다. 보기에는 평원이 끊어지고 갑자기 삼림 지대가 펼쳐져 있었다.

다만 때때로 나무들 사이로 어른거리는 마수는 에어리어 1이나 2에 나타나는 잔챙이뿐이어서 에어리어 5보다 강한 마수가 있다고는 여겨지지 않았다.

뭐, 에어리어 5의 마수가 어째서 그쪽으로 진출하지 않았느냐는 의문이 드는데.

그것도 도달하면 알 수 있을지도 모른다.

『잔챙이는 안 보이네.』

평원에서는 에어리어가 진척됨에 따라 마수의 숫자는 줄어드는 경향이 있다. 그 대신 넓은 영역을 가진 대형 마수가 늘어난다.

어제까지 주전장으로 삼았던 에어리어 4에서는 하루에 20마리 정도밖에 사냥하지 못했다.

그만큼 평균 마석치가 15를 넘어서 고블린을 백 마리 사냥하는 것보다 압도적으로 많은 마석치를 얻을 수 있었지만 말이다.

참고로 현재 나의 스테이터스는 이런 느낌이다.

명칭 : 불명

종족 : 인텔리전스 웨폰

공격력 : 314   보유 마력 : 1000/1000   내구도 : 800/800

자기 진화 〈랭크 5 마석치 1366/1500 메모리 34 포인트 38〉

스킬 : 감정 6, 공격력 상승【소】, 고속 자기 수복, 스킬 공유, 장비자 회복 상승【소】, 장비자 스테이터스 상승【소】, 염동, 염동 상승【소】, 염화, 보유 마력 상승【소】, 마수 지식, 마술사, 메모리 증가【소】

자기 진화의 랭크가 올라가서 입수한 포인트를 소비하여 자기 수복을 고속 자기 수복으로 레벨업했고, 염동 상승【소】, 마수 지식, 메모리 증가【소】를 새로 얻었다.

메모리 스킬은 그때마다 바꾸기 때문에 솔직히 전부 파악하지는 못했다. 그중에는 사용할 수 없는 스킬도 많고 말이다.

『오, 마수 발견!』

명칭 : 고블린

종족 : 사인

Lv : 3

생명 : 10   마력 : 2   완력 : 7   민첩 : 8

스킬 : 경계 1, 독 내성 1, 요리 1

설명 : 10만 년 전에 몰락한 사신(邪神)의 조각에서 태어난 사인의 일종. 사인 이외의 존재에 대한 강한 악의와 증오를 품고 있어서 서로 어울리는 것은 불가능하다. 민첩하고 잔재주가 좋다. 성격은 난폭하고 잔인하다. 사악한 존재이므로 발견 즉시 제거하는 것을 추천한다. 마석 위치 : 몸통 중앙, 명치.

에어리어 2도 그만 넘어가자 싶은 곳에서 걸어가는 고블린 두 마리를 발견했다. 소굴을 소탕했다고 해도 멸종시킨 게 아니라서 때때로 모습을 볼 수가 있었다.

스테이터스 뒤에 붙어 있는 설명문은 포인트 보너스로 취득한 마수 지식의 효과다. 감정과 동시에 사용이 가능했다.

이것 덕분에 전투가 상당히 편해졌다. 약점과 마석이 있는 곳이 명확해져서 처음 본 마물이라도 일격필살이 가능해졌기 때문이다.

『보자마자 소탕이라니…… 완전히 바퀴벌레 취급이네.』

내가 생각한 것 이상으로 사악한 느낌이었다.

뭐, 인간의 기준에서 보면 그렇겠지만.

나는 원래 인간이고 일단 인간 쪽에 설 생각이니 앞으로도 경험치로 삼아주자.

그럼 다른 한 마리는…….

다른 고블린과 겉모습이 조금 달랐다.

뿔은 두 배인 20센티미터 정도인 데다 불규칙하게 구부러져 있었다. 피부도 보통 고블린과는 달리 먹을 뒤집어쓴 듯이 새까 맸다.

명칭 : 이블 고블린

종족 : 사인

Lv : 2

생명 : 38 마력 : 21 완력 : 26 민첩 : 19

스킬 : 검술 2, 투척 1, 등반 1, 독 내성 1

칭호 : 사신의 종

설명 : 불명

고블린에 가끔 섞여 있는 이블 고블린이 또 나왔다. 고블린 소굴에도 있었지만, 그때는 '좀 이상하게 생겼네' 정도로 인식했다.

하지만 밖으로 나와서 감정해보고 놀랐다. 고블린 킹에게는 미치지 못하지만 보통 고블린보다는 압도적으로 강했다. 이 녀석 역시 레벨 2인데 스테이터스는 상당히 높았다. 게다가 칭호를 가지고 있었다.

아마 엘리트 종일 것이다. 실제로 다른 고블린을 통솔한 적도 많았으니 말이다. 그리고 설명이 불명이다. 이것도 수수께끼다. 감정의 레벨을 올리면 보일까. 아니면 처음부터 없을지도 모른다.

뭐, 보통 고블린의 설명에서 퇴치를 추천한다고 했으니까 둘 다 내 경험치로 삼자.

그런데 정말 신이 있는 세계구나. 자칭 신이라는 초월자적인 녀석이 있는 건지 진짜 신인지는 알 수 없지만, 가능하면 만나고 싶지 않다. 신이나 종교는 여러모로 번거로운 이미지만 있으니까.

『마석을 두고 가라!』

그렇게 마수를 사냥하면서 이동했다.

『이야호!』

어제 나는 멋진 이동 방법을 떠올렸다.

염동을 최대 화력으로 사용해서 슈웅 튀어나간다.

자유낙하에 맡기고 떨어진다.

이걸 반복한다.

염동 캐터펄트 어택을 사용했을 때 생각한 것이다. 이름하여 염동 캐터펄트 이동법.

이점은 처음에 발동시킬 때만 마력을 사용하므로 마력을 절약할 수 있다는 것이다.

나는 염동 캐터펄트 이동법을 반복해서 점심 전에 에어리어 4에 도착했다.

역시 에어리어 4가 되자 마수가 만만치 않았다.

한 방에 쓰러뜨리는 일도 줄었고, 마수에게 공격을 받았을 때 내구도도 상당히 깎였다.

에어리어 1에 있던 고블린들의 공격에는 내구도가 전혀 줄지 않는 데 비해 이 주변 마수의 공격이 직격하면 백 이상 줄어드는 일도 있었다. 긴장을 늦추면 위험했다.

그리고 나는 마침내 에어리어 5에 도달했다.

『자, 에어리어 5의 마수는 어떤 녀석들일까?』

탐사 계열 스킬을 여러 개 사용해서 마수를 찾았다.

먼저 상대의 모습을 발견하여 선제공격을 가하는 일은 사냥에서 무척 중요하다.

경우에 따라서는 대미지를 입지 않고 쓰러뜨릴 때도 있으니 말이다.

『근데 마수가 전혀 없네.』

한 시간은 찾아 돌아다녔지만 마수를 전혀 발견하지 못했다.

혹시 마수가 없는 건가?

에어리어 5라고 이름을 붙였지만 실제로는 에어리어 4가 최대인 건가?

그런 생각이 들어서 조금 초조했지만, 에어리어의 구석에서 발견할 수 있었다.

큰 마력 반응. 틀림없이 마수다. 게다가 전례 없이 강력했다.

『야호! 마력 반응이 엄청 강해!』

지금까지 마력이 가장 강한 건 에어리어 4에 있던 플레어 레오파드였는데, 이 반응은 그것을 상회했다.

『고도를 좀 높이자.』

지상에서 발견되지 않도록 비행 고도를 상승시켰다.

지각 계열 스킬이 어지간히 강하지 않은 한 나를 발견하기는 어려울 것이다.

『찾았다! 근데 저건 뭐지? 웅덩이?』

평원에 직경 5미터 정도 되는 웅덩이로 보이는 뭔가가 덩그러니 있었다.

다만 그 웅덩이에서 강한 마력이 느껴졌다.

으음. 저 안에 있다는 건가?

접근해야 하나 말아야 하나.

얼핏 보기에 웅덩이 안에 생물 같은 모습은 보이지 않았다.

『좀 더 다가가서 감정해볼까.』

아무리 그래도 지금 높이라면 감정이 작동하지 않는다. 20미터 정도로는 다가가야 한다.

그리고 웅덩이로 다가갔을 때였다.

부르르.

수면이 흔들렸다.

바람? 아니, 흔들리는 수면의 모습이 달랐다. 좀 더 이렇게 우무 같았는데?

부들부들부들부들부르르.

웅덩이가 더욱 떨렸다. 그리고 폭발했다고 착각할 만큼 힘차게 넘쳐흘렀다.

자세히 보니 그건 물이 아니었다.

『우왁! 거대 슬라임이잖아!』

웅덩이라고 생각한 건 단단하게 굳은 거대 슬라임이었다.

내 반응을 감지하고 전투태세를 취한 거겠지.

하늘을 향해 솟아오르는 분수처럼 솟구친 슬라임의 기세는 바로 약해졌다.

그리고 이번에는 중력에 이끌린 듯한 기세로 지면으로 떨어져갔다. 그 광경은 마치 폭포 같았다.

낙하하는 기세로 연못처럼 퍼진 젤라틴 재질의 몸을 수습하며 모아 거대한 둥근 덩어리를 형성했다. 그 모습은 크기를 제외하면 다른 슬라임과 다르지 않았다.

그건 그렇고 이렇게 큰 슬라임은 처음 봤다.

보통 슬라임은 기껏해야 1미터 정도다. 커도 2미터는 넘지 않는다.

그런데 이 슬라임은 15미터를 넘는 거체에다 초절한 마력을 보유하고 있었다. 조금 압도당하는 기분이었다.

『이, 일단 감정하자.』

명칭 : 글러트니 슬라임 로드

종족 : 점정(粘精) · 마수

Lv : 58

생명 : 620   마력 : 822   완력 : 539   민첩 : 308

스킬 : 회피 3, 회피 상승 4, 의태 6, 흡수 8, 경화 8, 순간 재생 7, 상태 이상 내성 7, 도약 5, 연화 8, 점체기 7, 점체술 8, 물리 공격 내성 7, 포식 9, 마력 감지 7, 차원 수납, 기력 조작, 흡수 강화, 강산 점체, 소화 강화, 마력 조작

설명 : 글러트니 슬라임의 최상위종. 주위의 생명체를 잡아먹으며, 무한하게 성장한다. 시공 마술에 가까운 능력을 가져서 쓰러뜨린 적을 차원에 수납해 오랜 기간 보존하여 계속 먹는다. 먹이가 많은 환경에서는 용을 잡아먹을 정도의 힘에 도달한 개체도 보고된다. 발견하자마자 국가에서 토벌대를 파견하는 경우가 많다. 마석 위치 : 본체 중앙부.

우와. 상당히 위험한 마물이잖아. 무한하게 성장한다니…….

눈앞에 있는 이 녀석은 아직 젊은 개체인 건가. 설명문만큼 위험한 개체는 아닌 듯하지만 위험한 상대인 건 변함없다.

물리 공격 내성에 강산 점체라.

섣불리 돌격하면 잡혀서 녹는다는 뜻이네.

점체기 스킬 레벨도 다른 슬라임은 4 정도였는데 이 녀석은 7이다.

『직격하면 사망 플래그가 설 거 같아.』

그럼 어떻게 할까.

마술이 좋을까? 하지만 가장 효과가 있을 법한 불 마술이라고 해도 이 거체를 다 깎아내려면 몇 백 발이 필요할까? 마력이 반드시 부족하겠지.

주욱.

슬라임이 몸을 뻗었지만 역시 고도를 높인 나한테는 닿지 않았다.

다만 마력 감지가 높아서 나를 확실히 먹잇감으로 인식하고 있는 듯했다.

스킬로 밀고 나갈까?

하지만 몸체를 자잘하게 깎는다고 해도 순간 재생이 있는 한 상황이 점점 악화될 듯했다.

『그런데 내가 버틸 수 있을까?』

녀석을 공격하면 산성 몸체에 의해 검인 나도 대미지를 입는다. 이 녀석은 강한 산성 점체를 가지고 있어서 몇 번이나 쓸데없이 공격하고 싶지는 않았다.

『그럼, 우왓!』

슬라임 로드의 몸이 천천히 휘어지더니 표면이 흔들렸다. 그리고 자신의 몸을 산탄처럼 날렸다. 그야말로 고속으로 날아오는 강산 탄환이었다.

『큰일 날 뻔했어!』

회피 스킬로 어떻게든 피했다. 하지만 지금 공격은 탐색용일 것이다.

더 격렬한 공격을 피할 자신은 없다.

『좋아, 단기 결전을 해보잔 거지. 필살의 일격을 먹여주마.』

나는 불 마술을 슬라임 로드를 향해 쐈다.

역시 큰 효과는 없는 듯했다.

하지만 이것으로 충분하다.

『너희 습성은 알고 있다고.』

나는 불 마술과 염동에 의한 투석. 더 나아가 대미지를 입을 각오로 돌진하며 끝없이 공격을 가했다.

슬라임 로드가 만들어내는 촉수의 숫자가 차츰 늘어나서 나의 대미지도 축적되어갔다. 게다가 회복으로 돌리는 마력 소비량도 늘어났다.

『쳇. 회복하기보다 받는 대미지 쪽이 많아졌잖아.』

우왓!

이얍!

으랏차!

늘어나는 촉수의 숫자에 비례해서 더욱 격렬해지는 글러트니 슬라임 로드의 공격.

하지만 이거야말로 나의 노림수였다.

『진화해도 습성은 달라지지 않는구나!』

일부러 녀석의 촉수 공격을 격화시켜서 그만큼 마석을 덮은 육체를 얇게 만든 것이다.

나는 염동 캐터펄트를 발동해서 녀석의 마석을 향해 돌진했다.

말하자면 단순한 돌진. 다만 나의 모든 정신을 쏟은 돌진이었다.

염동 캐터펄트에 투척 속도를 상승시켜주는 바람 마술, 윈드 슈터를 조합한 초고속. 거기에 검기 스킬로 파괴력을 조합한, 지금의 내가 날릴 수 있는 최강의 일격이었다.

『이 공격만은 유일하게 이름을 붙였습니다. 이름하여 순천살법!』

지금은 들떠서 생각난 대로 불렀지만 냉정해지면 각하되겠지. 아마도.

소리가 순간 사라졌다.

우우우우우우우우우우우웅!!

직후 평원에 울려 퍼지는 굉음.

내가 검이 아니었다면 귀가 울려서 기절했을 것이다.

반격도 못한 슬라임 로드의 거체에는 커다란 구멍이 뚫려 있었다. 물론 마석도 제대로 소멸시켰다.

부들부들부들부──.

그리고 슬라임 로드는 움직임을 멈추고 지면에 촤악 퍼져갔다.

정체 모를 점액이 지면에 뿌려진 듯한, 조금 괴이쩍은 광경이었다.

『휴우, 이겼구나……. 근데 꽤 위험했어.』

잠깐 충돌했는데 도신이 절반 가까이 녹았다. 녀석에게 먹혔다면 순식간에 소멸했을 것이다. 일격필살로 처리한 건 정답이었나.

〈자기 진화의 효과가 발동했습니다. 자기 진화 포인트 30 획득〉

놀랍게도 마석치를 150이나 획득했다. 역시 최상위 마수답네.

명칭 : 불명

종족 : 인텔리전스 웨폰

공격력 : 352　보유 마력 : 1300/1300　내구도 : 1100/1100

입수 스킬 : 의태 1, 경화 1, 순간 재생 1, 연화 1, 차원 수납

자, 입수한 스킬도 여기서 검증해볼까.

상당히 유용해 보이는 스킬이 있어서 우선 사전 조사를 했다.

『으응?』

주위에 섞일 수 있다는 의태를 써봤지만 효과를 그다지 실감할수 없었다. 스스로는 의태가 잘 됐는지 안 됐는지 모르겠고. 다음으로 시험한 경화 스킬도 역시 효과를 알 수 없었다. 이미 단단하니 말이다.

다만 순간 재생은 굉장했다. 마력 소모가 심하지만 도신이 한순간에 재생했다. 급할 때는 순간 재생, 시간이 있을 때는 자기수복을 쓰자.

다음은 좀 재미있어 보이는 연화 스킬이었다.

『오오. 부드러워졌어.』

레벨이 낮아서 그렇게 두드러지지는 않은 듯하지만 도신이 확실히 부드러워졌다.

몸을 흔들어보니 도신이 윙윙 진동했다. 재미있네.

뭐, 이것도 지금부터 시험할 스킬 앞에서는 전채에 불과하다.

『차원 수납, 발동.』

이른바 소재 박스 능력이었다.

눈앞에 있던 돌멩이가 사라졌다. 재발동해서 이번에는 나오도록 상상하니 잔돌이 허공에서 솟아올랐다.

풀이나 돌을 여러 개 넣어보니 머릿속에 수납물의 일람이 표시됐다. 편리했다.

『남은 건 용량이네.』

적으면 솔직히 실망이다.

우선은 여러 가지를 넣어서 한계를 시험해보자.

『처음에는 이 녀석을 넣어보자.』

방치되어 있던 글러트니 슬라임 로드의 잔해를 수납해봤다.

그 질량은 상당해서, 25미터 수영장의 반 정도 양은 된다고 생각한다.

『역시 상위 마수의 스킬이로군.』

상한이 어느 정도인지는 알 수 없지만, 이만한 용량이 있으면 장비자에게 충분히 유용한 스킬이 될 것이다. 해치운 마수를 수납하거나 식량을 운반하거나 말이다. 지갑 대용으로도 쓸 수 있겠지.

참고로 자기 진화의 랭크가 올라가면 마력과 내구도가 가득 찬다. 그 덕분에 지금의 나는 만전의 상태다. 다만 정신적인 피로까지는 줄여주지 않는다.

『피곤하니까 일단 오늘은 낮은 에어리어에서 사냥하자.』

슬라임 로드와의 격전을 끝낸 다음 날. 오늘도 역시 에어리어 5를 탐색했다.

어제는 남쪽 구역에서 슬라임 로드와 싸웠으니까 오늘은 다른 방향을 탐색하자고 생각했다.

슬라임 로드 같은 강적이 있을지도 모르고…….

그리고 동쪽 구역에서 나온 것이 몸길이 20미터가 넘는 거대한 뱀 마수, 도플 스네이크다. 몸통의 두께는 드럼통만했다.

이 녀석은 그 이름에 어울리게 분신 창조라는 스킬을 가지고 있었다.

모습을 본뜬 자신의 분신을 만들 수 있는 스킬이다.

격투 끝에 쓰러뜨린 분신이 환상처럼 사라졌을 때는 정말 놀랐다.

게다가 이 스킬은 레벨이 높으면 본체의 힘을 능가하는 분신을 만들어낼 수 있는 모양이다.

하지만 벼르고 덤빈 본체가 그렇게 강하지 않아서 맥이 빠졌다.

전투력으로는 에어리어 4에 사는 마수 이하였던 것이다. 아니, 그 거체를 살려서 날뛰었으면 상당히 강했을 텐데…… 좁은 곳에 숨어 있던 탓에 힘을 살릴 수 없었던 듯했다. 땅속에 숨은 본체를 찾으면 순식간에 끝장나는 것이다.

『후후후, 이로써 공격력이 두 배가 됐다.』

입수한 분신 창조 스킬을 즉시 써봤는데…….

"어라? 검이 아냐……."

『뭐야 이거, 생전의 나잖아.』

그렇다, 분신 창조로 만들어진 분신은 인간이었던 무렵의 모습을 본뜬 것이었다. 마찬가지로 도플 스네이크에게서 입수한 분할 사고에 따라 검과 분신을 동시에 움직일 수 있었다.

"어라? 이거 장비자가 필요 없는 거 아냐?"

『진짜? 분신은 얼마나 강한데?』

이대로 분신에게 날 장비시키면 되는 거 아냐? 라고 생각했지만, 일이 그렇게 잘 풀리지는 않았다.

우선 분신 창조는 제한 시간이 있었다. 현재는 5분.

게다가 분신은 엄청 약했다. 스테이터스의 평균이 5여서 고블린 이하로 약했던 것이다.

더욱이 스킬도 약했다. 분신도 내가 가진 스킬을 쓸 수 있지만 모든 스킬 레벨이 1이었다.

이래서는 제대로 쓸 수 없겠지.

참고로 모습은 전라였다. 보는 사람이 없어서 다행이다. 몇 번쯤 시험해봤지만 결국 넝마쪼가리를 두른 모습밖에 만들어지지 않았다. 분신 창조 스킬의 레벨이 낮아서 그런가?

이 스킬을 쓴다면 미끼 정도일 것이다. 하지만 마력 소비도 엄청나기 때문에, 잔챙이 분신을 만드는 데 5백 이상이나 들어서 곤란하다.

솔직히 이대로는 완전히 쓸모없는 스킬이 될 것이다.

이 밖의 스킬도 탈피나 열원 감지, 비늘 재생처럼 쓸 수 없거나 가지고 있는 스킬밖에 없었다.

유일하게 이용 가치가 높아 보이는 것이 왕독니라는 독니의 상위 스킬이었다. 이미 가지고 있는 맹독니보다 더욱 상위 스킬이었다.

『왕독니는 실전에서 시험해야겠네.』

일단 도플 스네이크를 수납해두자.

이 거대한 뱀을 수납해도 차원 수납은 아직 가득 차지 않았다. 용량이 상상 이상이네.

오후부터는 북쪽 구역으로 향했다.

물론 마수를 사냥해 수납하며 이동했다.

남쪽과 동쪽을 공략하고 알았는데, 에어리어 5는 광대한 동서

남북 구역을 각각 보스 한 마리가 지배하고 있는 듯했다.

구역 보스 같은 감각이랄까.

왜냐하면 강하다고 생각되는 마수는 슬라임 로드와 도플 스네이크밖에 만나지 않았기 때문이다. 나머지는 구역 보스의 먹잇감일 것이다.

그래서 다음은 북쪽 구역의 보스로 정했다.

『구역 보스는 강한 스킬을 가지고 있을 테니 기대되네.』

그곳에 있던 건 지금까지 만난 구역 보스 중에서 가장 작은 거북 마수였다. 하지만 마력은 다른 구역 보스 못지않았다.

몸길이는 5미터 정도. 검게 빛나는 등딱지 뒤쪽으로 관 열 개가 튀어나와 있고, 전면 중앙으로는 두꺼운 포신이 튀어나와 있었다. 감정으로 이름을 조사했다.

『블래스트 토터스로군.』

예전에 쓰러뜨린 캐논 토터스의 상위종인가보다. 관으로 주위의 공기를 흡수하여 포신에서 압축해 발사하는 능력도 똑같았다.

"구오오오오오오오!"

하지만 관의 숫자가 많은 만큼 위력은 틀림없이 위일 것이다.

게다가 원거리 포격 계열 마수답게 탐지 능력도 넓은 범위에 미치는 모양이다.

상당히 떨어져 있는데도 불구하고 이미 나를 목표로 포신을 고정한 것을 알 수 있었다.

"구오!"

퍼펑!

압축 공기가 연속으로 쏘아졌다.

『우왓!』

설마 연속으로 쏠 줄은 생각 못 했다. 캐논 토터스는 일일이 모으지 않으면 쏘지 못했는데, 역시 상위종다웠다.

퍼퍼펑!

다시 고속으로 날아오는 공기탄.

『으라차!』

나는 회피하는 궤도에 올랐지만…….

퍼펑!

『으헉!』

공기탄이 갑자기 터졌다. 사방으로 동시에 폭발한 공기탄을 뒤집어썼다. 엄청난 대미지다.

여파가 이정도 위력이라니!

게다가 원격으로 폭발이 가능해? 엄청나게 고성능이잖아!

『큭, 위험해 위험하다고!』

움직임이 봉쇄되자 공기탄이 연이어 날아왔다.

직격당해 내구도가 뚝뚝 떨어졌다.

추가로 날아오는 공기탄이 보였다.

일단 탈출해야 해.

나는 염동 캐터펄트로 단숨에 낙하해서 공기탄을 회피했다.

그대로 최고 속도로 지그재그로 비행해 공기탄의 탄막을 계속 피했다.

『우쭐해하기는!』

나는 때때로 대미지를 받으면서도 거북에게 한 발 한 발 다가갔다.

『잡았다!』

접근하기만 하면 이쪽 세상이다.

나는 도신을 거북의 노출된 목에 찌르——지 못했다.

『앗! 도망치지 마!』

거북이 평소의 느릿한 움직임으로는 상상도 할 수 없는 속도로 목과 다리를 집어넣은 것이다.

너무 분해서 등딱지를 공격했지만 조금도 벨 수 없었다.

몇십 번 공격하면 등딱지도 뚫을 수 있겠지만…….

『하지만 그런 짓을 허락할 리 없겠지!』

휘휘휘휘휘휙!

목을 숨긴 거북은 그 자리에서 고속으로 회전하기 시작했다. 마치 가메라(《가메라 시리즈》에 등장하는 거북 형태의 거대 괴수. 사지와 머리를 등딱지에 넣고 고속 회전하며 날아다닐 수 있다)처럼.

그리고 무차별적으로 공기탄을 쏘아댔다.

의도가 담겨 있지 않은 공격이라 읽기도 어려워서 피하기가 힘들었다.

내 주위에 착탄해서 대지를 휘감아 올리는 공기탄.

하지만 거리를 벌려도 또다시 공기탄의 표적이 될 뿐이다.

감지 계열 스킬로 이쪽의 움직임을 파악하고 있는지 사각이 된 등딱지 위로 이동하려고 해도 몸을 비스듬히 기울여 공기탄을 위로도 뿌리기 시작했다.

『우왁! 위험해!』

위는 안 되겠다.

그렇다면 아래다.

지면 아래까지는 공격하지 못하겠지.

나는 거북의 공기탄을 피하며 스테이터스를 조작했다.

도플 스네이크에게서 얻은 분할 사고 스킬 덕분에 회피 행동을 하면서 스테이터스 조작도 문제없이 할 수 있었다.

남겨둔 자기 진화 포인트를 사용해 흙 마술을 4까지 올렸다.

내가 떠올린 건 이 흙 마술 스킬을 얻은 상대. 미식가 오크 메이지다. 녀석도 흙 마술이 4였다.

『나왔다 나왔어!』

목적인 술법이 사용 가능해졌다.

미식가 오크 메이지가 썼던 구멍을 파는 마술이다.

『——어스 디거!』

마술로 판 구멍에 뛰어들었다. 그리고 나는 어스 디거를 연속으로 썼다.

이대로 거북의 바로 아래까지 가주마.

녀석의 모습은 보이지 않지만 대략적인 기척은 감지할 수 있었다.

『어스 월.』

그리고 거북의 바로 아래에 도달한 나는 위를 향해 흙 마술 3인 어스 월을 발동했다. 본래는 발밑의 지면을 부풀어 오르게 해서 벽을 만드는 주문이지만, 지금은 거북의 거체를 들어 올리기 위해서 썼다.

2미터 정도의 흙벽이 블래스트 토터스의 등딱지를 들어 올려 지면에서 약간 띄웠다.

"구?"

『으랴압!』

지면의 감각이 사라져서 혼란에 빠진 거북.

거기에 나의 몸통박치기가 작렬했다.

채챙!

하지만 대미지를 주는 게 목적이 아니었다.

『생각대로야!』

지면 아래에서 거북의 몸을 밀어붙이듯이 돌진한 건 거북의 균형을 무너뜨리기 위해서였다. 어스 월에 의해 몸이 떠서 버틸 수 없게 된 거북은 내 돌진에 훌렁 뒤집히고 말았다. 그 거체가 완전히 뒤집어진 상태였다.

거북은 꼬리를 써서 일어나려고 버둥댔지만 일어나지 못했다.

큭큭큭. 그 상태로는 못 도망칠 거다.

그러자 거북은 집어넣었던 목과 다리를 완전히 꺼내 등딱지를 뒤집으려고 시도했다.

하지만 내가 그 틈을 놓칠 리가 없었다.

슬라임 로드를 쓰러뜨린 가장 빠른 일격, 염동 캐터펄트가 거북의 머리에 작렬했다.

어차피 거북. 이 몸의 아이디어에는 당해내지 못했군.

『승리!』

하지만 꽤나 위험했다. 역시 에어리어 5는 우습게 볼 수 없겠어.

나는 거북의 목 부분에 뚫린 구멍으로 등딱지 안쪽으로 들어가 심장 옆에 있는 마석을 어떻게든 흡수했다.

물론 블래스트 토터스도 수납했다.

놀랍게도 그래도 수납공간은 가득 차지 않았다.

『남은 마력이 얼마 없네. 일단 돌아가자.』

마지막 남은 에어리어 5 서부의 탐색은 내일로 미뤘다.

거북에게서 얻은 스킬도 검증하고 싶고 말이다.

그 후, 받침대로 돌아와 스킬을 시험해봤지만, 쓸 만한 건 공기 압축, 공기탄 발사 두 가지뿐이었다. 뭐, 그 두 개가 유용한 스킬이라서 상관은 없었다.

공기탄 발사는 주위의 공기를 굳혀서 탄환으로 쏠 수 있는 스킬이다. 블래스트 토터스는 등딱지 안으로 공기를 빨아들여서 모으는 기능과 조합해서 연속 발사를 가능하게 한 듯했다.

나 같은 경우에는 기류 조작이나 바람 마법과 함께 쓰면 연사도 가능해보였다.

공기 압축은 공기를 압축하는, 언뜻 보기에 쓸모없는 스킬이지만 실은 은근히 재미있는 스킬이었다.

예를 들어 공기탄 발사와 조합하면 탄환의 강도를 높일 수 있고, 몸 주위에 압축 공기의 벽을 만들면 방패로 쓸 수 있다. 자체 위력은 그렇게 강하지 않아도 여러 스킬과 조합해서 쓰기에 좋은 스킬이라고 할 수 있다.

『다만 좋은 스킬이 많은 건 좋은데, 자유자재로 쓰려면 수련이 더 필요한 거 같네.』

강한 스킬일수록 간단히 구사할 수 없는 법이다.

다음 날 오후.

나는 마지막 구역 보스와 격전을 벌이고 있었다.

이름은 타이런트 사벨 타이거.

요컨대 큰 송곳니를 가진 호랑이인데, 키는 4미터, 몸길이는 10미터가 넘었다.

게다가 그렇게 크면서 바람처럼 빠르게 움직이는 데다 공중 도약을 써서 3차원 움직임으로 달려드는 강적이었다.

진동을 조종하는 스킬을 여러 개 가졌고, 공격력은 흉악하다는 말 한마디로 충분했다.

게다가 마력으로 덮인 모피와 단단한 근육은 내 칼날조차 제대로 들어가지 않았다.

호랑이 자식의 발톱을 빠져나가 옆구리로 돌진했지만, 약간 베는 데 그쳤다.

"크아아앙!"

『큭! 물러서자!』

몸을 틀어 물려고 하는 타이런트 사벨 타이거의 공격을 어떻게든 피했다. 하지만 무시무시한 충격이 내 도신을 덮쳤다.

『녀석의 스킬인가!』

스쳤을 뿐인데 이 위력이라니!

직격을 당하면 한 방에 산산조각이 날지도 모른다.

녀석은 원거리 공격 수단이 없으니 거리를 벌리면 공격당하지 않는 점이 다행인가. 다만 엄청나게 빠른 데다 공중을 달리는 스킬까지 가지고 있어서 거리를 벌리기가 어렵다. 하늘 높이 도망쳐도 집요하게 쫓아왔다.

『파이어 애로!』

"크앙!"

내가 쏜 불화살은 녀석의 모피에 막혀서 표면을 아주 조금 태우는 데 그쳤다.

역시 큰 효과는 없나!

내 참격조차 기세를 싣지 않고는 대미지를 줄 수 없는 상대다, 위력이 현저히 떨어지는 마술로는 제대로 된 효과를 올릴 수 없었다.

"크아아!"

그렇지만 완전히 효과가 없냐면 그건 아니었다. 약간의 불쾌감 정도는 주고 있을 것이다. 그 결과, 타이런트 사벨 타이거의 분노만 늘어가는 듯했다.

『이대로는 상황만 악화되겠어.』

이렇게 되면 급소를 목표로 특공을 하든가, 유효한 스킬을 먹이든가, 둘 중 하나겠지.

녀석의 돌진을 피하면서 필사적으로 통할 만한 스킬을 찾았다.

그리고, 찾았다.

『이거다!』

하지만 이걸 그대로 쓰기만 해서 이길 수 있을까?

나는 만반의 준비를 하기 위해 자기 진화 포인트를 사용하기로 했다.

〈자기 진화 포인트를 15 사용해서 왕독니를 마독니로 진화시킵니다〉

그렇다, 내가 찾은 건 왕독니 스킬이다.

타이런트 사벨 타이거는 독 내성 스킬을 가지고 있지 않았다. 왕독니가 효과를 발휘할 테다. 게다가 자기 진화 포인트를 소비해서 진화시켰다.

이래도 안 되면 도망치자.

나는 그런 생각을 하며 타이런트 사벨 타이거를 칼날로 찔렀다.

『어떠냐!』

바로 도망치면서 감정했다.

『좋아, 성공이다!』

타이런트 사벨 타이거는 의도대로 독 상태로 바뀌어 있었다. 엄청난 속도로 생명력이 줄어들었다.

"크아아아아아!"

타이런트 사벨 타이거의 공격이 더욱 거세졌다. 하지만 나는 독을 보다 빨리 퍼뜨리기 위해, 그리고 독을 지속시키기 위해 녀석에게 공격을 계속했다.

3시간 후.

『이겼다아!』

칼끝을 하늘로 향하고 개가를 질렀다.

내 아래 누운 건 에어리어 5의 최후이자 최강의 보스, 타이런트 사벨 타이거다.

독에 당했지만 역시 끈질겼다. 생명력이 절반이 줄고 나서 등장한 광폭 모드도 엄청났다.

솔직히 지는 줄 알았다.

위험을 무릅쓴 성과는 있었지만 말이다.

우선은 스킬.

새로 얻은 진동충(振動衝), 진동아(振動牙)라는 스킬이 굉장했다.

진동충은 진동을 전해 안쪽부터 파괴하는 타격 스킬이다.

그리고 진동아는 초진동으로 이빨의 날카로움을 증폭시키는, 이른바 초진동 블레이드 같은 스킬이었다. 참격의 위력이 폭발적으로 향상되므로 나와 상성이 좋은 스킬이다.

또 하나의 성과는 자기 진화 랭크의 상승이다. 구역 보스의 마석은 각각 마석치가 150이 넘었기 때문에 에어리어 4에서 거둔 사냥 성과와 합쳐서 진화가 가능한 마석치를 모두 충족한 것이다.

명칭 : 불명

종족 : 인텔리전스 웨폰

공격력 : 392　보유 마력 : 1650/1650　내구도 : 1450/1450

자기 진화 〈랭크 7 마석치 2109/2800 메모리 47 포인트 82〉

스킬 : 감정 6, 공격력 상승【소】, 고속 자기 수복, 스킬 공유, 장비자 회복 상승【소】, 장비자 스테이터스 상승【소】, 염동, 염동 상승【소】, 염화, 보유 마력 상승【소】, 마수 지식, 마술사, 메모리 증가【소】

게다가 자기 진화 덕분에 상태를 모두 회복했다.

『그럼 이제부터 어떻게 할까.』

예정으로는 전투 뒤에 받침대로 돌아갈 생각이었는데…….

해는 아직 높이 떠 있다.

그리고 눈앞에는 미지의 숲.

에어리어 5를 둘러싸듯이 펼쳐진 삼림 지대다.

조사는 아직 이르다고 생각했는데…….

『어떻게 할까.』

대미지도 없고 시간도 있다. 가봐도 괜찮지 않을까?

『여기까지 왔는데 아무것도 안 하고 돌아가기도 그렇잖아.』

그렇게 즉흥적으로 에어리어 밖을 탐색하기로 결정했다.

일단 느닷없이 뛰어들지 않고 상황을 살폈다.

암시와 열원 감지를 구사했다.

『으음, 아무것도 없는 건가……?』

동물은 꽤나 있는 것 같지만 마수가 거의 없었다.

고블린 정도는 있는 모양인데……. 이제 와서 무리하게 쫓아다니며 쓰러뜨릴 상대도 아니다.

『마수는 잔챙이뿐인가.』

에어리어 6이라는 느낌이 들어서 승산이 없어 보이는 신수라도 있을지 모른다고 조금 경계했다.

하지만 이래서는 에어리어 1과 다르지 않았다.

솔직히 허탕을 친 느낌이었다.

『에이, 괜히 기대했네.』

언제든지 도망칠 수 있도록 경계했던 자신이 바보 같았다.

『이제 됐어. 들어가자.』

염동 캐터펄트로 슈웅 뛰어들었다.

눈 아래 펼쳐진 건 평범한 숲이었다. 대형 마수의 기척도 느껴지지 않았다.

『오, 뚫린 곳 발견.』

숲 도중에 나무가 나 있지 않은 빈 터 같은 곳이 보였다.

염동으로 방향을 전환해 광장을 향해 하강했다.

그리고——꽂혔다.

『좋아, 착지 성공!』

염동 캐터펄트 이동법을 쓰면 몸이 기울어져서 자루부터 착지하거나 검의 배 부분부터 지면에 격돌하는 경우도 있었다.

나한테 대미지는 거의 없지만 그건 착지 실패다.

이번처럼 도신부터 지면에 제대로 꽂히면 착지 성공이다. 왠지 기분이 좋아졌다.

착지 직전에 염동을 쓰면 깨끗하게 착지하는 건 간단하다. 하지만 착지에 성공하느냐 실패하느냐로 놀기 위해 대개 중력에 맡기고 낙하하는 경우가 많았다. 사냥 이외에 몇 안 되는 오락거리인 것이다.

도신에서 전해지는 감촉이 아무래도 점토질 토양인 듯했다. 습기를 머금어서 끈끈한 점토의 감촉이 도신에 전해졌다.

『자, 다시 한 번 날……. 어라?』

몸이 안 움직인다.

점토질 흙이 생각 이상으로 나를 꽉 붙들고 있는 건가?

염동을 조금 강하게 발동시켰다.

『마, 말도 안 돼……. 염동이 발동하지 않아?』

정확히는 발동과 동시에 강제 종료됐다.

이렇게 되면 온 힘을 다 쥐어짜야 한다.

마력을 넣을 수 있는 만큼 넣어서 염동을 사용했다.

푸슉.

김이 빠지는 가벼운 소리.

그리고 아무 일도 일어나지 않았다.

『큭, 무린가.』

마력이 지면에 흡수되어가는 것을 알 수 있었다.

그만한 양을 넣은 마력도 거의 한순간에 사라졌다.

『그럼 이건 어떠냐.』

스킬을 사용했다.

진동아로 도신을 떨어서 지면과 도신 사이에 틈을 만드는 작전이다.

하지만 진동아도 발동하지 않았다.

그렇다면 공기탄을 도신에서 쏘아 공기압으로 나를 통째로 날리는 방법은 어떨까?

역시 발동하지 않았다.

불 마술로 지면째 날 날려버리자!

네, 발동하지 않네요.

『아……. 뭐냐고~.』

탈출을 일단 중지하고 주위를 관찰했다.

평범한 숲이다. 그 이상도 그 이하도 아니었다.

다만 평원의 마수가 숲으로 진출하지 않는 이유는 틀림없이 이 마력 흡수 현상 때문일 것이다. 고위 마수일수록 생명 활동에 마력이 중요하므로 섣불리 이 숲에 들어오면 꼼짝도 못할지도 모른다. 지금의 나처럼.

『허기를 느끼지 않는다는 게 유일한 위안인가…….』

그 이후로도 살짝 시험해봤지만 밖으로 마력을 방출하는 타입의 스킬은 전혀 발동할 수 없는 듯했다.

도신 안에서 마력이 빨려 들어가는 일은 없으니 스킬을 쓸데없이 연발하지 않으면 활동 불능에 빠질 일은 없을 것이다.

도신 안에 깃든 마력으로 제어되고 있다고 여겨지는 내 시각에도 특별히 문제는 없어보였다.

다만 지면에 박힌 채로 몇 시간이 지나고 나서 어떤 사실을 눈치챘다.

『마력이 회복 안 되잖아.』

대기 중에 떠다니는 마력이 희박한 탓이겠지. 마력이 자동으로 회복되지 않았다.

아직 절반 이상 남아 있지만 낭비하는 것은 그만두는 편이 좋을 듯했다.

위험하다, 이제 나한테는 이곳을 자력으로 빠져나갈 방법이 없다.

아, 어쩌다 이런 일이…….

그로부터 사흘이 지났습니다. 당연히 변화는 없습니다.

첫날은 스킬을 살펴보면서 탈출 방법을 찾았지만 바로 무리라는 결론에 도달했다.

마력을 밖으로 방출할 수 없다는 건 공격 계열 스킬은 고사하고 마술이나 염화도 쓸 수 없다는 뜻이다.

남은 건 우연히 지나가던 다른 생물이 나한테 흥미를 가져서 뽑아주기를 기다리거나 기적적으로 천재지변이 일어나서 날아가기를 기다리는 수밖에 없다.

가장 좋은 방법은 인간이 와서 뽑아주는 거지만.

땅에 꽂히고 열흘이 지났습니다. 죄송합니다. 현실을 파악하지 못했습니다. 이제 인간이 아니라도 상관없습니다. 잔뜩 죽였던 고블린 씨께 사과드립니다. 더 이상 경험치라고 부르지 않겠습니다. 부탁이니 누가 좀 구해주세요. 혹시 뽑아주신다면 평생 따라다니겠습니다. 고블린이든 좀비든 뭐든 괜찮습니다. 부탁드립니다.

한 달 경과. 아아, 누구든 좋으니까 주워줘. 부탁이야! 나는 우량 물건이라고. 마검 같은 존재란 말이야. 스스로 생각하고 움직이는 검은 그렇게 많지 않단 말이다. 요리도 할 수 있고 스킬도 있어. 정말이야. 뭣하면 포인트를 써서 레벨도 올릴 수 있어. 자봐, 요리 10도 이렇게.

〈요리가 10이 되었습니다. 스테이터스 및 요리 스킬에 보너스가 붙습니다.〉

〈자기 진화 보너스로 새로운 항목이 추가되었습니다〉

해체도 가지고 있어. 편리해. 이것도 레벨을 올릴 수 있어. 자레벨 10!

〈해체가 10이 되었습니다. 스테이터스 및 해체 스킬에 보너스가 붙습니다〉

감정도 가지고 있어. 이것도 올릴 수 있거든. 레벨 1 올렸습니다. 굉장하지? 전투력도 높아. 검술도 검기도 7이고. 뭣하면 마술 스킬도 올릴게. 불 마술을 10으로 만들었습니다! 어떠신가요?

〈불 마술이 10이 되었습니다. 화염 마술 1이 스킬에 추가됩니다〉

그렇대! 더 위가 있었네. 다음은 스테이터스 상승 계열이야!

〈장비자 스테이터스 상승 【중】을 취득했습니다〉

이로써 나를 장비하기만 해도 엄청 강해질 수 있다고요. 어떠십니까? 나를 주워도 손해는 아니죠? 그리고 이 스킬도———.

"———……앗!"

아아, 사람이 너무 그리워서 환청이 들렸다. 이제 말기일지도 몰라.

"오———! ……레를———앗!"

응? 정말 환청인가?

덜컥덜컥덜컥덜컥!

희미한 진동이 지면을 통해 전해져왔다.

무슨 소리일까.

"아직———쫓아와———."

"젠……장! 뭐———."

역시 인간의 목소리다!

됐어, 인간이 왔다!

하느님 고마워요!

이봐, 나는 여기야! 봐봐, 검이 꽂혀 있다고. 마치 전설의 검 같지 않나요? 그러니까 뽑아주세요! 플리즈!

덜컥덜컥덜컥덜컥!

진동의 정체는 마차 바퀴였다.

포장마차 한 대가 숲에서 모습을 드러냈다.

속도를 너무 낸 거 아냐? 그런 속도로 커브를 틀면———.

콰장창!

우왓! 안에 탄 사람 괜찮나? 그런데 왜 저렇게 서두른 거지? 뭔가에 쫓기고 있는 거 같던데.

지금의 나는 염화(念話)도 쓰지 못해서 그저 바라볼 수밖에 없었다.

마차에 탄 사람들의 안부를 걱정하면서 보고 있자니 마차에서 사람이 기어 나왔다.

오오, 무사했었군.

상인인가? 전사로는 보이지 않고, 일반인이라고 할 느낌도 아니었다. 머리에 천을 두르고 괜찮게 만든 옷을 입고 있었다. 약간 더럽혀진 느낌의 외투에서 여행한 기간이 느껴졌다.

이어서 부하 같은 땅딸보가 남녀 몇 명을 데리고 나왔다.

부하 남자가 데리고 나온 남녀의 모습은 뭐랄까…… 지독했다.

누가 봐도 빨지 않은 너덜너덜한 천을 끈으로 몸에 묶었을 뿐인, 옷이라고도 부를 수 없는 옷. 머리도 지저분하고 목에는 큰 목걸이가 채워져 있었다.

『딱 봐도 노예네. 이 세계에도 노예가 있는 건가.』

"이봐, 노예와 함께 짐을 들어!"

"네, 지금 시키겠습니다! 이것들아 얼른 해! 짐을 들어!"

"으으……."

"아아……."

"얼른 움직여 머저리야!"

우와. 쓰레기다. 인간쓰레기가 있어.

땅딸보가 노예를 채찍질해서 무거운 짐을 지게 했다.

보고 있기만 해도 불쾌해졌다.

"서둘러! 녀, 녀석이 온다!"

녀석? 도대체 뭐가 쫓아오는 거지?

그리고 그들이 서두른 원인이 모습을 드러냈다.

"히이익! 왔다!"

"그르르르."

그것은 머리가 두 개 달린 곰 마수였다.

제2장 검과 소녀는 만났다

허둥대는 노예 상인과 노예.

뒤를 쫓듯이 나타난 목이 두 개 달린 곰.

노예 상인의 마차가 숲에서 마수의 공격을 받았다. 아마 그런 스토리겠지.

노예 상인과 부하는 일부 짐을 서둘러 노예에게 지웠다.

그리고 다른 노예에게 명령을 내렸다.

"노예들아, 녀석을 막아라!"

그 틈에 자신들은 도망칠 생각일 것이다.

노예들은 무기도 들고 있지 않았다. 막으라는 건 죽고 먹혀서 시간을 벌라는 의미였다. 노예들도 그건 알고 있을 테다.

하지만 등을 보이고 도망치려 했던 노예들은 발을 우뚝 멈추고 일제히 곰에게 달려들었다.

"싫어~!"

"죽고 싶지 않아!"

비명을 지르며 곰 마수에게 죽으러 가는 노예들.

그 모습을 보고 그들은 노예 상인의 말에 거역할 수 없다는 사실을 알았다. 마술인가 뭔가에 속박되고 있는 건가? 노예들이 차고 있는 똑같은 목걸이의 효과겠지. 미약하게 마력이 느껴졌다. 이곳이 마력 흡수 지대가 아니라면 더 확실히 감지했을 텐데……

마력 흡수 현상도 몸속에는 작용하지 않으므로 목걸이의 강제력에까지는 간섭하지 않는다. 흡수 현상이 그렇게까지 강력했다면 나 역시 모든 마력을 흡수당했을 것이다.

"크아아아아!"

"으아아악!"

남자 노예가 곰이 후려치는 공격을 몸에 맞고 날아갔다.

앞발로 단 한 번 휘둘렀을 뿐인데 상반신과 하반신이 작별을 고했다.

하급 마수라고는 하나 변변한 장비도 없이 맞설 수 있는 상대도 아니었다. 노예들은 맹위 덩어리인 마수를 앞에 두고 너무나도 무력했다.

이대로 가면 몇 분도 지나지 않아서 노예는 전멸하겠지.

가엾지만 나는 아무것도 할 수 없었다.

말조차 걸 수 없으니까.

도망치는 쓰레기 상인도 그저 배웅할 수밖에 없었다.

젠장! 적어도 누군가가 뽑아준다면.

"크아아아아아아아!"

"끄아아!"

좋아, 곰의 돌진에 노예 상인의 부하가 날아갔어. 쌤통이다!

어떻게든 노예들만 구할 수 없나?

그렇게 생각하고 있는데 사람 그림자가 내 앞에 우뚝 섰다.

노예 소녀다.

이 소녀는 지금 죽은 부하의 명령을 받고 있었을 것이다. 하지만 녀석이 곰에게 죽는 바람에 명령이 해제되어 자유롭게 움직일 수 있게 된 것이다.

얼굴은 더러워져서 새까맸지만 이목구비는 단정했다.

하지만 내 시선은 소녀의 얼굴도, 꾀죄죄한 모습도, 부스스한 머리도 아니고 그 위에 고정되어 있었다.

귀다. 고양이 귀다!

소녀의 머리 위에는 짐승의 귀가 붙어 있던 것이다! 수인이다.

털북숭이 귀를 가지고 계시군요!

나는 현장의 참상도 순간 잊고 감동했다. 왜냐하면 세계의 보물, 고양이 귀님이었기 때문이다. 감동하지 않고는 배길 수 없었다.

아아, 이런! 말을 걸 수 없는 게 원통해!

소녀여, 나를 뽑아라. 그리고 그 고양이 귀를 만지게 해줘! 아니, 잠깐. 몸이 검인데 어떻게 만지지? 염동으로? 아냐 아냐, 나한테는 감각이 있으니까 도신 옆쪽으로 슥 하면——.

그사이에 소녀가 나한테 달라붙었다. 그리고 힘을 줬다.

죽으라는 말을 들었지만 그래도 살려고 하고 있었다. 절망적인 상황에서 목숨을 포기하지 않았다. 이런 아가씨에게 쓰이고 싶다.

『……읏.』

소녀가 힘을 더욱 줬다.

그래! 나를 뽑아줘!

하지만 나는 상상 이상으로 지면에 깊이 박힌 모양이다. 도신에 달라붙은 것이 점토질 흙이었던 점이 재앙이 돼서 그렇게 간단히 뽑히지는 않았다.

보기에 열두세 살쯤 되려나. 깡마른 몸을 보니 식사를 제대로 주지 않았다는 것을 알 수 있었다.

그런 소녀의 힘없는 팔로는 좀처럼 뽑을 수 없었다.

힘내! 힘내라고! 그보다 뒤!

어느새 곰이 소녀에게 어슬렁대며 다가와 있었다.

다른 노예는? 다 틀렸나……. 무참하게 죽은 가여운 노예들의 시체가 내 시야에 들어왔다.

남은 건 소녀뿐이었다.

『나를 뽑아!』

"목소리?"

『내, 내 목소리가 들려?』

"누구지?"

『검이야. 네가 뽑으려 하는 검이야.』

"……깜짝이야."

『놀란 것처럼 보이지 않는데…….』

"놀랐어."

『그것보다 곰이 왔어! 날 빨리 뽑아라, 소녀여!』

보아하니 이곳이라도 손을 대고 있는 상태라면 염화가 가능한 모양이다. 그리고 소녀는 무표정&말수 적은 계열 캐릭터인가보다. 나는 싫지 않다.

하지만 지금 중요한 건 곰이다!

소녀가 신음 소리를 내며 힘을 줬다.

드득.

『조금 움직였어!』

"으—응."

『힘내!』

드드득.

『조금 남았어!』

"끄응."

쑤욱!

『뽑혔다!』

"예쁜 검이네."

『고마워! 하지만 그럴 때가 아냐!』

"그렇지."

『싸울 수 있어?』

"조금."

소녀의 스테이터스를 확인했다.

   명칭 : 없음   나이 : 12세

   종족 : 수인 · 흑묘족

   직업 : 없음

   상태 : 노예

   Lv : 3

   생명 : 19   마력 : 10   완력 : 9   민첩 : 16

   스킬 : 검술 1, 밤눈, 껍질 벗기기 능력, 방향 감각

정말 조금이구나! 하지만 괜찮다.

『나를 장비해!』

"이미 장비했어."

『더 강하게, 장비하고 싶다고 생각해!』

"알았어."

〈이름 없음이 장비자로 등록되었습니다〉

좋아, 이로써 내가 가지고 있는 스킬 공유가 처음으로 선을 보였다.

〈이름 없음이 칭호를 여러 개 획득했습니다〉

『어? 갑자기?』

감정은…… 할 수 있구나.

소녀가 획득한 건 화술사(火術師), 요리왕, 해체왕, 스킬 컬렉터 네 가지였다. 스킬 레벨이 10이면 그 스킬에 관한 칭호를 얻나보다. 각자 스킬 효과 상승의 혜택이 있구나. 스킬 컬렉터는 숙련도의 입수 효율이 올라가는 듯했다.

뭐 여기서 바로 도움이 되는 것도 아니니 나중에 확인하자.

『싸워. 싸울 수 있을 거야.』

"응."

『녀석을 쓰러뜨린다. 그렇게 의식해. 그리고 자신의 감각을 믿고 검을 휘둘러!』

나머지는 검술 스킬이 어떻게든 해줄 것이다.

상대는 하위 마수.

검술 7을 가지고 질 일은 없다. 그 밖에도 스테이터스 상승효과도 있고 말이다.

"……응, 알았어."

『좋아, 착하구나.』

"……간다!"

소녀의 몸놀림은 아름답다는 말 한마디로 충분했다. 숙달된 검사 같은 움직임으로 곰에게 접근해서 일격에 정확히 심장을 찔렀다. 두부를 찌른 것처럼 아무런 저항도 느껴지지 않았다.

"어?"

『어때? 할 수 있었지?』

"……검 덕분이야?"

『그래. 감사하라고.』

"응. 고마워."

소녀가 그렇게 말하고 나를 지면에 일단 내려놓으려고 했기 때문에 황급히 소녀를 말렸다.

『기다려! 나를 땅에 내려놓지 마!』

"?"

『이곳의 지면 탓에 아무것도 할 수 없게 됐어. 그러니까 한동안 나를 들고 있어줘.』

"으응?"

『안 되겠어?』

"아마 거둬줄 거야."

『노예 상인이 말이야?』

"응."

그건 싫다. 모처럼 발견한 복실복실한 귀를 가진 소녀인데. 나는 이 아가씨가 써주길 원한다고!

상인이 거두면 호사가에게 팔릴지도 모르는 데다 마검인 사실이 들통 나 봉인된다면 여기보다 더 지독한 지옥이 기다리고 있을 것이다.

『이봐, 도망치지 않을래?』

"무리야. 이 목걸이 때문에 거역할 수 없어."

『역시 마도구야?』

"노예의 목걸이. 이거 때문에 어떤 명령에도 거역할 수 없어. 녀석들을 몇 번쯤 죽이려고 했는데 무리였어."

『죽이려고 했다는 건 노예 상인을 말하는 거야?』

"응. 죽이고 도망치려 했어."

오오. 내가 생각했던 것 이상으로 헝그리&데인저 소녀였다. 하지만 싫지 않았다.

『하지만 목걸이 때문에 무리였다고?』

"응."

소녀와 이야기하고 있자니 숲 저편에서 남자가 달려오는 모습이 보였다.

노예 상인이다.

"살아 있는 건 한 마리뿐이냐! 게다가 단지가 깨졌잖아! 손해가 막심해. 젠장!"

노예나 부하의 죽음을 애도하는 기색은 전혀 없었다. 오히려 화물이 부서졌다는 사실에 슬퍼했다. 이거 참, 산뜻할 정도로 쓰레기였다.

"…………."

"네가 트윈헤드 베어를 쓰러뜨렸냐?"

"네."

"어떻게……. 그 검은 뭐냐?"

"주웠어요."

"이봐, 그걸 나한테 넘겨."

"……네."

"뭐야, 그 눈은? 흥!"

"아윽. 죄송, 합니다."

이럴 수가. 남자가 느닷없이 소녀를 손바닥으로 때렸다.

"쳇, 짐승 주제에 음침한 눈으로 쳐다보기는."

"아윽."

또 때렸어! 게다가 익숙한 느낌이야.

상인은 웅크린 소녀에게서 나를 억지로 빼앗았다.

"호오. 아름다운 검이잖아. 이번 손해를 메꿀 수 있으려나?"

통증 때문에 신음하는 소녀를 완전히 무시하고 남자는 나를 감정하기 시작했다.

"야, 짐승. 쓸 수 있는 물품을 등에 져. 마을로 출발한다."

노예의 목걸이 탓에 소녀는 남자의 말에 거역하지 못했다. 아플 터인 몸을 끌고 비틀대며 일어섰다.

이 자식…… 열 받게 하네. 진짜 열 받네. 오히려 살의가 넘치기 직전이었다.

젠장! 여기가 마력 흡수 지대가 아니라면 이런 녀석은 지금 바로 죽여버릴 텐데!

"크헥?"

그렇게 생각하고 염동을 써보니 쓸 수 있었습니다. 데헷.

아니, 아무래도 지면에서 떨어지면 마력 흡수가 조금 약해지는 모양입니다.

지면에 꽂혀 있을 때는 순식간에 흡수됐지만, 지금은 1초 정도 유예가 있었다.

그래서 노예 상인을 죽여버리고 싶다고 생각하며 염동을 힘껏 쓰자 내 몸이 힘차게 달려들었던 것이다. 내가 노예 상인의 얼굴에 완전히 꽂히자 두개골도 쪼개져서 뇌척수액이 몽땅 쏟아졌다.

어라? 사고를 쳤네?

으음. 상대가 쓰레기여서? 아니면 내가 검이라서? 죄책감은 전혀 없다. 고블린을 처음 죽였을 때가 그나마 양심의 가책을 느꼈던 것 같다.

『음, 이제부터 어쩌지?』

"응?"

『우선 상황을 확인하자. 진정해.』

"진정하고 있어."

『너는 너무 침착해.』

내가 생각했던 것 이상으로 마이 페이스인 모양이다. 거물이 될 예감이 든다.

『넌 내 장비자가 됐어.』

"그래."

『일단 마검 같은 존재니까 그럭저럭 강할…… 거야.』

"응."

『그러니까 나는 앞으로도 네가 써줬으면 해. 검으로서. 보관되는 건 사양하고 싶어. 넌 나를 쓸 생각이 있어? 즉, 나를 써서 마수 따위와 싸울 생각은 있어? 그런 뜻이야.』

역시 이 소녀에게 그런 생활을 강요할 수 없다.

처음 만난 장비자이니 이 소녀가 써주길 바라는 마음도 있지만, 싫다고 하면 포기한다.

"있어. 엄청 있어."

즉답했다. 나를 하늘로 치켜들고 꼭 움켜쥐는 그 모습은 늠름하기까지 했다.

"난 강해질 거야. 반드시."

뭔가 사정이라도 있는 건지 무척 의욕적으로 보였다.

『뭔가 목표라도 있어?』

"벽을 돌파할 거야."

『벽? 그건 뭐야?』

이야기를 들어보니 수인은 마수처럼 진화하는 종족이라고 한다.

종족에 따라 다양한 조건이 있는데, 진화를 마치면 수인 사이에서 존경받고 숭상받는다.

다만 수인 대다수는 진화하지 못하고 죽는다.

진화하는 건 그만큼 힘들다는 뜻이다.

게다가 소녀의 종족인 흑묘족은 진화한 사람이 과거에 한 명도 없어서 수인족 중에서도 밑바닥 취급을 받는다나.

소녀의 부모도 어떻게든 진화하려고 계속 애를 썼지만, 한창 모험 중에 힘이 다하고 말았다. 그 후, 남겨진 소녀는 노예 상인의 눈에 띄어 붙잡혔다.

소녀는 부모의 유지를 계승해 진화를 마치는 것을 목표로 삼았다고 한다.

『그래그래, 좋은 이야기야! 마음에 들었어! 내가 널 반드시 진화시켜줄게!』

"정말이야?"

『그래! 우선 혹독하게 단련해서 강해지자. 그리고 던전에 가서 레벨을 올리고 진화하는 거야!』

"고마워."

『이런 거 가지고 뭘! 장비자와 검은 남이 아니잖아! 음, 그러고 보니 이름은?』

소중한 장비자인데 이름을 아직 물어보지 않았다.

다만 소녀의 대답은 반쯤 예상대로였다.

"없어."

『역시 이름이 없는 거야?』

"없어."

분명히 이름이 없다고 적혀 있었지만, 정말 없을 줄이야.

『어째서?』

부모가 있었다면 이름이 없을 리는 없을 텐데.

"노예 계약을 하면 이름이 없어져."

『으응? 무슨 소리야?』

"새로운 주인 중에는 이름을 짓고 싶어 하는 사람도 있어. 그래서 이름이 사라졌어."

그렇구나. 계약을 이용해 이름을 대는 행위를 금지했다는 뜻이 겠지. 왠지 유바○에게 이름을 빼앗긴 치○로 같네.

"여덟 살 때 노예가 돼 이름이 사라졌어."

그렇다면 4년이나 노예로 생활했는데도 목표를 완수하려는 마음을 잃지 않았다는 말이 된다. 분명 가혹한 생활을 했을 텐데. 조금 존경스러운데.

『그렇구나……. 그럼, 원래 이름은?』

"프란."

옛날에 길렀던 개의 이름이긴 한데, 뭐 아무렴 어때. 나도 부르기 쉽고.

『으음. 그럼 네 이름은 프란이야.』

"괜찮아?"

『안 돼?』

"아니. 안 그래. 내 이름은 프란이야."

실은 기쁜 모양이다. 꼬리를 바짝 세우고 고개를 꾸벅꾸벅 끄덕이고 있었다.

이제 부르기 쉬워졌다.

하지만 다음에 프란이 꺼낸 말에 나는 당황했다.

"당신 이름은 뭐야?"

『어? 나?』

"그래."

전생하고 누구와도 이야기를 나누지 않아서 신경 쓰지 않았는데, 그러고 보니 이름이 없었다. 한심하게도 신경을 전혀 쓰지 않았다.

생전의 이름도 아직 생각나지 않고, 스테이터스를 봐도 명칭은 불명이다.

젠장! 더 빨리 알았다면 멋진 이름을 생각했을 텐데!

『저기…….』

"없어?"

『네.』

"그럼, 내가 지어줄게."

뭐, 그것도 괜찮다. 장비자이고 말이다.

프란이 마음에 드는 이름으로 부르면 애착도 가지겠지.

이름에 딱히 까다롭게 굴 마음도 없으니 마음대로 부르면 된다.

"으음……?"

『두근두근.』

"흐음……?"

『조마조마.』

"끄응……. 정했어."

『오! 그러냐! 그래서? 뭔데?』

"스승."

『뭐?』

"스승."

『왜?』

"나를 단련시켜준다고 했잖아. 그래서 스승."

『아, 그거 말고 후보는 없어? 그거 하나야?』

"없어. 잘 부탁해, 스승."

〈명칭이 스승으로 설정되었습니다〉

우와! 알림이 강림했다! 말도 안 돼, 스승으로 결정됐다고? 진
짜?

"싫어?"

변함없이 무표정했지만 미묘하게 불안한 얼굴을 하고 있었다.
아주 조금이지만.

그런 얼굴을 보면 싫다고 말할 수 없잖아!

『싫지 않아! 이름 좋네!』

"응."

그런 이유로 내 이름은 스승으로 결정됐다. 뭐랄까, 검의 이름치고는 좀 그렇다고 생각하지만 프란이 마음에 들어 하니까 상관없다. 그렇게 자신을 타일렀다.

『그럼 이제부터 어떻게 할까. 애초에 노예 상인이 죽었는데, 계약은 어떻게 됐어? 해제된 건가?』

"안 됐어. 목걸이가 벗겨지지 않았어."

프란이 목걸이를 가리켰다.

목걸이를 어떻게 해야 하는 듯했다.

『부수면 안 돼?』

"응. 부수면, 죽어."

『어? 진짜?』

"진짜."

오오, 위험해라. 잘라볼까 생각하던 참이었는데.

『어떻게 하면 계약을 해제할 수 있어?』

"계약서를 찢으면 돼."

『계약서라. 이 녀석이 가지고 있지 않을까?』

"응. 찾아볼게."

프란이 노예 상인의 시체를 뒤지기 시작했다.

그런데 아무 데도 없으면 어쩌지. 어딘가 다른 장소에 숨겨뒀거나 말이야.

하지만 나의 불안은 기우로 끝난 듯했다.

"있다."

프란이 상인의 품에서 양피지 묶음을 꺼냈다. 그중 하나가 프란의 계약서였다.

이 지저분한 양피지가 프란을 노예로 격하하고 있는 원흉인가.

이것만 처리하면 프란은 해방된다.

『그런 거 찢어버리자!』

"응!"

프란은 양피지를 꽉 잡고 신음하며 힘을 줬다.

하지만 전혀 찢어지지 않았다.

몇 번이고 몇 번이고 힘을 줬지만 프란의 힘으로는 찢을 수 없는 듯했다.

"……안 돼."

『그럼 자르자. 계약서를 땅에 내려놔봐.』

"응."

프란은 머리 위로 나를 치켜들었다.

그리고 힘껏 내리쳤다.

『좋았어! 성공이다!』

계약서가 두 동강이 난 직후였다.

빠직!

노예의 목걸이가 자연히 떨어졌다.

"목걸이, 벗겨졌어."

『오오! 몸은 괜찮아?』

"괜찮아. 문제없어."

노예의 목걸이에서는 이제 아무런 마력도 느껴지지 않았다. 계약은 정말로 해제된 듯했다.

"고마워."

오오. 고양이 귀님이 부끄러워한다! 눈이 호강하는구나.

그런데 귀엽네. 자세히 보면 미소녀고. 이거 성장하면 주위에서 내버려두지 않겠어.

안 돼. 허락 못 한다. 프란과 사귀려면 나를 쓰러뜨려라!

"이거."

내가 혼자서 열을 내고 있는데 프란이 뭔가를 주워들었다.

노예 상인이 가지고 있던 주머니였다.

『뭔가 들어 있어?』

안을 들여다봤다. 그렇군, 여러 가지가 들어 있네.

우선 돈이 몇 닢. 이 세계의 통화 단위는 잘 모르므로 가치가 얼마나 있는지는 알 수 없지만, 은화와 동화 같으니 초고액은 아닐 것이다.

그리고 도구가 몇 개쯤. 놀랍게도 마도구인 듯했다.

불을 켜는 토치 마도구. 식수를 만드는 작은 물병. 완력을 약간 상승시키는 팔찌 등인 모양이다.

대단한 능력은 아니지만 재미있다. 실제로 써보게 하고 싶지만 이곳에서 마도구는 기동하지 않는다.

나도 여기서는 진정할 수 없으니 일단 마력 흡수 지대를 떠나게 했다.

『마력 흡수 지대가 어디까지 이어져 있는지는 모르지만, 우선 숲에서 빠져나가자.』

"알았어."

마차에서 나이프나 조리 기구나 옷 등 괜찮아 보이는 물건을 꺼낸 다음 이동을 개시했다. 물론 곰은 수납 완료했다. 차원 수납을 잠깐 발동시켜 넣었다.

도신을 마차의 포장으로 감싸고 땅딸보의 허리띠로 프란의 등에 묶게 했다.

프란은 몸집이 작아서 자칫하면 땅에 닿을 것 같다. 신경 쓰도록 부탁해야겠다.

참고로 프란은 넝마를 걸친 수준이라서 마차 안에 있던 조악한 옷으로 갈아입었다. 노예로만 보이던 모습이 부랑아 정도로는 달라졌으려나.

『그럼 갈까.』

"응."

나를 장비한 효과로 프란의 신체 능력은 상당히 강화되었는데, 프란은 그 일에 상당히 놀란 모양이다.

그 후, 30분도 걸리지 않아 숲을 빠져나오자 프란은 무척 당황해했다.

"굉장해. 스승은 굉장해."

『하하하. 그렇지?』

"응."

『그럼 이제부터 어떻게 할까. 목적지는 있어?』

"으음, 도시가 있어."

『이 주변에?』

"저쪽."

『저쪽이라니……. 정확한 거리는 몰라?』

"글쎄?"

아무래도 노예 상인들이 동쪽으로 간다는 이야기를 우연히 들은 모양이다. 프란은 방향 감각 스킬이 있어서 나아온 방향 정도는 어떻게든 알고 있었다. 그 결과가 '저쪽'이라는 대략적인 대답으로 이어진 것이다.

『그럼 우선 거기로 가볼까.』

일을 조금씩 진행시키는 느낌으로 여행길에 올랐다.

도시로 향하는 도중에 깨달았는데, 감정의 레벨을 올린 효과로 나 자신의 스테이터스 표시에도 변화가 약간 있었던 모양이다.

우선 마력 전도율이라는 수수께끼 항목이 늘었다.

프란에게 물어도 모른다고 한다.

마력을 전도하는 효율? 뭐지?

나는 A라고 적혀 있는데, 이게 좋은 건지 나쁜 건지 알 수 없었다.

다음으로 스킬의 표시 형식이 변경되었다.

스킬 종류마다 분류할 수 있게 되었다. 이로써 보기가 조금은 쉬워졌다.

또한 불 마술 등의 스킬을 카운트 스톱한 일이 계기가 되어 보너스로 항목이 추가된 모양이다.

그건 스킬 슈피리어화라는 것이었다.

레벨 10에 이른 스킬을 슈피리어 스킬이라는 특수한 스킬로 바꾸는 보너스다. 그 대신 그 스킬은 세트 스킬에서 제외되어 프란과 공유할 수 없는 나의 전용 스킬로 바뀌는 듯했다.

자기 진화 포인트를 10이나 쓰므로 신중하게 골라야 한다.

길을 가면서 나에 관해서도 프란에게 가르쳐줬다. 숨길 생각도 없었다. 다른 녀석들에게 들키지 않도록 입을 맞춰야 하고 말이다.

원래 인간이었던 것, 마석을 흡수해서 성장하는 것, 스킬 공유나 장비자의 스테이터스를 상승시키는 능력 등등을 가르쳐줬다.

"마석……."

『그래. 뭐, 랭크를 올린 지 얼마 안 돼서 한참 남았긴 해.』

"응."

『아, 야, 뭐 하는 거야.』

"응."

딱딱.

프란이 도중에 잡은 송곳니 쥐의 마석을 내 도신에 꽉 눌렀다. 흡수하라는 뜻이겠지. 방법은 상당히 난폭하지만.

『잠깐만! 베지 않으면 안 돼! 칼날에 대줘!』

"이렇게?"

『그래그래.』

"정말 흡수했네."

『이렇게 강해지는 거야. 소재는 팔 수도 있으니까 마수를 적극적으로 사냥하면서 가자.』

"응. 알았어."

그 뒤로는 염화를 실험했다. 프란과 만나고 처음으로 쓴 스킬이라서 모르는 점도 여러모로 많았던 것이다.

스킬을 써서 양방향으로 대화가 가능한 구역을 만들어내는 듯한 이미지였다. 이것을 프란에게만 이어지도록 좁히면 실 전화처럼 우리만 대화를 나눌 수 있었다. 또한, 구역을 주위로 넓히면 내 목소리를 여러 사람에게 동시에 전달하는 게 가능할 것이다.

잡아온 토끼를 써서 시험해봤는데, 프란에게 목소리가 들리는 상태로 토끼도 나의 염화에 반응했다.

다만 프란의 염화는 토끼에게 들리지 않았던 모양이다. 나의 염화 구역에 있다고 해도 나를 제외한 녀석들이 염화로 대화를 나눌 수 없기 때문이겠지. 어디까지나 나와 염화를 하기 위한 스킬이라는 뜻이군.

여행은 지금까지 별 탈 없이 진행됐다.

역시 평원이 특수한 환경이었는지 숲 밖으로 나오는 마수는 크게 강하지 않았다. 기껏해야 에어리어 2 정도일 것이다.

식사는 내가 맡았다.

제정신이 아니던 때에 올린 요리 스킬이 있으니 말이다. 염동을 쓰면 조리 기구를 문제없이 쓸 수 있고 식재료를 쥘 수도 있다. 자르거나 벗기는 건 검인 나한테는 식은 죽 먹기다. 불이나 물은 마술로 쉽게 만들 수 있다.

식재료는 차원 수납에 확보했던 마수였다. 요리 스킬 덕분인지 보기만 해도 먹을 수 있는 마수인지 알 수 있게 된 것이다.

프란도 나와 같은 스킬을 가지고 있어서 요리를 할 수 있을 테지만…….

요리는 내가 담당하려고 한다. 이것도 보호자의 의무이기 때문이다.

더 나아가 십분 주의하기 위해 독 내성 스킬도 장비하고 흡수 강화, 소화 강화, 포식 같은 식사에 관한 스킬도 장비했다. 포식 스킬은 먹은 음식을 흡수해서 힘을 얻을 수 있는 스킬이다. 효과가 어느 정도 있는지는 알 수 없지만, 장비해서 손해는 없겠지.

현재, 프란의 스테이터스는 이런 느낌으로 변했다. 참고로 스킬은 세트 스킬과 겹치지 않는 것만 나왔다.

명칭 : 프란   나이 : 12세

종족 : 수인 · 흑묘족

직업 : 없음

Lv : 3

생명 : 39   마력 : 25   완력 : 24   민첩 : 46

스킬 : 검술 1, 밤눈, 껍질 벗기기 능력, 방향 감각

칭호 : 해체왕, 스킬 컬렉터, 화술사, 요리왕

스테이터스는 고블린보다 압도적으로 강했다.

에어리어 3의 마수나 이블 고블린과 동격이려나.

얼마 전에 취득한 장비자 스테이터스 상승【중】덕분에 각 수치가 올라간 데다 완력 상승【소】같은 스킬의 효과도 발휘됐기 때문이다.

레벨 3에 이 능력은 상당히 치트라고 생각한다. 하위 마수를 상대로 싸운다면 문제는 없을 것이다.

세트 스킬은 경우에 따라 바꾸겠지만, 검술이나 불 마술, 스테이터스 상승 계열은 고정하기로 결정했다. 세트 스킬을 바꾸는 데도 꽤 익숙해졌다. 지금이라면 전투 중에도 스킬을 바꿀 수 있을 정도다.

문제는 돈이다.

이쪽 세계의 금전 단위는 세계 공통으로 골드로 부른다고 한다.

하지만 노예상에게서 가져온 동전은 은화 2닢, 동화 24닢. 합계 224골드였다. 이 액수는 숙소에서 하루를 묵을 수 있을지 없을지 알 수 없는 미묘한 선인 모양이다.

　모양이라고 말한 이유는 프란도 사회의 시세를 잘 모르기 때문이다. 지식으로 대충 알고 있을 뿐이겠지.

　우선은 돈을 벌어야겠다. 그래서 방어구나 탐색 필수품을 갖추는 것이다.

　일단 방법은 있다. 내가 차원 수납에 넣은 마수의 시체다.

　프란에 따르면 마수에게서 소재를 얻어 파는 것이 모험가의 주요 수입원이라고 한다. 수납 안에 든 소재를 팔면 돈은 어느 정도 벌 수 있을 것이다.

　그러니 반입하기 전에 제대로 해체해서 팔릴 법한 소재를 선별할 생각이다.

　다만 고위 마수의 소재를 프란 같은 소녀가 잔뜩 들고 다니면 눈길을 끌지도 모르므로, 처음에는 그렇게 강하지 않은 마수의 소재부터 팔려고 한다.

　뭐, 이거나 그거나 마을에 도착한 뒤에나 할 수 있는 이야기지만.

『좋아, 됐다.』

　현재 우리는 야영 중이다. 프란은 소재를 해체 중이다.

　방금 전에 알았는데, 장비자 등록만 하면 떨어져 있어도 스킬을 공유할 수 있는 듯했다. 스테이터스 상승효과도 제대로 발휘됐다. 그래서 조금 떨어져 있어도 프란은 해체 스킬을 쓸 수 있었다.

　프란은 나이프를 한 손에 들고 지면에 놓인 마수의 시체를 부지런히 해체하고 있었다.

피 냄새에 마수가 다가오지 않도록 정화 마술로 만든 소취 결계를 전개 중이다. 이것도 프란이 스스로 쳤다. 얻은 지 얼마 되지 않은 마술 스킬을 이미 능숙하게 다루는 것 같다.

나는 프란의 식사를 준비 중이다. 노예 상인의 마차에서 가져온 냄비와 식재료와 마수 고기로 스튜를 만들었다. 도중에 따온 약초도 넣어서 영양상으로도 완벽했다. 게다가 요리 10이므로 맛도 완벽──할 것이다. 맛을 볼 수 없는 게 정말 유감이다.

앞으로도 기본적으로는 이런 식으로 분담하게 될 것이다.

내가 요리나 보초를 담당하고 프란은 해체를 담당한다.

마석은 내가 먹고 그 밖의 부위는 프란이 팔거나 먹는다.

『프란, 다 됐다.』

"응."

『물로 손 씻어.』

"──아쿠아 크리에이트."

프란은 스스로 만든 물로 손을 씻었다. 마력에 관해서는 문제없다.

장비자인 프란은 나의 보유 마력을 이용할 수 있으므로 물 정도는 얼마든지 만들 수 있기 때문이다.

『해체는 끝났어?』

"대충은. 그런데 저건 무리였어."

『아아, 거북 말이구나.』

프란의 시선 끝에는 블래스트 토터스의 시체가 떡하니 버티고 있었다. 해체 스킬이 10이라 해도 저 단단한 등딱지는 평범한 나이프로 해체할 수 없었던 모양이다.

뭐, 상위 마수이고 하니 어쩔 수 없겠지.

어제도 타이런트 사벨 타이거를 해체하지 못했다. 주로 도구 문제로.

『오늘도 내가 나서야겠군.』

"부탁해."

『그래. 맡겨둬. 프란은 밥 먹어.』

"응. 고마워."

그럼 프란이 다 먹기 전에 얼른 해체할까.

프란과 만난 지 사흘째.

우리는 도시를 목표로 계속 걸었다.

나는 남의 눈에 띄지 않도록 포장에 싸인 채 프란이 멨다. 둥실 둥실 떠 있는 모습을 목격당하면 변명할 수 없으니 말이다.

『이봐, 도시에는 간단히 들어갈 수 있어?』

"응?"

『아니, 통행료나 신분증은 필요 없는 거야?』

"몰라."

고개를 붕붕 흔드는 프란. 귀여워──.

아니 아니, 이럴 때가 아니야.

프란은 노예였으니까 스스로 수속을 밟아 마을에 들어간 적이 없었을 것이다. 그래서 정보가 전혀 없다.

『사람이라도 있으면 정보를 얻을 수 있을지도 모르는데.』

여기까지 오는 사흘 동안 사람이 있던 흔적조차 보지 못했다.

왜지? 행상인이나 나그네는커녕 도적도 없었다.

"가도가 아니니까."

『어? 무슨 소리야?』

"이 주변은 가도에서 벗어난 곳이야."

노예 상인은 시간을 단축하기 위해 마수가 잔뜩 나오는 위험한 구역을 가로질러 이동했던 모양이다.

그런 끝에 습격당해 전멸하셨으니 얼마나 애통하십니까.

노예들을 끌어들이지 말고 자신들만 그랬으면 좋았을 것을.

『어? 가도가 있어?』

하긴 마수가 출몰하는 벌판에 사람이 그렇게 있을 리도 없다.

『어디야?』

"걸어가면 조만간 나올 거야."

『그럼 좋겠는데.』

"괜찮을 거야. 아마."

그리고 계속 나아간 지 네 시간.

도중에 토끼 같은 동물을 잡거나 자기 진화 포인트를 어디에 쓸지 대화를 나누면서 느긋하게 나아갔다.

스킬의 레벨을 올리거나 스테이터스 상승 스킬을 얻는 등 다양한 의견이 나왔지만, 결국은 감정 차단과 메모리 증가【중】을 취득하기로 했다.

감정 차단은 그 이름대로 상대의 감정을 막는 스킬이다. 프란이 말하기로는 말하는 검은 희귀하다고 한다. 앞으로 있을 역경을 피하기 위해서도 취득했다.

메모리 증가【중】은 세트할 수 있는 스킬의 숫자가 늘어나는 좋은 스킬이다. 우리의 강점 중 하나는 다채로운 스킬이니, 세트할 수 있는 스킬이 늘어나는 게 바로 전력의 강화로 이어진다. 이건

취득해야지.

그렇게 이게 좋다, 저게 좋다고 이야기하며 나아가던 우리는 앞쪽에서 대망의 가도를 발견했다.

『좋아, 길이다!』

지면을 깎고 풀을 뽑았을 뿐인, 짐승길보다 살짝 나은 정도의 길이다. 하지만 오랫동안 왕래하여 지면이 다져져서 바퀴 자국이 또렷하게 남아 있었다. 그건 틀림없이 길이었다.

프란의 방향 감각에 의지해 도시가 있다고 여겨지는 방향으로 걸어갔다.

"아, 생명 반응이 있어."

『사람이 아닌 거 같네.』

기척 감지 스킬로 상대의 크기나 움직임을 그런대로 알 수 있다. 몇 번이나 느낀 적이 있는 이 기척은 아마 고블린일 것이다.

"잡아?"

『일단 그러자. 소재를 팔 수 있을지도 모르고, 마석도 흡수할 수 있으니까.』

"알았어."

고개를 꾸벅 끄덕이고 프란이 가도에서 벗어나 달려 나갔다.

이미 각력 상승 스킬 등을 구사하고 있기 때문에 나무 사이를 바람처럼 빠져 나갔다.

"있다."

고블린들은 가도 가장자리에 난 수풀 뒤에 몸을 숨기고 있었다. 가도를 지나가는 사람을 기다리고 있는 거겠지.

숫자는 세 마리.

프란은 기척을 지우고 고블린들의 뒤로 돌아들어간 다음 소리도 없이 배후에서 덮쳤다.

"훗."

"끽?"

뒤에서 베인 한 마리가 기우뚱거리며 쓰러졌다.

"핫!"

바로 회수한 칼로 남은 두 마리를 베어버렸다. 스킬에 익숙해진 덕분에 기술의 속도가 빨라졌구나.

고블린들은 자신의 몸에 무슨 일이 일어났는지 눈치채지 못했을 것이다.

처음 베인 고블린의 시체가 지면에 쓰러지기 전에 싸움이 종료됐기 때문이다.

"스승, 뒤를 부탁해."

『응, 내게 맡겨.』

마석을 흡수한 뒤에는 소재로 이용할 수 있을 만한 고블린의 뿔을 잘라냈다. 프란이 상당히 오래 전에 그런 이야기를 들은 적이 있다고 한다.

가도 근처에 방치해 대형 마수를 불러들이면 위험하므로 남은 시체는 차원 수납에 넣었다.

"스승, 저쪽에도 고블린이 있어."

『또 있었어?』

"어떡할까?"

『어차피 가야 하는 방향이니까 처리할까.』

"응."

프란이 다시 달려 나갔다. 하지만 그 앞에는 생각지도 못한 광경이 펼쳐져 있었다.

"젠장! 절로 가 고블린 놈들!"

"끼끼끼."

"그르르아."

마차 한 대가 고블린들에게 공격당하고 있었던 것이다.

고블린의 숫자는 여섯 마리. 반면에 마차에는 혼자 타고 있는 듯했다.

『또 고블린이냐.』

"도와줄래."

『그래, 잘해봐.』

다시 기척을 지우고 배후에서 기습했다.

검기 트리플 스러스트로 세 마리를 벴다. 3연격인 만큼 검기의 위력은 약했지만, 고블린이 상대라면 아무런 문제도 없었다.

"사, 살았다!"

"끼이이!"

"시끄러워."

갑자기 나타난 프란에게 위협음을 내는 고블린들. 하지만 프란은 가차 없이 휙휙 내리쳤다.

남은 한 마리가 도망치려고 등을 돌렸지만 프란이 나를 던져서 숨통을 끊었다.

투척 스킬 덕분에 배를 제대로 꿰뚫었다. 빗나가면 몰래 궤도를 수정하려고 했는데 그럴 필요 없었군.

"고, 고마워, 아가씨. 덕분에 살았어."

"응."

"그런데 강하구나. 혼자니?"

"…………."

"아니, 이야기하고 싶지 않으면 안 해도 돼."

프란은 단순히 말수가 적을 뿐이지만 그 태도를 보고 이야기하고 싶지 않다고 착각한 듯했다.

실제로 섣불리 정보를 주고 싶지 않았기 때문에 고마웠다. 나는 프란에게 이대로 착각하도록 내버려두자고 염화로 지시했다.

'알았어.'

"저기, 혹시 괜찮으면 마차에 탈래? 알레사로 가고 있지?"

알레사는 우리가 목표로 삼은 도시인 듯했다.

그런데 이 남자, 연약해 보이는데 꽤 만만치 않구나.

선심을 베풀어 마차에 태워주겠다고 하여 프란이 고블린에게서 구해준 빚을 상쇄하고 더 나아가 호위도 얻을 셈이다.

우리도 정보가 필요하므로 그의 제안에 따르기로 했다. 하지만 목숨 빚은 그렇게 가볍지 않단 말이지.

프란에게 할 말을 지시했다.

"마을까지 호위해도 괜찮아."

"아, 응, 그래."

흥. 쓴웃음을 짓고 있군.

"알고 싶은 정보와 교환하면 호위는 공짜로 해줄게."

"하하하하. 재밌네. 마음에 들었어! 타."

"응."

"나는 란델이야. 넌?"

"프란."

"그럼 여행 잘 부탁해, 프란 씨."

마차에 타기 전에 고블린의 뿔을 뽑는 것도 잊지 않았다.

우리는 즉시 남자에게 물어봤다. 뭐, 프란이 물어봤지만 말이다.

"고블린 뿔은 팔 수 있어?"

"고블린 뿔이라, 엄청 싸. 일단 마력 촉매가 되긴 해도 품질은 최악이거든."

그렇구나. 뽑는 게 손해로군.

하지만 란델의 말은 아직 끝나지 않았다.

"하지만 사인은 발견 즉시 퇴치하도록 장려하고 있으니까 모험가 길드에 가져가면 보수가 나올 거야."

감정으로 본 설명에도 퇴치 장려라고 적혀 있었지.

생각해보니 꽤나 자의적인 설명이다.

어차피 명백하게 고블린과 적대하고 있는 측에서 하는 설명이었으니 말이다. 애초에 그 설명은 누가 쓴 거지? 신? 그렇다면 사신을 제거한 쪽의 신이겠지. 내용이 엄청나게 치우친 데다 사악하다고 명기되어 있었으니까.

고블린 쪽에서 보면 그들 나름대로 정의가 있어서 인간을 사악하다고 생각하고 있을지도 모른다.

뭐, 그렇다고 해도 불만은 없다. 왜냐하면 이미 고블린을 죽였기 때문이다. 그 설명에 얼굴은 험상궂지만 실은 착한 녀석입니다, 라고 적혀 있었다면 역시 죄책감을 느꼈을 것이다. 하지만 사악하다고 적혀 있었기 때문에 면죄부로 받아들일 수 있었다. 오히려 사냥이 순조로웠을 정도였다.

그게 설명문을 쓴 녀석의 목적일지도 모른다. 아니면 나를 부추겨서 적대 진영의 사인들을 사냥시킬 생각일지도 모른다.

설명문을 쓴 녀석은 역시 신일까? 그렇다면 이 세계로 전생했을 때 들렸던 남성의 목소리. 그게 신이었던 걸까. 그렇다면 상당히 좋은 사람이었던 것 같다. 적어도 나를 속여서 조종하려는 식으로는 들리지 않았다. 아니, 그게 작전인가? 아냐 아냐 하지만……….

아 그만두자 그만둬. 정보가 없는 상태에서 닥치는 대로 의심하기 시작하면 끝이 없다. 뭐, 당장은 해가 없으니 깊이 생각하는 건 그만두자.

"위협도 G인 마수라고는 하나 저만한 숫자의 고블린을 간단히 쓰러뜨리는 솜씨는 훌륭했어."

"위협도?"

처음 듣는군. 이야기의 흐름으로 미뤄보자면 마수의 힘이나 랭크를 나타내는 용어인가?

"모르니?"

그 후, 란델이 위협도에 대해 설명해줬다. 뭐, 잡담 말고는 할 일도 없어서 꽤나 상세하게 가르쳐줬다.

모험가 랭크

G 신출내기, 임시 면허 대우. 아직 진짜 모험가가 아니다.

F 신입, 견습. 일단 모험가 대우.

E 일단 자기 몫을 한다. 자신 있게 모험가라고 밝혀도 좋다.

D 중견. 파티 리더도 할 수 있다.

C 어느 정도 베테랑. 일반인이 보기에는 초인.

B 모험가 중에서도 톱클래스. 작은 길드라면 랭크가 제일 높아도 이상하지 않다.

A 영웅. 국가에 몇 명밖에 없다. 일반인도 이름을 안다. 음유시인이 흔히 노래하는 수준.

S 신화급. 세계에 여덟 명뿐이다. 왕도 고개를 숙이고, 각 모험가 길드의 길드 마스터에게 명령을 내릴 수 있다.

마수 위협도 랭크

G 잔챙이. 성인 남성이라면 이길 수 있다. 고블린, 송곳니 쥐.

F 소규모 상단이 전멸한다. 큰 불곰, 다섯 머리 늑대.

E 마을이 전멸할 위기. 레서 와이번, 오우거.

D 도시가 전멸할 수준. 레서 히드라, 블래스트 토터스.

C 대도시가 전멸. 기사단 출동 안건. 타이런트 사벨 타이거, 하급 악마.

B 국가가 전멸. 전군이 출동할 위기. 상급 악마, 상급 드래곤, 왕급 거인족.

A 대륙이 전멸할 위협. 악마왕, 왕급 드래곤, 리치.

S 세계 규모 위기. 신화급 마수. 펜리르, 신급 드래곤.

　　모험가 랭크는 자신의 랭크와 위협도가 동일한 마수를 파티를 짜서 쓰러뜨릴 때를 기준으로 하고 있다. 혹은 한 등급 아래 위협도에 해당하는 마수를 혼자서 쓰러뜨릴 수 있는 수준이다.

　　고블린은 최하급이었다. 하지만 무리를 지은 경우에는 위협도가 올라가는 경우도 있어서 다섯 마리면 랭크 F가 된다나.

그걸 혼자서 물리친 프란은 모험가 랭크 E에 상당하는 힘이 있다는 뜻이구나.

"그런데 이런 가도에서 고블린 무리한테 공격받은 적은 지금까지 없었는데 말이야."

"그래?"

"응, 이 가도는 모험가가 정기적으로 순회하거든."

모험가란 말이지. 길드도 있는 듯하고 이거야말로 판타지네. 지금부터 길드에 가는 게 기대된다.

"고블린 한두 마리라면 나도 쫓을 수 있어."

참고로 란델의 스테이터스는 이런 느낌이었다.

명칭 : 란델   나이 : 39세

종족 : 인간

직업 : 상인

Lv : 13

생명 : 32   마력 : 15   완력 : 20   민첩 : 22

스킬 : 운반 3, 마부 2, 교섭 2, 산술 5, 장사 6, 창술 3, 화술 2

장비 : 조악한 철로 만든 창, 소가죽 흉갑, 거미줄 외투

뭐, 고블린에게 1대1로 지지는 않겠지만, 포위되면 어려워 보였다. 오히려 레벨 4인데 란델을 능가하는 프란의 스테이터스가 엄청나다.

"왜 그런지 요 한 달 동안 마수의 움직임이 활발해."

한 달 전이라. 내가 에어리어 5를 공략한 무렵이군.

"어째서?"

"마랑(魔狼)의 평원에서 무슨 일이 있었나봐."

"마랑의 평원?"

"모르니? 여기에서 동쪽으로 가면 나오는 A급 마경이야."

"유명해?"

"당연하지. 10대 마경에는 못 미치지만 A급이니까."

마경이란 던전 등을 포함해 마수가 지배하는 영역을 가리키는 용어라고 한다. 각각의 위험도로 G~S로 랭크가 나뉘어 있고, A급은 위에서 두 번째 랭크였다.

A보다 위는 10대 마경이라고 불리는 S급의 위험한 곳밖에 없으므로 A급이라도 충분히 위험한 곳이라고 할 수 있다.

난 그런 곳에서 사냥을 했던 건가.

그러고 보니 보스는 강했었지.

다만 궁금한 점이 하나 떠올랐다.

"왜 마랑의 평원이라고 해?"

그 평원에 늑대 타입의 마수는 거의 없었다. 오히려 서쪽 구역 보스는 고양잇과였고 말이다.

마랑의 평원이라고 불리는 이유를 알 수 없었다.

"아주 옛날, 그 평원에서 펜리르라는 S급 마수가 죽었다는 전설이 있어서 그래. 지금도 펜리르의 마력이 평원 중심부에 남아 있다더라. 그 탓에 중심에 가면 갈수록 마수가 약해지는 재미있는 특성이 있대."

놀랍게도 결계라고 생각했던 건 펜리르 씬가 뭔가의 마력이었습니까. 게다가 이미 돌아가셨다니.

그 결계가 없었다면 더 가혹한 생활을 했을 테니 펜리르 씨에게는 꼭 감사 인사를 하고 싶다.

다만 그런 장소에 내가 꽂혀 있었던 건 뭔가 관계가 있는 건가? 궁금하다.

"평원의 중심에는 제단 같은 게 있다는데, 그게 어떤 유래가 있는 물건인지는 모른대. 여러 사람이 조사했지만 불명인 채로 있다고 하더라고."

『어? 나는? 검이 꽂혀 있었다는 정보는 없는 거야?』

"제단에 검이 꽂혀 있다는 얘기는 못 들었어?"

"검? 글쎄, 들은 적이 없네."

『으음. 내 유래를 알 수 있을지도 모른다고 생각했는데, 그렇게 간단히는 안 풀리나.』

란델은 그 이상의 정보를 가지고 있지 않았다. 아쉽다.

"마랑의 평원은 고갈의 숲이라는 마력을 흡수하는 특수한 숲에 둘러싸여 있어."

거기에서는 나도 고생했다. 두 번 다시 들어가고 싶지 않은 곳이다.

"그 덕분에 마랑의 평원에 사는 마수들이 밖으로 나오지 않는데, 평원의 영향을 전혀 안 받지는 않아. 몇 년에 한 번, 구역 다툼이 있거나 대형 마수끼리 전투가 일어나지."

그렇군. 구역 보스의 세대교체 같은 건가?

"그때 고갈의 숲이나 그 주변에 사는 마수들이 겁을 먹고는 무척 공격적으로 변해. 강한 마수들의 기척에 겁먹고 도망친 마수가 가도에 출몰하기도 하고. 이번에도 구역 다툼이 일어난 게 아닐까?"

이거 완전히 내 탓이네. 구역 보스를 전부 사냥했으니까.

그 전투의 여파가 이 주변까지 미쳤다는 건가. 데헷.

란델은 가도로 돌아갈까 망설였지만, 돌아가면 운반 의뢰 기한을 맞출 수 없기 때문에 무리해서 왔다고 한다.

하하하. 미안해, 란델 씨. 사과의 뜻으로 어떻게든 갈취하려고 계획했던 호위료는 강요하지 않을게. 이거 참, 정말 미안해.

란델의 마차에 몸을 실은 지 두 시간.

"오, 알레사가 보였어."

멀리 저편 언덕 위에 벽 같은 게 보였다. 도시를 둘러싼 방벽인 듯했다.

보였다고 해도 꽤나 멀었다.

흔들리는 마차를 두 시간 정도 더 타고 가자 겨우 전체 모습이 보이기 시작했다.

가까이서 보니 꽤 크네.

란델의 설명에 따르면 이 주변에서는 가장 큰 도시라고 한다. 주민 숫자는 1만.

큰 모험가 길드가 있는 것도 이 지역에서는 알레사뿐인 듯했다.

그러고 보니 중요한 것을 물어보지 않았다는 게 떠올랐다.

"도시 입장료는 얼마야?"

"아아, 3백 골드야."

큰일이다. 부족해.

고블린의 뿔은 모험가 길드가 아니면 싸구려 취급을 받는다고 했는데, 어떻게 할까.

이 기회에 다른 시세도 전부 묻자. 그래서 필요 경비를 계산한 다음 앞으로 어떻게 할지 계획을 세우는 거다.

"숙소는 하루 묵는 데 얼마야? 가장 싼 곳이면 돼."

"숙소 말이구나. 최저 랭크 숙소가 2백 골드 정도려나. 물론 잠만 자는 데."

정식의 평균이 50골드. 빵이 하나에 10골드. 싸구려 나이프가 3백 골드. 목욕탕은 한 번에 20골드.

대체로 그런 느낌인 모양이다. 1골드에 10엔 정도인가?

화폐는 동화 한 닢이 1골드이고 동화·대동화·은화·대은화·금화·대금화로 올라가며, 열 닢에 상위 화폐 한 닢이 된다. 란델도 대금화는 본 적이 없다고 한다.

"고블린의 뿔을 길드에 가져가면 얼마야?"

"두 개 한 묶음에 20골드야. 상인한테 팔면 한 묶음에 5골드 정도일 거고."

싸! 고블린 싸잖아! 하루에 열 마리 이상 사냥하지 않으면 숙박료도 벌 수 없다니…….

그런데 어떻게 할까. 지금 가지고 있는 여덟 마리 분의 뿔을 전부 란델에게 팔아도 3백 골드를 못 채우는데.

평원에서 잡아 차원 수납에 넣어둔 마수의 소재를 팔까?

그렇게 생각했지만 란델은 살 수 없다고 했다.

"내가 취급하는 품목은 주로 식품이나 무구거든. 고블린의 뿔처럼 싸고 어디에나 있는 물건이라면 몰라도 전문적인 심사는 무리야."

이럴 수가, 어쩌지. 싸게 팔아도 좋으니까 억지로 떠넘길까? 하지만 그러기엔 아까운데…….

고민하고 있는데 내 탐지가 새로운 기척을 포착했다.

가도 앞쪽이다.

란델에게 속도를 늦추라고 말하고 앞서 정찰했다.

친숙한 고블린들이 수풀에 숨어 있었다. 여느 때처럼 잠복 중이겠지.

프란의 검기와 내 마술을 구사해 순식간에 끝냈다.

고블린 다섯 마리에게서 뿔을 뽑다가 한 마리가 들고 있던 검에 눈길이 갔다.

나무 곤봉은 가격이 전혀 매겨지지 않는다지만 검이라면 조금은 돈이 되겠다고 생각한 것이다.

『운이 좋았어. 이걸 란델이 사주면 3백 골드를 채울 수 있을지도 몰라.』

돌아가서 란델에게 물어보니 백 골드에 사줬다. 생각보다 비쌌다.

"그렇게 비싸게 사주는 거야?"

"청동제지만 상태가 좋아서. 분명 모험가에게서 최근에 빼앗았을 거야."

운이 좋았구나. 이로써 도시에 들어갈 수 있다.

고블린의 뿔은 팔지 말고 길드에 제출하자.

도중에 마수 한 마리를 더 사냥해서 란델에게 팔았다.

블랙 버그라는 50센티미터 정도 되는 검은 풍뎅이 마수다. 껍데기가 초보자용 방어구에 쓰인다고 한다. 이거라면 가치를 안다고 해서 20골드에 팔았다.

그런데 마수는 싸구나. 하급이라고는 하나 방어구 재료가 되는 마수라도 20골드인가. 무기를 든 고블린을 노리는 편이 나을지도 모른다. 역시 고블린은 내게 사냥당할 운명이구나.

"여. 란델이잖아. 무사히 돌아왔군."

"응, 도중에 몇 번쯤 위험하긴 했지만."

"그 아가씨는?"

"오다가 주웠어. 이 아가씨의 입장 수속도 부탁해."

"알았어. 란델의 마차가 지나가서 운이 좋았구나. 란델은 꽤 강해서 든든했지?"

문지기 아저씨의 말에 란델이 쓴웃음을 지었다. 실제로는 프란이 란델을 호위해줬으니 말이다.

그다지 주목을 받고 싶지 않아서 란델에게 오다가 주운 여행 중인 소녀라고 해달라고 부탁했다.

"그럼 3백 골드다. 이게 임시 입장증. 사흘간 유효해. 그 기간이 지나면 다시 입장하는 데 또 돈이 드니까 주의하렴."

이것도 들은 이야기다. 정식 주민증이나 모험가 카드가 있으면 이후에는 무료가 된다고 한다.

그러므로 서둘러 모험가 카드를 만들어야 한다.

"알레사에 오신 걸 환영합니다."

모험가 길드에 가입하는 데 나이 제한은 없다고 한다. 다만 적성 시험이 있어서 거기에 통과하지 못하면 카드는 발행받을 수 없다.

"그럼 나는 가게로 돌아갈게. 프란 씨는 바로 모험가 길드로 갈 거니?"

"응."

"내 가게는 서쪽 대로 가장자리에 있어. 한가해지면 꼭 와줘."

그렇게 말하고 란델은 떠나갔다.

떠날 때도 아무것도 묻지 않았다. 세상 물정에 어두운데 굉장한 실력. 그런 언밸런스한 소녀가 혼자서 가도를 걷고 있었다. 사정이 있는 건 틀림없다. 그런데 끝까지 그 부분은 건드리지 않았다. 좋은 사람이다.

오다가 모험가를 상대로 장사하고 있다는 말도 했으니 목돈이 들어오면 찾아가보자.

『그럼 갈까.』

"응."

우리는 란델이 가르쳐준 모험가 길드로 향하는 길을 걸었다.

으음, 깨끗한 도시구나. 중세 유럽 같은 도시다.

좋다. 판타지 느낌이 물씬 풍긴다.

게다가 이 세계에 와서 처음으로 이렇게 많은 사람을 봤다. 그것만으로도 기분이 들떴다.

나를 더욱 흥분시키는 건 인간 사이에 섞여서 다니는 이종족들이었다.

동물 귀와 동물 꼬리가 달린 수인 아저씨나 이미지를 깨버리는 색기 넘치는 거유 엘프――아니 엘프 누님. 털북숭이 드워프나 벌레 같은 날개가 달린 형씨 등, 갖가지 종족이 거리를 걷고 있었다.

방금 말한 사람들에 섞여 모험가풍 남자들의 모습도 드문드문 발견할 수 있었다.

스테이터스를 확인해보니 역시 프란보다 약한 녀석은 없었다. 비슷한 녀석은 꽤 있지만.

그런데도 스킬의 레벨과 양은 우리 쪽이 압도했다.

살펴본 사람 중에서 스킬 레벨이 가장 높았던 모험가라도 검술 5가 최고였다. 내 검술 7이 비정상적이라는 사실을 잘 알 수 있었다.

스킬을 구사하면 스테이터스가 높은 상대도 이기는 게 가능하다. 그건 평원에서 겪은 싸움으로 파악하고 있다.

약간의 스테이터스 차이는 스킬의 차이 앞에서는 오히려 무의미하다고 할 수 있다.

그 점을 생각하면 프란이 모험가로서 살아가는 데는 문제가 없을 듯했다.

다만 나는 다른 일로 진정할 수 없었다.

모험가가 장비하고 있던 무기의 성능을 봤는데──.

명칭 : 고품질의 강철로 만든 롱소드

공격력 : 398   보유 마력 : 5   내구도 : 600

마력 전이율 F

스킬 : 없음

나와 같은 롱소드. 그런데 나보다 공격력이 뛰어났던 것이다. 그 밖의 항목을 이겼다고 해봐야 아무런 위로도 되지 않았다. 검으로서 진 기분이었다.

더 나아가 재차 타격을 준 건 소재였다.

고품질의 강철.

다시 말해 미스릴이나 오리하르콘이라는 전설상의 금속이 아니라 단순한 쇠에 졌다는 사실. 그것이 내게 큰 타격을 입혔다.

그 뒤에도 죄다 높은 공격력을 자랑하는 무기들이 내 눈으로 날아 들어왔다.

다섯에 하나 꼴로 그런 무기를 가지고 있었기 때문이다.

그리고 결정타가 눈앞을 걸어가는 남자의 허리에 매달려 있었다.

명칭 : 미스릴 합금 대거

공격력 : 423　보유 마력 : 20　내구도 : 700

마력 전이율 D

스킬 : 없음

『하, 하하하하…….』

이제 웃을 수밖에 없었다.

아아, 나는 무딘 칼이었구나. 마수를 쓰러뜨리고 괜히 허세를 부렸습니다.

나 따위는 어차피 말만 할 수 있는 장식이 과다한 검에 지나지 않았다.

"왜 그래?"

『아아, 프란. 나는 이제 틀렸어.』

"응?"

나는 프란에게 설명했다.

나는 스킬이 없으면 저기 있는 무기보다 열등한 막검이라는 사실을.

분명 부자가 돈에 싫증나서 만든 졸부 검일 것이다.

쓰윽쓰윽.

설명을 마친 나를 프란이 쓰다듬었다.

『프란…….』

"응."

『나 같은 걸 위로해주는 거야?』

"스승한테는 스킬이 있어."

착한 아가씨구나!

그렇지. 공격력은 시판하는 검에 딸리는 막검이라도 스킬로 서포트는 가능하다.

오히려 그것밖에 가치가 없다.

결심했어! 나는 스킬왕이 되겠어!

다만 나처럼 무딘 검이 아니라 제대로 된 검을 사주고 싶다.

지금은 나를 쓸 수밖에 없지만 언젠가 강한 검을 사주자.

그러기 위해서도 모험가 길드에 등록해서 돈을 왕창 벌어야겠어!

『좋아, 걱정 끼쳐서 미안. 이제 괜찮아. 모험가 길드로 가자.』

"응."

오다가 나 때문에 쓸데없이 시간을 잡아먹긴 했지만 모험가 길드에 가까스로 도착했다.

『크네.』

그 건물은 주위 시설과 비교해도 상당히 컸다.

그만큼 모험가의 숫자도 많다는 뜻이겠지.

『이리 오너라!』

기합을 넣었다. 뭐, 아무에게도 안 들리겠지만.

안은 생각보다 깨끗했다.

좀 더 이렇게, 변두리 술집 같은 위압감이 가득한 내부 장식을 기대했건만.

살짝 고급인 호텔 프런트 같았다.

뭐, 너무 엉망이면 길드의 평판에도 영향을 끼칠 테니 당연한 일인가.

다만 들어온 게 열두 살 소녀 한 명이어서 상당히 눈길을 끌었다.

카운터를 향하는 사이에도 주위에 있는 모험가들의 시선이 달라붙었다.

"여기는 모험가 길드입니다만……."

"알아. 등록하고 싶어."

"아, 네. 한 분이십니까?"

"응, 한 명이야."

아무리 이런 세계라고 해도 열두 살 소녀가 혼자서 모험가 등록을 하러 오는 건 드문 일인 듯했다.

열두 살이지만 무기와 방어구도 제대로 갖추고서 어릴 때부터 단련해온 분위기를 풍기며 사냥꾼으로 활약하고 있는데 뭐 어쩌라고요 하는 느낌을 주는 아이라면 오히려 나았을 테다.

프란은 방어구도 몸에 걸치고 있지 않았다.

오히려, 차림새가 엉망이어서 어떻게 봐도 도망 노예로밖에 보이지 않을 것이다.

자리에 너무 어울리지 않았다.

자세를 바로 한 접수원 누님이 설명을 했다.

"등록은 누구든지 할 수 없고 테스트가 있습니다."

"응."

"실전 형식의 테스트인데 괜찮으시겠습니까?"

"괜찮아."

"정말 괜찮으시겠습니까? 부상을 입는 경우도 있습니다만."

"상관없어."

"무슨 일이 있어도 저희 길드는 책임을 지지 않습니다."

"알았어."

"그, 십니까······. 알겠습니다. 잠시 기다려주세요."

프란이 테스트를 받는다는 것을 알았는지 모험가들이 웅성댔다.

시비를 거는 사람은 없었지만 그렇게 환영받는 분위기도 아니었다.

이런 어린아이가 모험가가 되려고 하다니, 우리가 얼마나 얕보였으면 하는 분위기였다.

당연하다. 나도 그들의 입장이라면 똑같이 느꼈을 것이다.

『프란, 괜찮아?』

"응?"

『아니, 모르면 됐어.』

잠시 기다리자 접수원이 돌아왔다.

"기다리셨습니다. 이쪽으로 오시죠."

"응."

안내받은 곳은 길드 안쪽에 있는, 사방이 벽으로 둘러싸인 넓은 운동장이었다. 길드 훈련장인가보다.

그 훈련장에 몸이 단단한 남자가 서 있었다.

키는 2미터가 넘을 것이다. 게다가 검고 가시가 돋친 투박한 전신 갑옷을 껴입어서 마치 세기말 패왕 같았다. 옆구리에 세워놓은 거대한 전투 도끼가 그 위압감을 더욱 배가시키고 있었다.

뒤에서 구구구구라는 효과음이 들리는 거 같네.

평범한 아이라면 눈을 마주치기만 해도 울음을 터뜨리겠지.

마수의 위압감에 익숙할 터인 나조차도 조금 놀랐으니까.

"네가 등록 희망자냐?"

우와. 노려보기만 했는데 위압감이 엄청나다.

"응."

하지만 프란에게 겁먹은 모습은 보이지 않았다. 평소와 같은 태도였다.

우리 아가씨는 거물이야!

"내가 시험관인 드나드론드다."

드가 너무 많잖아. 발음하기 힘들다.

"시험 내용은 간단하다. 나와 싸우면 돼. 너무 쉽게 지면 합격은 못 한다!"

"알았어."

"미리 말해두겠는데, 나는 봐주는 게 어렵다. 본 실력으로 갈 테니 다치고 싶지 않으면 지금 당장이라도 떠나라!"

드나드론드가 외친 순간, 무시무시한 압력이 우리를 덮쳤다.

분명히 위압 스킬을 쓰고 있지? 싸움은 벌써 시작된 건가?

『좋아, 한 번 해볼까!』

"응!"

우리는 모험가 길드 훈련장에서 드나드론드라는 아저씨와 대치하고 있다.

무시무시한 위압감이다.

내가 인간의 몸이었다면 머리를 조아리며 목숨을 구걸했을지도 모른다. 검이라서 다행이다.

자, 어떤 느낌의 녀석일까.

명칭 : 드나드론드   나이 : 46세

종족 : 귀인

직업 : 대전사

Lv : 38

생명 : 246   마력 : 133   완력 : 198   민첩 : 131

스킬 : 위압 4, 운반 3, 회복 속도 상승 5, 위기 감지 4, 교도 4, 재생 5, 순발 6, 흙 마술 2, 투척 4, 독 내성 7, 벌채 3, 부기(斧技) 6, 부술(斧術) 7, 포효 3, 기사회생, 기력 조작, 근육 강체(鋼體), 자동 생명 회복, 완력 상승【소】

장비 : 중련강(重鍊鋼) 대부, 흑철왕귀(黑鐵王龜)의 전신 갑옷, 폭아호의 망토, 석룡의 신발, 대신의 팔찌

우와아! 강하잖아! 스테이터스로는 완패다.

이 아저씨, 육체 능력만으로도 레서 와이번을 웃돈다고.

게다가 스킬도 다채로운 데다 레벨도 높다. 무기 랭크도 마찬 가지다.

명칭 : 중련강 대부

공격력 : 650   보유 마력 : 3   내구도 : 650

마력 전도율 E

공격력 650? 웃기지 마! 아무렇지도 않거든?!

종족도 귀인이라는 멋있는 종족이다.

시험관 지위는 그냥 폼이 아니군.

지금까지 본 모험가들은 발끝에도 미치지 못했다.

이 녀석이 본 실력으로 덤빈다는 말 진짠가? 초보자 시험이잖 아?

평범한 초보자라면 아무것도 못 하고 질 거 같은데…….

뭐 됐어. 할 수 있는 데까지 해보자. 이기지 못해도 실력을 보이면 된다고 했고 말이다.

『프란, 준비는 됐어?』

"오케이."

"그럼 간다!"

다음 순간, 드나드론드의 모습이 희미해졌다.

그리고 프란이 순간적으로 옆으로 날아갔다.

쿠웅!

그 거구로는 상상도 못 할 속도로 다가온 드나드론드가 도끼를 힘껏 내리찍은 것이다. 그 큰 도끼가 훈련장의 지면을 뚫자 흙먼지가 피어올랐다.

"호오, 피했구나!"

『위험했어!』

알아차렸을 때는 바로 옆에서 도끼를 내리찍고 있었다. 지면이 파인 상태를 보니 위력도 충분했다.

"이얍!"

더욱 파고들어 도끼를 내리쳤다.

쿠앙!

다시 지면이 갈라지고 바닥이 자갈이 되어 흩어졌다.

풍압에 프란의 앞머리가 나부꼈다.

이 아저씨야, 지금 일격은 위험하지 않았어? 스쳐도 큰 부상이라고.

도가 지나치잖아! 이런 시험에 합격하는 녀석이 있는 거야?

『도망치기만 하면 위험해. 공격한다!』

상황을 지켜보지 않는다. 저 위험한 공격에 맞기 전에 최고 전력을 쏟아 부어야 한다.

죽일 걱정은 없겠지. 저쪽이 압도적으로 강한 데다 대신의 팔찌도 장비하고 있다.

이건 즉사하는 공격을 받았을 때 그 대미지를 딱 한 번 대신 받아준다는 아이템이다.

"핫!"

"호오, 빠르구나!"

도끼에 깨끗이 막혔다.

내가 몰래 쓴 보조 마법으로 완력과 민첩을 향상시켰지만, 그래도 상대 쪽이 강했다.

하지만 이게 다가 아니다.

프란의 연속 공격을 막고 있는 사이에 드나드론드의 발밑의 지면이 솟아오르더니 촉수처럼 하반신에 감겼다.

"엇! 무영창이라고!"

흠, 놀랐군. 뭐, 프란이 주문을 영창하는 기색은 없었으니까.

실은 내가 흙 마술을 몰래 영창해서 발동했을 뿐이다.

프란을 상대해야 하는 드나드론드는 발밑에서 발동되는 마술을 피할 수 없었다.

반대로 그 자리에서 물러나려는 기색을 보이면 프란의 큰 기술이 작렬한다.

드나드론드는 발이 붙들렸지만, 상반신의 움직임만으로 프란의 공격을 막았다.

하지만 이건 막을 수 없겠지. 먹어라.

"트라이 익스플로전."

"으오오오!"

레벨 10의 불 마술이 드나드론드를 집어삼켰다.

세 방향에서 동시에 일어나는 폭발은 막기가 어려운 데다 시야도 빼앗는다. 물론 프란이 영창한 것처럼 보이지만 이 기술을 발동한 것도 나다.

그 말은 프란은 내가 영창하는 중에 검기를 모았다는 뜻이다.

"흐으으읍. 드래곤 팽!"

검기 7의 찌르기. 게다가 진동아가 추가됐다.

폭풍에 몸을 가누지 못하는 드나드론드의 거구로 프란의 작은 몸이 돌진했다.

프란이 쏜 기술의 정체를 알아차렸을 것이다.

드나드론드는 눈을 부릅뜨고 경악하는 표정을 짓고 있었다.

"이런 소녀가……! 마술과 검기로 연속 공격을 한다고?!"

드나드론드는 몸을 움직일 수 없어서 피하지 못했다.

"끝."

"크아악!"

내가 드나드론드의 옆구리를 뚫고 그 거구를 다시 날려 보냈다.

콰앙!

총 중량이 2백 킬로그램은 되어 보였지만 10미터 가까이 날아가 훈련장 벽에 반쯤 박힌 형태로 파묻혔다.

마수에게만 써봤는데 사람을 상대로 쓰면 이렇게 되는구나.

그런데 지나쳤나? 죽지는 않았을 것이다.

"……쿨럭……."

다행이다, 살아 있네.

드나드론드는 입에서 피를 잔뜩 토하면서도 의식은 유지하고 있는 듯했다.

프란이 천천히 다가갔다.

회복 마술이라도 쓰려는 건가?

그리고 뭘 하려나 싶어서 지켜보니 프란이 나를 드나드론드의 눈앞에 들이댔다.

"합격?"

음, 냉정한 판단이다.

나는 시험이라는 걸 완전히 잊고 있었다.

"……크하, 하. 합격이다."

"그래."

이 녀석, 아직도 움직일 수 있는 거냐. 얼마나 튼튼한 거야. 옆구리를 뚫렸다고.

하지만 나의 놀란 감정을 제쳐두고 드나드론드는 벽에서 빠져나와 느닷없이 웃기 시작했다.

옆구리에 난 상처는 이미 아물기 시작한 듯했다.

아무래도 상당히 봐준 모양이다. 이 녀석이 진심을 다해 달려들었다면 이쪽의 반격은 신경 쓰지 않고 도끼로 내리쳤을 것이다. 뭐, 시험이니 당연한가.

"하하하하하! 나한테 이렇게까지 대미지를 준 신입은 처음이다."

진짜 괴물급으로 튼튼하네. 이 녀석을 죽일 수 있는 녀석이 있을까?

"드나드론드 씨!"

굉음을 들었는지 접수원이 달려왔다.

"너무 심하게는 하지——. 어?"

아아, 그렇군. 이 아저씨가 초보자를 상대로 전력을 다했다고 생각한 건가.

뭐, 프란이 교관을 날린 소리라고는 생각 못 했겠군.

"어? 어어?"

접수원은 피투성이가 된 드나드론드를 보고 진심으로 놀란 듯했다.

시험 종료 후, 프란은 드나드론드를 따라 길드의 최상층으로 왔다.

안에서 기다리고 있던 건 호리호리한 금발 미남이었다.

"하하하, 졌습니다!"

"드나드론드 군, 웃을 일이 아니잖습니까."

귀를 보니 엘프라는 사실을 알 수 있었다. 얼핏 보기에는 약해 보이는데……

명칭 : 클림트　나이 : 136세

종족 : 우드 엘프

직업 : 대정령사

Lv : 67

생명 : 180　마력 : 616　완력 : 87　민첩 : 158

스킬 : 영창 단축 7, 감정 5, 궁술 3, 채취 5, 수목 마술 7, 정령 마술 8, 대지 마술 6, 조합 5, 흙 마술 10, 독 내성 3, 마비 내성 4, 물 마술 5, 약초 지식 7, 요리 4, 마력 조작, 숲의 아이

유니크 스킬 : 정령의 은총

칭호 : 길드 마스터, 알레사의 수호신, 수목술사, 토술사

장비 : 노신앵수(老神櫻樹)의 지팡이, 분신창사(分身創蛇)의 비늘옷, 약풍용익(若風龍翼)의 외투, 달토끼의 신발, 대신의 팔찌

드나드론드를 능가하는 실력자였다. 마술 스킬이 너무 위험하잖아.

게다가 정령 마술은 희귀해 보였다. 역시 길드 마스터다.

"일단 이름을 듣죠."

"프란."

"나이는?"

"열두 살."

프란의 말에 드나드론드가 신음했다.

"뭐? 정말 외모대로였던 거냐!"

아아, 그렇구나.

프란의 실력을 보고 실은 굉장히 나이가 많은 장수종이라고 생각했겠지. 그렇지 않으면 이 외모에 이런 실력은 생각할 수 없으니까.

"드나드론드 군."

"아, 죄송합니다."

길드 마스터가 타이르자 고개를 움츠리는 드나드론드. 전혀 귀엽지 않잖아.

그런데 시험 전과 태도가 사뭇 달랐다.

그때는 완전히 분노 덩어리라고 생각했는데, 지금은 마음씨 좋은 아저씨로밖에 보이지 않았다.

"하지만 이 친구의 기분도 이해합니다. 고작 열두 살에 중급 검기를 구사하고 레벨 10의 불 마술을 무영창으로 발동시킨다? 말도 안 됩니다."

길드 마스터가 미간을 찡그리고 있었다. 그 눈은 프란의 밑바닥까지 꿰뚫어 보듯이 예리했다.

"게다가 감정 차단 스킬까지 가지고 있군요?"

그러고 보니 이 사람은 감정을 가지고 있었지.

그것으로 프란의 말에 거짓이 없는지 보려고 했겠지.

하지만 나는 감정 차단을 가지고 있다.

이런 때를 위해 자기 진화 포인트를 소비해서 취득한 보람이 있는 스킬이다.

이 스킬의 장점은 나를 장비하고 있는 프란에게도 효과가 미친다는 것이다.

그 탓에 괜한 의심을 받고 있는 듯하지만.

"그 말대로 열두 살 소녀라고 치고, 어디서 왔습니까?"

"비밀."

"……그걸로 넘어갈 수 있다고 생각합니까?"

"말 안 해."

"……휴우. 성가시군."

으음, 좀 걱정되는데.

프란에게 속을 떠보게 하자.

"합격? 불합격?"

"드나드론드 군과 싸울 만한 실력자를 불합격시킬 수는 없겠죠."

"그럼 길드 카드를 줘."

"알고 있습니다. 지금 준비시키죠. 이 서류에 필요 사항을 기입하세요. 글씨를 못 쓴다면 대필할까요?"

"괜찮아."

프란은 부모에게 교육을 잘 받은 데다 노예로서 부가가치를 올리기 위해 읽고 쓰는 공부를 했다.

"실력 좋은 모험가는 대환영이야! 그렇죠, 길드 마스터?"

"네에, 그렇죠. 정령도 소란을 피우고 있고요."

"정령?"

"아무리 둘러봐도 정령사에게만 보입니다."

"정령이 뭘 가르쳐줘?"

"정령은 감정에 민감하니까요. 간사한 마음이나 나쁜 뜻을 품고 있는 자를 판별해줍니다."

정령은 편리하구나. 나도 꼭 써보고 싶다.

문제는 마수 중에 정령 마술을 쓰는 녀석이 있느냐다.

"마수도 정령 마술을 써?"

"사악한 마음을 양분으로 삼는 정령도 있으니 마수라도 드물게 쓰는 개체가 있지요. 유감스럽게도."

호오. 그거 희소식이군. 찾아볼 가치는 있겠어.

"길드 마스터, 준비가 다 됐습니다."

"그런가요, 그럼 가죠."

길드 마스터가 스스로 안내해준 곳은 카운터 옆에 있는 작은 방이었다.

방 안에는 제단 같은 것이 있었고, 그곳에는 수정 구슬이 안치되어 있었다.

"여기에 손을 대세요. 바로 끝납니다."

"응."

길드 마스터가 말한 대로 순식간에 끝났다.

아무래도 프란의 마력을 등록한 모양이다.

옆에서 접수원이 한 쌍인 수정 구슬을 만지고 있었다.

거기에 카드를 대면 완성되는 듯했다.

"남은 건 직업 선택이군요."

"직업?"

"네. 사람에 따라 적성이 다르고, 고른 직업에 따라 다양한 은혜가 있습니다."

그러고 보니 란델은 상인이었지. 드나드론드가 대전사에 길드 마스터가 대정령사였나. 대 자가 붙기만 했는데 묘하게 강해 보였다.

"프란 님이 고를 수 있는 직업은⋯⋯ 어?"

"왜 그러나요? 넬 군."

"아니요, 적성 직업이 좀 굉장해서요."

"으음?"

우리도 길드 마스터의 뒤에서 화면을 들여다봤다.

전사, 검사, 권사, 마검사, 순검사, 마술사, 화염술사, 백술사, 소환술사, 마수사, 은밀사, 약사, 해체사, 요리사.

많네.

아마 지금 세트하고 있는, 다시 말해 프란이 사용할 수 있는 스킬에 좌우되는 듯했다.

나는 창술이나 창기술도 가지고 있지만 세트하지 않아서 그런 직업은 없었다.

요리사나 해체사라는 직업도 있는 건가.

"이건⋯⋯."

길드 마스터조차도 할 말을 잃었다.

혹시 난처한 상황인가?

"허어, 새삼 놀랐습니다. 드나드론드 군과의 싸움 양상을 듣고 마검사나 마술사는 예상했습니다만."

오, 괜찮은가보다.

아마 저쪽도 놀라는 데 익숙해졌겠지.

"그럼 어떻게 하겠습니까?"

『추천해달라고 해.』

"어떤 게 좋아?"

"그렇군요. 조언을 한다면 마검사, 순검사, 화염술사는 중급 직업이라서 희귀합니다. 은혜도 강하고요. 마법과 검을 병용한다면 마검사, 검을 중시한다면 순검사, 마술을 중시한다면 화염술사겠죠."

그렇군. 어떻게 할까…….

『프란은 어떤 게 좋아?』

'마검사가 멋있어.'

『그럼 마검사로 할까.』

실제로 마검사의 효과는 상당히 유용했다.

마검사 : 중급 직업. 검기술와 마술 한 종류를 레벨 6 이상으로 취득한 경우에 전직 가능.

효과 : 레벨이 오를 때 완력과 마력이 쉽게 상승한다. 또한, 검기술와 마술의 숙련도 입수 효율이 상승하고 검기술와 마술의 위력이 상승한다.

다만 물어봐야 할 게 하나 있었다.

"직업은 변경할 수 있어?"

"네. 길드에 오면 언제든지요. 다만 세트하고 있는 직업의 효과만 받기 때문에 마검사로 선택한 후에 순검사로 변경하면 스테이터스가 조금 변동됩니다. 특히 고위 직업에서 하위 직업으로 변경하면 능력이 거의 내려가게 되죠. 직업 고유의 스킬도 사용할 수 없게 되고요."

뭐, 그건 예상한 바라서 상관없다.

나중에라도 변경할 수 있다면 일단 마검사로 할까.

"그럼 마검사로 할래."

"그럼 이로써 길드 카드가 완성됐습니다."

보기에는 평범한 청동색 카드다.

프란의 이름과 등록한 알레사 길드의 이름, 직업, G라는 모험가 랭크가 기재되어 있었다.

"길드 카드는 신분증명서가 되고 재발행하려면 5천 골드가 듭니다. 본인의 마력이 등록되어 있어서 본인만 사용할 수 있지만 잃어버리지 않도록 주의하세요."

그 후, 길드 마스터에게 주의점이나 길드의 이용법 등의 설명을 들었다.

원래는 접수원의 일이지만, 완전히 주목하고 있는 모양이다.

전부 길드 마스터가 스스로 맡아주었다.

정리하면 아래와 같다.

길드의 의뢰는 모험가 랭크에 상응하는 의뢰만 받을 수 있다. 구체적으로는 한 단계 위아래 랭크에 해당하는 의뢰까지 받을 수 있다.

어느 정도 의뢰를 처리하면 랭크업 시험을 치를 수 있다.

카드의 색은 랭크 G, F가 청동, E, D가 검정, C, B가 은색, A가 금색, S가 백금색이다.

소재는 랭크에 관계없이 매입한다.

연회비는 없지만 일정 기간 동안 랭크에 상응하는 의뢰를 받지 않으면 랭크가 내려가거나 제명 처분을 받는다.

모험가 길드를 배신하는 행위를 하면 최악의 경우 숙청당하니 주의하도록.

또한 모험가끼리 벌이는 분쟁에 길드는 관여하지 않으니 조심할 것.

마지막 충고는 프란을 위한 거겠지. 뭐, 시비가 붙을 플래그가 엄청 섰으니까.

"이것으로 당신은 모험가가 되었습니다."

"응."

"또 묻고 싶은 게 있습니까?"

묻고 싶은 일이랄까, 부탁하고 싶은 일은 있다.

"시험 내용은 공표돼?"

"아뇨. 모험가의 능력에 관한 사안으로도 이어지기 때문에 무턱대고 알리는 일은 없습니다."

"그럼 됐어."

"주목받고 싶지 않나요?"

"나쁘게 주목받고 싶지는 않아."

"그럼 약속하죠. 저와 드나드론드 군, 그리고 접수를 보는 넬 군 세 사람이 이 사실을 말할 일은 없습니다. 뭐, 그편이 이쪽으로서도 편합니다. 일단 이래 봬도 드나드론드 군은 유사시 전선(前線)에서 모험가를 모으는 입장이라서요. 얕보일 요소는 적은 편이 좋습니다."

"나는 납득할 수 없어. 하지만 아가씨가 비밀로 하고 싶다고 한다면 그렇게 하지."

"다만 당신의 실력이라면 바로 주목을 받을 거라고 생각합니다만……."

으음. 반론할 수 없군.

뭐, 일단 말을 하긴 잘한 건가?

길드 카드를 받은 후, 접수처에서 넬 씨가 우리에게 말을 걸었다.

"바로 의뢰를 받으시겠습니까?"

그 말에 소재를 팔지 않으면 숙소에도 묵을 수 없다는 게 떠올랐다.

길드 카드를 발행받으러 와서 일이 너무 많이 생기는 바람에 잊고 있었다.

"고블린의 뿔이 조금 있어."

"아아, 그거라면 의뢰 보고 카운터에서 접수를 받고 있습니다. 이쪽으로 오세요."

모험가가 된 프란에게 넬 씨가 정중하게 대응했다.

역시 모험가 길드의 얼굴인 접수원. 교육을 제대로 받았구나.

"팔고 싶은 소재도 있어."

"그렇다면 소재 매수 카운터에서 기다려주세요. 우선 고블린의 뿔을 정산하겠습니다."

"응."

"여덟 꾸러미니 160골드네요. 확인해주십시오."

솔직히 숙박료에 아직 모자란다. 가장 싼 숙소라도 3백 골드다.

게다가 가능하면 좀 더 나은 숙소에 묵고 싶다.

우리는 소재 매수 카운터로 이동했다.

"소재는 해체를 마쳤습니까? 너무 크거나 해체가 되지 않은 경우에는 카운터 옆쪽 공간에 놓아주십시오. 그보다 큰 경우에는 특별실을 쓰시면 됩니다."

넬 씨가 설명했다.

어쩌지. 이 고블린의 가격이나 도시로 오다가 란델에게 판 블랙 버그를 보면 하급 마수는 저렴하다.

그렇다면 중급 이상의 소재도 함께 팔까.

그러면 조금 큰 것도 있지.

"좀 커."

"그럼 그쪽에 있는 매수 공간에 놓아주세요. 그런데 지금은 숙소에 놓고 오셨나요? 비싼 소재는 신중하게 관리하는 게 좋습니다."

아아, 언뜻 보기에 아무것도 들고 있지 않은 것처럼 보이겠구나. 그건 그런가.

다만 다니면서 감정한 바로는 아이템 주머니를 허리에 찬 사람이 꽤 많았으니, 공간 수납이 전설급 능력일 일은 없을 듯했다. 여기서 꺼내도 괜찮겠지.

"지금 꺼낼게."

꺼내는 건 나지만 말이다. 이건 스킬 공유의 결점 중 하나였다. 프란도 차원 수납 스킬을 쓸 수 있지만, 그건 프란이 수납한 물건에만 해당된다. 내가 수납한 내용물까지 공유되지 않아서 내가 넣은 물건을 프란이 꺼낼 수 없었다.

프란이 직접 꺼낸 척을 하며 소재를 매수 공간에 꺼내놓았다.

우선은 조금 있는 하급 소재를 전부 꺼내자.

프란이 쓰러뜨린 기념비적인 첫 사냥감, 트윈 헤드 베어의 모피와 발톱. 내장도 약으로 쓰이므로 팔 수 있겠지만, 지금은 용기에도 들어 있지 않은 채 차원 수납에 처박혀 있을 뿐이다. 여기서 꺼내면 여러모로 골치 아픈 일이 일어나니까 오늘은 그만두자. 그리고 포이즌 팽 래트의 모피와 독니도 두 마리분이 있다.

"이건 어떻게 얻으신 건가요?"

"도시로 오는 도중에 해치웠어."

"해체도 직접 하신 건가요?"

"응."

주위에서 구경하던 모험가들이 살짝 웅성댔다.

힐끗 보니 왠지 피식대고 있었다.

으음, 하급 소재를 뻐기며 꺼냈다 이건가?

그럼 다음은 좀 더 괜찮은 걸 꺼내자.

평원이라면 에어리어 2와 3 사이 정도에 나오는 마수의 소재다.

자이언트 배트의 날개막에 독니, 공명골.

크래시 보어의 엄니와 모피, 머리뼈.

록 바이슨의 껍데기와 뿔.

그렇게 강한 마물은 아니지만 이만큼 팔면 며칠분의 숙박료와 싸구려 방어구를 살 자금 정도는 손에 넣을 것이다.

타이런트 사벨 타이거나 도플 스네이크의 소재를 꺼내면 목표는 달성할 수 있겠지만 그건 자제했다.

프란의 무기를 만드는 데 쓸 수 있을지도 모르고, 눈길을 너무

끌 가능성도 있기 때문이다.

왜냐하면 길드 마스터가 장비한 분신창사의 비늘옷은 도플 스네이크, 드나드론드의 폭아호의 망토는 타이런트 사벨 타이거의 소재를 쓴 장비였기 때문이다.

즉, 상위 모험가가 몸에 걸치는 수준의 몬스터라는 뜻이다.

그걸 여기서 팔면 분명 소동이 벌어질 것이다.

넬 씨가 왠지 심각한 표정을 짓고 있었다.

역시 어린 프란이 팔기에는 이 마수들이 강한가? 하급 모험가라면 쓰러뜨리는 데 애를 먹는 랭크의 마수들이거나.

하지만 하급 마수의 소재는 큰 돈벌이가 되지 않을 테니 여기서 자금을 그런대로 손에 넣어야 한다. 주목은 한 번만 끄는 게 좋겠지.

그렇다면 중급, 하급 마수의 소재는 전부 팔까?

『이봐, 어떻게 생각해?』

'한 번에 끝내는 편이 좋을 거 같아.'

『그렇지?! 그럼 다른 것도 꺼내자.』

나는 더 나아가 스톤 스파이더의 거미줄 주머니, 독니, 껍데기. 구멍 파기 두더지의 발톱과 모피. 마비 발톱 고양이의 모피와 발톱을 매수 공간에 늘어놓았다.

고기는 프란의 식사로 쓰므로 팔지 않았다.

"이게 전부야."

"……헛. 아, 알겠습니다. 지금 감정을 할 테니 잠시 기다려주세요."

넬 씨는 소재의 감정까지 할 수 있는 건가. 굉장히 다재다능하네.

다른 접수원도 불러 세 명이서 소재를 체크했다.

감정은 10분쯤 지나서 끝났다.

"오래 기다리셨습니다."

"응."

"전부 합쳐 19만 5천 골드에 매입하겠습니다. 괜찮으십니까?"

뭐? 19만 5천? 진짜야?! 아니, 너무 비싸지 않아? 3만 골드 정도면 감지덕지라고 생각했는데.

"엄청 비싸게 매겨주는 거야?"

"아닙니다, 적정 가격이에요. 위협도 F인 마수의 소재가 섞여 있기도 한 데다 소재의 상태가 무척 양호해서 할증이 붙었습니다."

소재의 상태를 신경 안 썼구나.

하지만 그럴 것이다. 흠집투성이 모피와 상태가 깔끔한 모피의 가격이 같을 리가 없다.

"예를 들어 트윈 헤드 베어의 모피는 보통은 6천 골드에 매입합니다. 하지만 프란 님이 가져오신 모피는 흠집 하나 없는 데다 해체도 완벽하고 전신이 갖춰져 있습니다. 그러므로 매입 가격은 만 8천 골드가 됩니다."

세 배구나. 죽인다. 다른 소재도 그렇다면 이 가격도 납득이 가는데?

뭐, 받을 수 있는 건 받아두자.

"이게 대금입니다. 확인해주세요."

"응."

프란이 즉시 차원 수납에 넣었다.

떨어뜨리면 큰일인 데다 최고의 소매치기 방지 대책도 되니 말이다.

"그럼 이만."

그리고 프란이 접수 카운터에서 등을 돌렸을 때였다.

"잠깐 기다려라, 이 녀석!"

소재를 판 대금을 받고 길드를 나가려고 했던 프란의 앞을 한 모험가가 가로막았다.

"응."

"꼬, 꼬마야, 기다려!"

프란은 남자를 무시하고 옆을 지나가려고 했다.

설마 이렇게 요란하게 가로막았는데 완전히 무시당한다고는 생각 못 했겠지. 남자는 조금 당황한 기색으로 다시 프란의 앞길을 막았다.

하지만 프란은 역시 멈추지 않았다.

"응."

"기다리라고 했잖아! 듣고 있냐!"

"방해돼."

"됐으니까 멈춰!"

굉장하다. 산뜻하기까지 한 정석적인 전개.

하지만 입구가 가로막혔다.

『프란. 어쩔 수 없으니 얘기를 좀 들어보자.』

"응? 알았어."

"알았으면 됐어."

모브는 프란의 대답을 착각하고 히죽 웃었다.

보면 볼수록 모브 캐릭터다.

디자인을 우선시한, 자신도 찔릴 법한 가시가 돋친 철견갑. 절대로 냄새를 맡고 싶지 않은 거무스름한 가죽 갑옷. 등에는 이가 빠진 전투 도끼. 산적 코스프레로밖에 보이지 않는 우락부락한 대머리.

게다가 줄줄이 나온 동료 네 명까지 비슷한 차림을 하고 있었다.

역시 이만큼 있으니 진저리가 나는군.

"이봐!"

"왜 그러시죠?"

접수처를 향해 소리를 지른 모브에게 넬 씨는 질린 기색으로 대답했다.

"편애하지 말라고!"

"네에? 편애요?"

"그래! 우리가 트윈 헤드 베어를 팔았을 땐 전부 합쳐 2천 골드도 안 됐잖아!"

그 말을 들은 넬 씨는 깊은 한숨을 내쉬었다.

"아아, 생각났어요. 온몸이 흠집투성이인 데다 한쪽 머리가 뭉개진 지저분한 트윈 헤드 베어를 해체도 안 하고 가져온 파티죠?"

"그 말투는 뭐야! 같은 트윈 헤드 베어잖아!"

"같지 않습니다. 여러분이 가져온 물건은 모든 소재가 최저 평가를 받았어요."

"뭣이라? 평가?"

"하여간에, 이러니까 뇌까지 근육인 용병 나부랭이는 싫다니까. 초보자 주제에 전투력 좀 있다고 기어오르고. 모험가 격식을 하나도 모르면서 말이야. 죽어버리면 좋을런만."

오오. 넬 씨, 작은 소리로 말하고 있지만 나한테는 다 들려요.

앞으로 가능한 한 넬 씨에게는 대들지 않도록 하자. 웃으면서 죽으면 좋겠다는 말을 듣는 상상을 하니 검인데도 몸이 부르르 떨렸다.

"여러분은 트윈 헤드 베어를 여럿이서 포위해 마구 찔러 숨통을 끊었죠?"

"그래. 먹이로 유인해 다섯이서 동시에 덮쳤지. 위협도 F는 초보자에게는 어렵다는 충고를 받아서 어떤가 싶었는데 간단했다고. 그런 거에 고전하는 다른 모험가들은 겁쟁이뿐이로군."

아, 이제 알았다. 어렵다는 의미를 잘못 인식하고 있는 듯했다.

쓰러뜨리는 것이 어렵냐, 깨끗하게 쓰러뜨리는 것이 어렵냐의 차이다.

그리고 이 모브들은 대충 쓰러뜨려 가져오면 돈이 된다고 단순하게 생각했을 것이다.

스킬 치트인 내가 할 말은 아니지만 해체를 얕보지 마!

가죽을 깨끗이 벗기거나 소재마다 손질하는 건 어렵다고!

게다가 꽤나 중노동이다. 프란도 상당히 고생하며 해체하고 있다.

그걸 해체도 하지 않고 가져오면 싫어하겠지.

"괜찮으시면 알려드리겠습니다. 우선 모피 말인데요. 그렇게 너덜너덜해지면 장식품으로는 쓸 수 없습니다. 기껏해야 하급 방어구의 재료가 되는 정도겠죠. 머리는 박제가 되지만 그것도 하나 부족하고 남은 쪽도 흠집투성이. 발톱도 빠져서 가치가 최저

입니다. 약이 될 내장도 흠집이 나고 손상을 입어서 쓸 수도 없었습니다. 죽이고 가져오는 데까지 시간이 걸린 거겠죠. 고기도 상해서 식용으로 쓸 수 없었습니다. 즉, 대부분이 쓰레기나 마찬가지였다는 겁니다. 조잡한 쓰레기를 가져왔으니 돈이 될 리가 없겠죠? 아아, 그리고 해체를 하지 않아서 여기서 해체했죠? 그 해체료와 썩은 내장 등의 처분 요금이 감정액에서 제해졌을 겁니다. 아마 합계 천 6백 골드였죠? 오히려 너무 많이 책정했네요."

넬 씨가 마구 지껄여대자 남자들은 전혀 끼어들지 못했다. 그저 멍하니 넬 씨의 속사포 설명을 듣고 있었다.

들어보니 납득이 갔다.

다만 이 녀석들은 납득할 수 없는 듯했다. 아니, 이해하지 못하는 듯했다. 뭐, 이해했다고 물러나는 타입은 아닐 것이다.

"주절주절 시끄러워! 적당히 지껄여서 어물쩍 넘어갈 생각이겠지만, 그렇게는 안 되지! 우리한테 부당하게 싸게 사간 차액을 지금 당장 내놔!"

"맞아 맞아!"

이거 심한데.

자신의 논리가 절대적이고 타인의 정론에는 귀를 기울이지 않는 전형적인 패거리 타입이다. 자신의 의견이 받아들여질 때까지 이러쿵저러쿵 소란을 피우는 거겠지.

녀석들을 보고 처음부터 불쾌하게 느꼈지만 점점 열이 뻗쳤다.

"부당하지 않습니다."

"부당해! 당연히 부당하다고!"

"휴우. 저희에게 불만을 부리기 전에 사냥 실력을 연마하시는 게 어떨까요? 단지 적과 싸우면 되는 용병과 달리 모험가는 여러 방면으로 힘듭니다. 제가 보기에 여러분은 모험가는 무리인 것 같습니다만."

"어엉? 모험가는 전장에 나갈 용기도 없는 겁쟁이들이잖아! 그런 녀석들도 하는데 우리가 못 할 리가 없어!"

이 녀석들에게 화가 난 건 우리뿐만이 아닐 것이다. 주위에 있는 모험가들의 시선도 상당히 험악했다. 모험가를 바보 취급 하는 발언도 있었고 말이다.

정말 뇌가 들어 있긴 하나? 모험가 길드 안에서 모험가를 바보 취급하는 발언을 하다니.

거기에 넬 씨 같은 미인 접수원이 인기가 없을 리가 없다. 그런 넬 씨에게 트집을 잡아 시비를 걸었으니 모험가들의 분노가 쏠린 건 당연하다.

이 녀석들, 죽는 거 아냐?

애초에 스테이터스를 봐도 로비에 있는 다른 모험가들에게 미치지 못했다.

명칭 : 댐   나이 : 27세

종족 : 수인 · 적견족

직업 : 전사

상태 : 격분

Lv : 13

생명 : 48   마력 : 20   완력 : 33   민첩 : 23

스킬 : 운반 1, 검술 1, 절도 2, 공갈 1, 부술 2

칭호 : 전장의 패잔병

장비 : 조악한 철로 만든 전투 도끼, 조악한 철로 만든 흉갑, 찢어진 사
슴 가죽 갑옷, 힘의 팔찌【가짜】

잔챙이네. 시비를 건 녀석들 중 가장 강한 녀석이 이정도이다.
나라면 5초 만에 쓰러뜨릴 수 있다.

어떻게 할까 고민하고 있는데 모브들의 창끝이 이쪽을 향했다.

넬 씨에게는 무슨 수를 써도 소용이 없을 거라고 바보가 나름
대로 파악한 모양이다.

"애초에 이런 꼬맹이가 이렇게 많은 마수 소재를 가지고 다니
는 게 이상하잖아!"

"그래서요?"

"부정한 수단으로 손에 넣은 게 분명해!"

"그래서 뭐요? 이분이 부정한 수단으로 소재를 입수했다고 해
도 당신들과는 아무런 상관도 없잖아요?"

"……있어! 있다고! 이 녀석이 우리가 벌었을 돈을 부당하게 가
로챘으니까!"

우와. 이제 무슨 소리를 하는지도 모르겠다. 어떻게 생각하면
그런 결론이 나오는 거지? 미친 ㅇ이 여기 있다!

역시 상대 못 해먹겠네.

"저분은 이 소재들을 입수할 만한 실력을 가지고 있습니다. 적
어도 트윈 헤드 베어를 깨끗이 해치우고 세심하게 해체할 만한
실력을요."

"흥! 그 말을 어떻게 믿어?! 너, 흑묘족이지?"

"응."

"흑묘족은 말이야, 수인 중에서도 특히 허접하기로 유명해. 그런 잔챙이 종족의 꼬맹이가 마수를 해치우는 건 당연히 무리잖아! 뭔가 내막이 있는 게 틀림없어!"

"맞아 맞아."

"빌어먹을 꼬마야. 이번에는 위자료를 내면 봐주마. 아까 받은 돈을 내놔."

"헤헤헤. 길드는 모험가끼리 벌이는 싸움에는 관여 안 하지? 도움은 없다고?"

"뭐……."

너무나 노골적인 언동에 넬 씨가 경직했다.

그야 그렇겠지.

모험가끼리 벌이는 분쟁에 길드는 참견하지 않는다.

하지만 그건 무슨 일이든 모른 체 한다는 의미가 아니다. 약간의 다툼이라면 무시하겠지만 범죄는 별개다. 당연하잖아.

이 녀석들의 뇌에 근육밖에 없다고 했는데 근육에게 미안하다. 바보라고 할 수준이 아니었다. 머릿속에 슬라임이라도 들어차 있는 거 아냐?

"야, 그 눈은 뭐야."

"…………."

프란이 남자를 올려다봤다.

평소에는 무표정한 프란. 하지만 그 눈에는 분노가 역력하게 떠올라 있었다.

"잔챙이인 흑묘족이 적견족인 이 몸에게 거역하는 거냐?"

"맞아 맞아. 찌꺼기 묘족이 건방 떨지 마!"

"수인의 수치인 일족 년! 있는 돈을 전부 내놓으면 용서해주마."

최악의 수치 주제에 마구 떠들어대는구나.

나보다 화가 난 프란이 없었다면 벌써 돌진했을 거다.

빠직.

분통이 터지는 소리가 내게는 확실히 들렸다.

프란의 목표는 부모의 유지를 이어 흑묘족의 지위를 상승시키는 것이다. 이 녀석들의 폭언에 견딜 수 없었을 테다.

"시끄러워."

"뭐라고?"

"멍멍 짖어서 시끄러워. 이 견공."

말했다! 말했습니다, 프란 씨! 잘했습니다! 나중에 맛있는 거라도 먹게 해주마.

"이년이! 죽여버린다!"

뻔한 대사도 이제 슬슬 듣기 질리네.

"잔챙이는 무리야."

"잔챙이는 날 말하는 거냐?"

"잔챙이는 너희 흑묘족이잖아!"

"5초 안에 사라지면 봐줄게. 아니면 천 번 돌면서 멍멍 짖어. 이 똥개."

"이게! 능욕한 다음에 노예 상인한테 팔아버린다! 이제 가만 안 두겠어!"

공갈, 어린아이 폭행, 인신매매.

이 녀석들 끝이군. 바로 헌병이 달려와서 이 녀석들을 체포하

겠지. 이미 모험가 몇 사람이 길드 밖으로 나갔고 말이다.

뭐, 그 전에 우리가 끝내겠지만.

"입 냄새 나. 떠들지 마."

"이 꼬맹이가!"

남자는 메고 있던 전투 도끼를 풀어 프란를 향해 들이밀었다. 동료들도 검이나 창을 들고 위협하듯 소리를 지르고 있었다.

무기 뽑았지? 네, 정당방위 성립입니다!

"죽인다!"

무리야. 어차피 더 이상 못 움직일 테니까.

"어? 우, 아, 아아아아아아아아아아! 내 발이! 히이이이이이익!"

남자의 몸이 버티지 못하고 옆으로 쓰러졌다. 그 양다리는 무릎부터 아래쪽이 없었다.

프란은 검도 뽑지 않았다. 사용한 건 오러 블레이드라는 레벨 6의 검기다.

마력으로 만든 칼날을 순식간에 방출하는 기술이다. 위력은 낮지만 마력을 싣는 방식에 따라 보이지 않게 할 수 있는 데다 이번처럼 진동아와 조합할 수 있으므로, 기습이나 암살에 알맞은 기술이라고 할 수 있다.

벌써 이렇게까지 구사하다니! 프란, 무서운 아이로구나!

남자는 자신의 다리에서 흘러나온 피 웅덩이에서 애벌레처럼 꿈틀대고 있었다.

"아으윽, 아으으으윽."

토할 거 같아! 기분이 너무 나쁘다.

"이 꼬……가가가, 아아아아?"

"힉…… 아파아아!"

더 나아가 두 명이 프란이 쏜 진동탄에 다리가 꺾여 땅바닥에 쓰러졌다. 얼굴에 진동탄이 또다시 날아갔다. 위력은 억제했지만 코가 망가지고 앞니가 전부 부러졌다. 눈도 잃었을지도 모른다.

남은 두 명은 사태를 파악하지 못했나보다. 일단 뭔가 위험한 일이 일어난 건 알고 있는지 도망치려는 자세로 프란을 노려보고 있었다.

다만 프란이 어린아이라고 업신여기는 생각은 여전히 사라지지 않았는지 도망치지는 않았다.

『그렇게 둔한 판단이 명을 재촉한 거야.』

뒤처리가 귀찮아지므로 프란에게 죽일 생각은 없지만 말이다.

프란이 바닥을 쿵 하고 찼다. 다음 순간에는 남자들의 눈앞에 있었다.

그대로 포장으로 싼 나를 힘껏 휘둘러 얼굴을 번갈아 때렸다.

픽! 픽!

일단 칼등으로 쳤다.

아니, 검의 배 부분으로 쳤으니까 배치기인가? 뭐, 양다리와 얼굴은 분쇄 골절 코스를 밟았다. 아마 낮은 레벨의 마법이나 포션이면 완치될 것이다.

마지막 남은 한 명은 몸을 돌리면서 권투기의 발기술, 오러 킥을 꽂아 넣었다. 진동충을 섞어서.

도망치려고 했지만 너무 늦었어. 무릎이 부서지고 근육은 안쪽에서 갈기갈기 찢어졌겠지. 무릎을 때렸을 때 눈앞으로 내려온 얼굴에 진동충을 두른 팔꿈치를 먹여 끝났다.

조용.

모험가들의 웅성거림이 모두 사라지고 구조를 바라는 남자들이 지르는 귀에 거슬리는 비명만이 길드 안에 울려 퍼지고 있었다.

"있잖아."

"네, 넷!"

"가도 돼?"

"아…… 네. 이용해주셔서 감사합니다. 또 방문해주시기를 기다리겠습니다."

오오, 넬 씨가 시원하게 웃는다. 후련했을 것이다. 몰래 엄지를 세우고 굿잡이라고 말했다.

"그럼 여러분은 이대로 병사에게 인계하겠습니다."

"아아, 저 빌어먹을 꼬맹이도 잡아! 가, 갑자기 공격했어!"

"네에? 잠꼬대는 자면서 하세요, 이 쓰레기들. 저 아이는 어떻게 봐도 정당방위잖아. 그렇죠?"

"어, 응. 맞아 맞아!"

"완전히 정당방위야."

됐다. 넬 씨와 모험가들이 증언해준다면 안심이다.

"아파! 아프다고! 회복시켜줘!"

"그 전에 당신이 더럽힌 바닥의 청소비를 받을게요. 피는 빼기 힘들단 말이죠. 그래요, 많이 깎아서 만 골드로 해줄게요. 그걸 내면 회복시켜드릴 수도 있어요."

회복시켜준다고 확실하게 말하지 않았어! 넬 씨, 장난 아니네.

그런 넬 씨의 냉혹한 발언을 들으며 우리는 길드를 뒤로 했다.

그건 그렇고 시간을 꽤나 잡아먹었다. 벌써 해가 지기 시작했다.

『일단 숙소를 찾을까. 도시까지 와서 노숙은 싫잖아?』

"응."

길드를 나온 지 한 시간. 우리는 거리를 터벅터벅 걷고 있었다.

『설마 숙소에서 거절당할 줄은 몰랐어.』

"응."

『길드 카드를 가지고 있어도 아이 혼자선 묵을 수 없다, 라.』

숙소의 여주인은 그렇게 말하며 거절했지만, 명백하게 프란의 옷차림을 신경 쓰고 있었다.

너덜너덜한 천 옷과 샌들만 신은, 어떻게 봐도 빈민이나 도망 노예 소녀.

성가신 일이 생길 것 같다는 냄새만 풍기겠지.

정화 마술로 깨끗하게 했으니까 청결하겠지만 그런 건 모를 테고.

『먼저 장비를 사서 옷차림을 갖추자.』

"?"

몰랐구나. 내가 골라줄 테니까 안심하고 맡겨.

모험가 길드 바로 옆에 있는 광장으로 향했다.

그곳에 모험가용 가게가 늘어서 있다고 들었기 때문이다.

광장에는 가게와 노점이 잔뜩 있었고, 많은 모험가들로 북적대고 있었다.

무기 대장간, 방어구 대장간, 수선집, 약방, 연금술 상점, 술집, 식당 등등 다양했다.

물가 공부도 됐다.

철제 나이프가 2천 골드, 5급 라이프 포션이 만 골드, 4급 해독 포션이 2만 골드.

5급이 랭크가 가장 낮은 포션인데도 가격이 상당했다. 뭐, 심각한 상처라도 순식간에 낫는다고 한다. 지구에 그런 약이 있다면 더 비쌀 테니 너무 비싸다고 생각하지는 않았다.

진열돼 있는 상품은 본 적도 없는 물품뿐이라서 가슴이 묘하게 두근거리기 시작했다.

『재미있네.』

"응."

『오! 프란도 그렇게 생각해?』

"신기한 물건이 잔뜩 있어. 굉장해."

『그래그래.』

프란이 눈을 빛내고 있다는 것을 알 수 있었다. 표정에는 그렇게 드러나지 않지만, 프란도 즐거워하고 있는 듯해서 다행이다.

그런데 목적인 가게는 어디지?

실은 길을 물었을 때 솔깃한 정보를 들었다.

유명한 대장장이가 알레사에 머물고 있다는 것이다.

지금은 가게를 빌려서 대장간을 열고 있다고 한다.

그 대장장이에게 프란의 방어구를 만들어주고 싶다. 돈도 조건도 무리일지도 모르지만 부탁해보는 건 공짜니 말이다.

『근데 어디에 있을까.』

대장간이나 방어구점은 있지만 보기에 그렇게 굉장한 가게라는 느낌은 들지 않았다.

그만큼 굉장한 대장장이의 가게라면 사람이 모여 있어서 바로 알 수 있지 않을까.

『혹시 오늘은 벌써 문 닫은 거 아닐까?』

인기가 지나치게 많으면 그런 일도 있을지도 모른다.

"거기 가는 아가씨, 보고 가지 않겠어?"

"어?"

"그래그래, 너 말이야."

이런, 헌팅인가! 하고 경계했지만 말을 건 사람은 드워프 영감이었다.

하지만 거북 선인처럼 색골 영감일 가능성도 있으니 아직 안심할 수 없다.

이상한 짓을 하려고 하면 떨어진 척 발치에 꽂혀서 기를 죽여주마.

"방어구를 찾고 있으면 살펴보는 게 어떤가?"

"어떻게 알아?"

"나 정도 되면 보기만 해도 알지."

"…………."

"그렇게 경계 안 해도 돼. 간단한 일이야. 네 발놀림을 보면 실력이 상당하다는 걸 알 수 있어. 그런데 옷차림은 꾀죄죄하지. 그리고 시선은 몇 개 있는 대장간이나 방어구점을 향하고 있고 말이야. 즉, 방어구를 찾으러 온 거 아닌가?"

이 영감, 보통내기가 아냐! 대체 누구지?

명칭 : 가르스 나이 : 82세

종족 : 드워프

직업 : 마법 대장장이

Lv : 33

생명 : 160   마력 : 173   완력 : 122   민첩 : 46

스킬 : 해체 2, 화염 내성 7, 단야(鍛冶) 10, 단야 마술 9, 감정 7, 채굴 3, 재봉 5, 퇴기(槌技) 2, 퇴술(槌術) 7, 독 내성 2, 피혁 6, 불 마술 6, 불면 불휴 6, 마법 단야 7, 감식 8, 화신의 가호, 기력 조작

엑스트라 스킬 : 신안

칭호 : 방랑의 대장장이, 크란젤 왕국의 명예 대장장이, 대장장이왕

장비 : 마강철로 만든 대장장이 망치, 불도마뱀의 가죽옷, 봉황수의 샌들, 체력 회복의 팔찌

스킬도 스테이터스도 칭호도 모두 굉장했다. 이 영감이 소문의 대단한 대장장이였던 건가.

그렇다면 방금 보인 예리한 관찰안도 있을 법 한데?

뭐, 됐다. 저쪽에서 말을 걸어줬다. 행운이라고 생각하자.

"굉장해."

"와하하하, 이래 봬도 오래 살았거든. 어떤가, 내 가게를 보고 가지 않겠어?"

"꼭 보고 싶어."

"그럼 이쪽으로 와라."

가르스의 안내를 받아 광장 구석에 있는 가게로 향했다.

그동안, 주위에서 엄청난 숫자의 시선이 날아들었다.

이쪽을 평가하는 듯한 상당히 끈끈한 시선이었다.

『어라? 왠지 다들 이쪽을 보고 있는데?』

"적?"

『아니, 그렇지는 않은데······.』

특히 굉장한 건 상인 같은 남자들이 보내는 눈빛이었다.

프란이 적의 기척이라고 착각할 만큼 예리한 시선을 이쪽으로 향하고 있었다.

도대체 무슨 일이지?

"아아, 신경 쓰지 마. 극성맞은 상인들이 무구를 팔라고 재촉해서 말이야. 있는 힘을 다해 내쫓았지. 그 이후로 내 가게에서 상품을 산 사람에게 물건을 넘기라며 끈질기게 따라다니는 모양이야."

나 원 참, 그럼 곤란한데.

"어차피 돌아갈 때는 뒷문으로 보내줄 테니 안심해. 그보다 어떤 물건을 찾고 있지?"

전혀 안심할 수 없지만 지금 생각해봐야 별수 없다.

그보다 실력이 굉장한 대장장이가 말을 건 이 행운을 반드시 살려야 한다.

"나한테는 팔아주는 거야?"

"나는 내 무구를 써주는 모험가에게만 판다. 너는 합격이야."

영감은 모험가를 위해서는 무기를 무척 싸게 팔고 있다고 한다.

그렇게 온 나라를 돌아다니고 있는 모양이다.

완고한 장인이군. 싫지 않아.

『먼저 검을 보여 달라고 하자.』

"우선 검을 보여줘."

"뭐라고? 너, 훌륭한 검을 메고 있잖은가. 인텔리전스 웨폰은 처음 보는데?"

말도 안 돼! 어떻게 들킨 거지?

감정? 아니, 나는 감정 차단을 가지고 있다. 들킬 리가 없다.

"······인텔리전스 웨폰?"

고개를 갸웃거리며 되묻는 프란.

좋은 연기야! 그대로 얼버무려!

"아아, 아니. 딱히 어떻게 하려는 게 아냐. 확인했을 뿐이야. 내 눈은 약간 특별해서 감정 차단 스킬이 있어도 조금은 볼 수 있지. 특히 무구에 관해서는 말이야."

그런 능력이 있었던 건가! 그러고 보니 감정 이외에 감식과 신안 스킬을 가지고 있었지. 그 스킬들의 효력인가?

"뭐, 알 수 있는 건 공격력과 마력 전도율이 A라는 부분과 인텔리전스 웨폰이라는 것뿐이야. 어떤가, 검이여?"

『그렇다면 알 텐데? 이 아가씨──프란이 제대로 된 검을 사용했으면 해.』

"오오? 염화란 건가? 정말 지성이 있을 줄이야! 굉장하구먼, 굉장해!"

『어린애 같네.』

"가끔 스승도 저래."

『뭐? 거짓말이지?』

"정말이야."

『아, 뭐. 누구든 흥미 있는 걸 앞에 두면 동심으로 돌아가는 법이야.』

"응."

떠들어대는 가르스 영감을 쳐다봤다.

"우와, 진짜 인텔리전스라니!"

『저거랑 똑같다고?』

앞으로는 조금 자중하자.

"이런, 미안하구먼. 잠깐 흥분했어. 그보다 네 성능을 보니 내 검은 필요 없을 거 같은데."

『아냐 아냐. 내 성능 봤지? 영감님의 검 쪽이 강하잖아. 거기 있는 검이라든지 말이야.』

도시 안에서 봤던 고품질의 강철로 만든 무기는 이 영감이 만든 게 틀림없는 듯했다.

가게 안에는 꼭 닮은 무기가 곳곳에 놓여 있었다.

어느 것이나 나와 동등하게, 혹은 그 이상으로 강했다.

나는 그런 무기들을 보며 피를 토하는 심정으로 대꾸했다.

어째서 자신의 성능이 떨어진다고 스스로 밝혀야 하는 걸까.

"그야 단순히 공격력만 보면 그렇겠지. 아아, 그런가. 혹시 마력 전도율이 뭔지 잘 모르는 건가? 자기 일인데 말이야."

『마력 전도율? 그러고 보니 그런 항목도 있었지.』

"역시 모르는 건가. 아깝구먼."

『그거 중요한 거야?』

"중요한 정도가 아니야! 검을 평가할 때 특히 중요시하는 부분이란 말이다!"

이럴 수가! 몰랐어.

"깜짝이야."

『더 자세히 말해줘.』

"그러지. 마력 전도율은 이른바 마력을 무기에 실었을 때의 효율을 나타내는 항목이야. 이거에 따라 무기의 성능은 크게 바뀐다고 해도 과언이 아니지."

『그렇단 말이지..』

"예를 들어 이 검 말인데."

가르스가 벽에 걸려 있던 단검을 손에 들었다. 강철제에 마력 전도율은 E라고 적혀 있었다.

"마력 전도율 E는 전도 효율이 5퍼센트 정도야. 예를 들어 백의 마력을 넣으면 공격력을 5 올릴 수 있어."

가르스의 설명은 계속 이어졌다.

다음으로 가르스가 든 건 미스릴제 단검이었다.

마력 전도율은 C-. 효율 70퍼센트라고 한다. 즉, 백의 마력을 넣으면 공격력이 70이나 올라간다는 뜻이다.

그거 확실히 중요하겠군. 성능이 조금 차이난다면 간단히 메울 수 있다.

"전도율이 높은 만큼 효율도 좋고 마력을 장시간 유지할 수 있지. 즉, 효과 시간도 길어."

『참고로 미스릴의 전도율 C-는 높은 축에 속해?』

"당연하지. 미스릴은 전도 효율이 특히 우수한 금속이니까. 시판되는 무기 중에서 C- 이상의 전도율을 가진 무기는 없다고 해도 과언이 아냐. 있다 해도 전도율을 올리는 걸 우선한 탓에 기본 공격력이 낮아. 말도 안 되는 물건이 대부분이지."

"그럼 A는 굉장한 거네."

"그래. A인 무기는 완전히 마검이야. 전도 효율 2백 퍼센트. 솔직히 말해서 내 무기와는 비교가 안 돼."

2백 퍼센트라는 말은 마력 백을 넣으면 공격력이 2백이나 올라간다는 건가?

엄청나게 강하잖아! 내 시대가 온 거 아냐?

『싣을 수 있는 마력에 상한선은 있어?』

"소재에 따라 다르지. 네 소재는…… 잘 모르겠군. 하르모리움을 베이스로 마강철 계열 소재를 섞은 듯한데……."

가르스가 프란에게서 받은 나의 도신을 톡톡 두드리며 확인했다.

"오리하르콘에 뒤지지는 않을 테니 천 정도는 문제없을 거야. 뭐, 그런 막대한 마력을 개인이 운용할 수 없겠지만. 아무튼, 왕도의 궁정 마술사라도 마력은 5백이 고작이야!"

호탕하게 웃는 가르스를 곁눈질하며 속으로 식은땀을 흘렸다.

저, 천은 넣을 수 있습니다. 다시 말해 공격력 2천 상승이란 건가?

실은 지금까지도, 고전하던 상대를 일격에 쓰러뜨리는 경우가 있어서 좀 이상하다고 생각했다.

우연히 급소에 맞거나 염동으로 가속한 덕분이라고 생각했는데…….

아마 무의식중에 마력을 실었을 것이다.

"효과 시간은 어느 정도야?"

"뭐, 소재에도 달렸지만, 전도율 E가 5분. 거기부터 랭크가 하나 올라갈 때마다 2분씩 길어지는 식이지."

『그럼 A라면…….』

"30분 정도겠군."

"꽤 기네."

『단기 결전에는 충분한가.』

"응."

『그럼 나는 무딘 검이 아닌 거야?』

"네가 무디다면 이 세상 검은 거의 다 무디게 되겠지."

『그렇구나, 그런 거였구나…… 우와아! 다행이다!』

정말 다행이다. 눈이 있다면 눈물이 나올 정도로 기쁘다.

나는 몸도 마음도 검이 됐구나. 다른 검보다 강해서 기쁘다고 느끼게 될 줄은 생각지도 못했다. 뭐, 싫은 기분은 아니다.

"마검으로도 최고봉이야. 신검의 영역에 발을 들여놨을지도 모르지."

"마검? 신검?"

"그래. 널 만든 건 신급 대장장인가?"

『아니, 잘 몰라. 그 부분의 기억이 없어.』

"그런가……"

『아는 거 있어? 알면 가르쳐줘.』

자신의 기원을 알 수 없다는 게 왠지 기분 나쁘다.

알 수 있다면 알고 싶다.

"대장장이에게는 랭크가 있어. 대장장이, 상급 대장장이, 마법 대장장이, 신급 대장장이로 나뉘어 있지. 그 밖에 파생되는 직업 도 있으니까 전부가 아니긴 해. 그런 가운데 명실상부하게 정점 에 군림하는 게 신급 대장장이야. 과거에 다섯 명밖에 확인되지 않은 전설의 대장장이들이지."

"전설의 다섯 명. 멋있어."

"우리 대장장이들도 동경하는 존재야. 신검을 담금질할 수 있는 건 신급 대장장이뿐이지."

『나를 만든 게 신급 대장장이라고?』

"그렇다고는 생각하는데, 글쎄……. 넌 신검이라기에는 너무 약해. 하지만 마검이라기에는 너무 강하지. 딱 중간 정도야."

『뭐야 그게. 그럼 실력이 뛰어난 마법 대장장이가 만들었을지도 모르잖아?』

"뭐, 그럴 가능성도 있지."

『신검은 어느 정도 강하지?』

여기까지 이야기를 들으니 흥미가 생겼다.

나보다 강한 검은 어느 정도 수준일까.

"신검은 하늘을 찢고 땅을 가른다고 할 정도로 초절한 병기야. 실제로 과거 전쟁에서 신검이 사용돼 고작 수십 분에 만 명이 생명을 잃은 기록도 있어."

『그거 검 맞아?』

"신급 대장장이가 만든 무기가 명목상 신검이라고 불리는 거지. 개중에는 검의 형태가 아닌 녀석도 있다더군."

"있다더군?"

"나도 실제로 본 적이 있는 건 염검 이그니스뿐이라서 말이야."

『오호라, 그 이그니스인가 뭔가는 얼마나 강했어?』

"당시의 나는 감정 스킬이 아직 낮아서 다는 모르지만."

명칭 : 염검 이그니스

공격력 : 1800

마력 전도율 SS

스킬 : 화염 마술 부여, 신염 부여, 불명

"이런 상태였지."

『아아, 그렇구나. 대항심을 품어서 죄송합니다. 나 따위가 신검님일 리는 없겠어.』

"그런 말 하지 마. 너도 충분히 좋은 검이야."

『이런 막검을 위로해주는 거야? 영감, 좋은 사람이구나!』

"그런 걸 가지고 뭘. 너처럼 재미있는 무기를 만나서 나도 기쁘다!"

『가르스 영감!』

"검이여!"

우리 이야기에 싫증난 프란은 그런 우리를 거들떠보지도 않고 점내를 둘러보고 있었다.

"음. 이 흉갑 좋다."

10분 후.

"크하하하, 아가씨를 내버려둬서 미안하구먼!"

"괜찮아."

『프란의 무기는 나로 충분해. 다만 칼집만 만들어줬으면 하는데, 괜찮아?』

"그래, 최고의 칼집을 만들어주지!"

『그렇게 많이는 못 내지만…… 방어구도 필요해.』

"그렇겠지. 예산은 어느 정도를 생각하고 있지?"

『숙박료와 약값을 남기면 15만 골드 정도려나.』

저렴한 방어구라면 문제없이 살 수 있겠지만 가르스는 대단히 유명한 마법 대장장이다.

오히려 15만 골드로 살 수 있는 수준의 방어구를 취급하느냐가 문제다.

"그러냐. 좋아, 너희가 마음에 들었다. 그 가격에 방어구 세트와 칼집을 팔아주지."

『그러면 고맙지만 괜찮겠어?』

"상관없어. 그럼 방어구는 어떻게 할 거지? 나는 대장장이지만 가죽 제품도 만든다. 금속 계열이든 가죽 계열이든 다 준비할 수 있어."

『으음. 어떻게 할래?』

"가벼운 쪽이 좋아."

"그럼 가죽이군. 중요 부분에 강철을 써서 강도를 올린 타입을 추천하지."

"그럼 그걸로 할게."

"머리는 어떻게 할 거지?"

"없는 게 좋아. 시야도 나빠지니까."

"그럼 수인용 귀걸이로 할까. 구멍을 뚫지 않아도 되는 타입이 있지."

"응."

"그럼 좀 기다려."

가르스 영감이 창고에서 여러 장비를 가져왔다.

"자, 입어봐."

영감이 가져온 방어구는 염각우(炎角牛) 드레스 아머, 마비 발톱 고양이의 장갑, 독렬비룡(毒劣飛龍)의 부츠, 미스릴 귀걸이·묘족용, 이 네 개였다. 방어력도 나쁘지 않고 효과가 상당히 좋았다. 화염 내성 부여, 충격 내성 부여, 마비 내성 부여, 독 내성 부여, 마술 내성 부여 효과까지 있고 말이다.

길드 마스터와 드나드론드의 장비에 비하면 상당히 약하지만 거리에서 본 모험가들에 비하면 조금 강할 것이다.

하양과 검정을 기조로 색이 통일되어 있어서 예상 이상으로 프란에게 어울렸다. 드레스 아머는 언뜻 보면 하얀 원피스와 검은 니삭스 세트로밖에 보이지 않지만, 가슴 부위 등은 금속과 가죽으로 보강돼 있어서 방어력도 확실했다.

더 나아가 방어력은 없지만 박음질이 잘된 천 옷도 두 벌을 함께 줬다.

『이렇게 센 걸 줘도 돼?』

"상관없어. 강한 모험가는 강한 무기를 장비해야지. 무엇보다 마검에 비해 내 장비가 떨어진다는 소리를 들으면 분하지 않겠나. 뭐, 적자는 아니니까 걱정하지 마."

『프란, 잘 됐다.』

"고마워."

"그렇다면 앞으로도 얼굴을 비춰. 인텔리전스 웨폰을 해석할 기회는 그리 없으니까."

『이상한 짓은 하지 마.』

"괜찮다니까. 감정과 감식을 할 뿐이야."

『뭐, 그 정도는 어렵지 않지.』

"그리고 소재를 들고 오는 것도 환영하지. 재료를 가져오면 싸게 만들어줄 수 있고 말이야."

그 말에 차원 수납에 넣어둔 강한 마수의 소재가 떠올랐다.

길드에 파는 건 눈길을 끄니 그만뒀지만, 가르스 영감에게 넘겨서 방어구를 만들면 주목받지 않고 넘어가지 않을까?

"소재, 있어."

『그래. 영감에게 넘겨서 방어구를 만들면 주목 끌지 않고 처분할 수 있지.』

"호오. 그렇게까지 말하는 걸로 보아 상당한 물건이겠지?"

『잔챙이 마수가 아니야. 위협도 D, C거든.』

위협도 C란 국가가 움직여도 이상하지 않을 수준이다. 도시 근처에 출현하면 기사단이 출동한다.

모험가라면 랭크 B의 고위 모험가가 도전할 난이도다.

『빈 방 있어?』

"그래, 그쪽 방이 비어 있지. 가져올 건가?"

『이미 가져왔어.』

"아이템 주머니도 있는 건가? 그런데 어디에…….."

프란의 모습을 봐도 어디에도 아이템 주머니는 없었다.

옷과 검과 샌들만 몸에 걸쳤으니까.

『내 능력이야.』

"오호. 재미있군. 검에 아이템 박스 능력이 있단 말이지…….. 그 생각은 못 했군."

뭔가를 중얼대는 영감을 두고 나는 빈 방으로 이동했다.

원래는 창고일 것이다. 바닥에는 흙이 깔려 있고 천장도 높아서 더할 나위 없는 넓이였다.

『자, 꺼낸다.』

타이런트 사벨 타이거의 모피와 이빨과 발톱. 도플 스네이크의 독니와 비늘. 블래스트 토터스의 등딱지와 가죽. 소재만으로 방이 가득 찼다.

글러트니 슬라임 로드의 소재는 꺼내지 않고 있다는 말만 했다. 여기서 꺼내면 온 방이 점액질투성이가 될 테니 말이다. 나중에 통이나 담을 수 있는 것을 준비해달라고 하자.

"이건⋯⋯! 네, 네가 잡은 건가? C, D 랭크의 고위 소재인데."

『그렇지.』

"혼자서?"

『정확히는 나 혼자서지. 염동으로 휙 날아서 말이야.』

"하하하하하하! 대단하구먼. 능력이 그렇게 다양할 줄은 몰랐네."

『기초 능력이 낮은 만큼 재주가 많지 않으면 헤쳐 나갈 수 없다고.』

"이만큼 있으면 충분해. 상당한 방어구를 만들 수 있지. 하위 랭크 모험가라면 그야말로 엄두도 못 낼 수준의 장비를 말이야."

역시 강한 마수의 소재답군.

"다만 이만한 가죽 소재는 나 혼자서 못 다뤄. 녀석과 녀석에게도 협력을 부탁해야겠군. 그리고 그 녀석한테도——."

『저기, 영감님?』

"이런, 미안하군. 오랜만에 재미있는 일이 들어와서 흥분했어. 너희는 날 얼마나 놀라게 해야 직성이 풀리는 거냐!"

그렇게 말하면서도 그 얼굴에는 미소가 가득했다.

"그럼 만들어줄 거야?"

"당연하지!"

『그런데 영감 수준의 장인에게 주문 제작하면 비용이 꽤 들지?』

"그렇지…… 기본 소재를 가져와도 보통 3백만 골드 밑으로는 안 내려가지."

『진짜야? 절대 무리야.』

"이 소재, 전부 내게 맡겨도 괜찮나?"

『응, 상관없어.』

"그럼 이야기는 간단해. 아가씨의 장비를 만드는데 이 소재는 너무 많아. 남은 건 내가 사지. 그걸로 대금은 상쇄하는 건 어떤가?"

『그거 정말 고마워.』

"그럼 거래 성립이로군."

"언제 돼?"

"한 달은 걸리지."

『생각보다 오래 걸리네.』

"무슨 소린가. 충분히 빠른 편이야! 뭐, 소재가 이만하니 어중간한 작업은 하고 싶지 않거든. 부족한 소재를 사들이기도 해야하니까 그 정도는 걸릴 거야."

『어쩔 수 없군. 프란도 그래도 괜찮지?』

"응. 기대할게."

"그래. 내게 맡겨라!"

그 후, 가르스 영감이 준비한 철제 통에 슬라임 로드의 점액질 몸을 잘게 잘라 넣었다. 이것도 용도가 다양하다고 한다.

"그런데 마석이 안 보이는데, 없는 건가?"

"없어."

"그런가. 그거 아쉽군."

『마석도 방어구에 쓸 수 있어?』

"그래. 제작 때 섞지. 예를 들어 이 도플 스네이크의 이빨을 방어구에 쓰면 독 내성【중】은 확실히 붙어. 무기에 쓰면 맹독 효과가 붙을 거야. 하지만 도플 스네이크의 마석과 조합하면 독 내성【대】, 왕독 효과가 확실하게 붙지. 다른 마석이라도 효과는 조금 있겠지만, 역시 소재의 주인이 가진 마석이 친화성이 높아서 가장 좋아."

마석에 그런 쓰임새가 있었을 줄이야. 아쉽지만 마석은 이미 흡수했다. 앞으로 스킬을 전부 가지고 있는 마석을 입수하면 좀 남겨보자. 수납해두면 흡수는 언제든지 할 수 있고 말이다.

『앞으로는 명심할게.』

"그래, 그러는 게 좋아."

『그럼 오늘은 이만 가볼까.』

"안녕."

『소란만 잔뜩 피워서 미안해.』

"하하하. 완성되기를 기대하고 있어! 네 칼집은 사흘 뒤에 찾으러 오고."

『알았어.』

소재의 처리도 끝났고, 성능 좋은 방어구도 발주했다. 이거 참, 좋은 만남에 감사해야겠다.

『프란도 잘 어울려. 어디를 어떻게 봐도 신출내기 모험가야.』

"고마워."

『이제는……. 내의 필요해?』

"딱히 필요 없어."

『그, 그래?』

본인이 필요 없다고 했으니까 괜찮나?

아니, 안 되지. 확실히 내의나 속옷은 내게 문턱이 너무 높다.

하지만 여기서 도망치면 계속 도망치게 된단 말이다!

그리고 프란은 틀림없이 여자아이다움을 잃을 것이다.

여기서는 공격적으로 나가자!

『안 돼. 소, 속옷을 사러 가자!』

가르스 영감의 가게를 나오고 10분 후.

『여기다.』

"나풀거리는 게 잔뜩 있어."

쇼윈도에는 프란이 말하는 나풀대는 레이스가 잔뜩 달린 여성용 옷이 진열돼 있었다.

『부인복 전문점이니까.』

조금이기는 하지만 두근거렸다. 아니, 심장은 없지만.

남자라면 누구든 마찬가지일 것이다.

게다가 이런 가게에 들어가는 건 생전을 합쳐도 처음이다.

"어서 오세요."

"응."

"엉? 모험가냐?"

가게 안쪽에서 나온 건 날라리 같은 느낌의 누님이었다.

새파란 쇼트커트 머리는 판타지를 넘어 사이버 펑크였다.

"그래서? 뭘 찾지? 속옷에 내의. 일반 속옷부터 섹시한 속옷까지 뭐든 있어."

'뭘 사?'

『내가 말하는 대로 말해.』

'알았어.'

여기서는 원하는 바를 대강 전해서 저 사람에게 맡기자.

"속옷을 5일치 줘. 쉽게 세탁할 수 있는 게 좋아."

"흠흠."

"그리고 갑옷 아래에도 껴입을 수 있는 옷과 내의가 필요해."

"그것도 5일치면 되냐?"

"응."

"속옷은 그쪽이 가장 작은 사이즈야. 어떤 게 마음에 들어?"

"아무거나 좋아."

"너처럼 귀여운 여자애가 그럼 못 써!"

아무래도 이 누님은 전직이 모험가인가보다. 모험 중에도 입을 수 있는 튼튼한 속옷 중에 귀여운 게 적은 점이 불만이어서 스스로 만들기로 했다고 한다.

지금은 이 가게의 점주와 동업해 여성 모험가용 상품을 다양하게 판매하고 있는 모양이다.

"너처럼 검은 머리, 검은 눈, 검은 귀에 피부가 흰 미인이라면 이런 게 괜찮을 거야."

뭐, 뭐라고? 검은 팬티? 게다가 매혹적인 꼬리 구멍이 달렸다고?

발칙하다. 그야말로 발칙해! 하지만 그 부분이 마음에 들어!

"이 시리즈는 수인용이라 제대로 구멍이 뚫려 있어. 어때?"

으음. 하지만 프란이 입기에는 너무 어른스러운 거 아닐까?

어른스럽거나 페로몬을 뿌리는 건 프란에게 아직 이르다고요. 좀 더 이렇게 귀여운 게 좋은데.

나의 그런 마음이 통했는지 누님이 다른 상품을 소개했다.

"그리고 이런 것도 있어."

그건 틀림없이 줄무늬 팬티였다. 게다가 흰색과 물색 스트라이프 계열!

"그리고 이런 것도."

큭. 제법이군! 언뜻 보기에 수수한 크림색 팬티인데 작은 프릴과 리본이 달려 있어!

줄지어 나오는 매혹적인 팬티들. 그런데도 신축성이 있는 데다 튼튼하고 입어도 덥지 않다나.

"이쪽은 꼬리 구멍을 뚫는 서비스도 해줘."

"그럼 그것과 그걸로 할래."

"좋아 좋아. 나머지는 어떻게 할래?"

필요한 게 뭐가 있지? 여자아이가 쓸 만한 물건…… 폼클렌징? 아 그렇지, 세면도구다.

"세면도구도 있으면 줘."

"있어. 우리는 그런 쪽도 제대로 들여놓았거든."

"그럼 그것도 줘."

"알았어."

아무래도 브래지어는 취급하지 않나보다. 시골이기 때문일까, 문명 수준상 존재하지 않는 걸까.

프란은 좀 작다고 해야 할까, 절벽이랄까, 뭐 빈유 속성이니 당

분간은 필요 없겠지만.

"그럼 5일치 속옷. 그리고 통기성 좋은 소재로 만든 셔츠와 반바지. 기장이 긴 건 있어?"

"있어. 두 개는 길어."

"알았어. 그리고 세안용 비누에 수건이야."

비누가 있는 건가. 지구에 있던 것과 똑같을까?

"이건 연금술로 만든 세안 전용 비누라서 피부가 보드라워진다는 평판을 받고 있어. 아무 향기도 안 나서 여성 모험가들에게 잘 팔리고 있지."

호오. 그거 좋네. 사냥터에서 꽃향기를 풍기면 순식간에 마수에게 발견될 테니까 냄새가 없는 건 고맙다.

우리는 옷이나 일용품을 추천받는 대로 구입했다.

이만큼 한꺼번에 사는 손님은 드문지 누님은 끝까지 싱글벙글거렸다.

가게를 나갈 때도 입구까지 배웅해줬다.

"또 이용해주세요!"

프란에게 세탁 방법을 알려줘야지. 섣불리 빨다간 단벌 신사가 될 테니까.

내가 할까?

아냐 아냐, 그건 여러모로 너무 위험해. 이건 스스로 하게 하자.

성장한 프란이 오물을 보는 눈으로 나를 보면 죽고 싶어질 테니 말이다.

그로부터 30분 후.

우리는 한 숙소 앞에 서 있었다. 옷가게 누님에게 숙소를 추천
해달라고 하자 이곳을 가르쳐준 것이다. 여성 모험가가 많이 이
용한다고 한다.

외관이 깔끔해서 나쁘지 않아 보였다.

안으로 들어갔다.

점내도 구석구석 청소되어 있는 데다 귀여운 화분이 자연스럽
게 놓여 있었다.

염동으로 구석을 문질러봤지만 먼지도 없었다. 음, 좋은 숙소
같다.

"스승, 시누이 같아."

『뭐라고?!』

너무해! 널 위해서야! 프란!

"어서 오세요."

카운터에 있던 건 젊은 여성이었다. 이제 스무 살을 넘겼으려나.

"빈 방 있어?"

"한 분이신가요?"

"응, 한 명."

"보호자는 없니?"

역시 아이 혼자는 안 되나?

『프란, 길드 카드를 보여줘봐.』

"응. 이거."

"어? 진짜야?"

"응."

여성은 한동안 길드 카드를 보더니 진짜라고 생각한 모양이다.

"뭐, 신원이 확실하면 상관없나. 잠만 자면 3백 골드. 두 끼를 포함하면 4백 골드입니다. 그리고 저희는 개인실밖에 없습니다. 어떻게 하시겠습니까?"

『오늘은 식사가 포함된 쪽으로 할까.』

"식사 포함으로 1박."

"알겠습니다. 그럼 이게 방 열쇠입니다. 귀중품 관리에 주의해 주십시오."

"응."

그 후, 자질구레한 생활용품의 가격에 관한 설명을 들었지만 한 귀로 듣고 한 귀로 흘렸다.

랜턴도 뜨거운 물도 마술이나 도구로 어떻게든 되니 말이다. 칫솔이 있어서 놀랐지만, 그것도 정화 마술로 어떻게든 된다.

"식사는 식당에서 이 교환표를 내세요. 저희는 식당도 운영하고 있으니 시간은 언제가 되든 상관없습니다."

교환표 두 장을 받았다. 식당이 영업 중이면 언제든지 식사를 할 수 있을 줄이야, 좋은 시스템이군.

다만 마수 고기가 아직 잔뜩 있으니 그걸 먹는 편이 식비도 굳을 것이다. 다음부터는 잠만 자고 식사는 내가 준비하는 형태로 하는 편이 나으려나.

요리를 잔뜩 만들어서 차원 수납에 넣어두면 언제든지 따끈한 음식을 먹일 수 있고.

문제는 그 요리를 어디에서 만드느냐다.

단순한 통구이나 수프만 먹으면 질릴 테고, 다양한 요리를 준비하려면 제대로 된 조리 기구가 필요해지기 때문이다.

계단을 올라가 주인이 가르쳐준 2층 방으로 향했다.

열쇠 번호는 204로군. 오오, 구석방이잖아.

"여기야?"

『나쁘지 않은 방이잖아.』

청결하게 관리된 방에 침대와 책상 세트, 이동식 서랍장도 있었다. 옷장도 갖춰져 있어서 쾌적하게 지낼 수 있을 듯했다. 게다가 무기용 벽걸이까지 있었다.

이 숙소, 우습게 볼 수 없겠군.

"스승, 여기 맞아?"

『맞는데? 왜 그래?』

"이런 좋은 방이야?"

아아, 그런 뜻인가.

4년이나 노예로 살아온 프란에게는 이 정도 방이라도 믿을 수 없을 만큼 호화롭겠지.

가여운 것! 반드시 행복하게 해주마! 우선 안심시켜주자.

『아냐, 그렇게 좋지 않아. 보통이야.』

"진짜?"

『진짜야. 앞으로도 이 정도 방에는 언제든지 묵을 수 있어.』

"우와."

프란이 양 주먹을 번쩍 들고 포효를 내질렀다.

"스승을 따라와서 다행이야."

『그래?』

"이제 인생 승리조야."

『거기까지 가는 거냐!』

"내 시대야."

음, 너무 기뻐서 무척 들뜬 모양이다.

표정으로는 알기 힘들지만.

마음에 들어 하니 다행이다.

한동안 숙소에서 느긋하게 있다보니 물건을 다 사지 않았다는 사실이 떠올랐다.

『이봐, 해가 지기 전에 사러 나가자.』

"뭘 사?"

『조미료와 조리 기구. 노숙할 때, 그래도 맛있는 걸 먹고 싶지?』

"응."

『그러기 위해서도 조미료는 필요해.』

"그건 중요해. 최우선 사항이야."

『그럼 잡화점에 가자. 숙소 직원한테 물어보면 장소 정도는 가르쳐줄 거야.』

"알았어."

『두고 가는 건 하나도 없지만 일단 문은 잠가.』

"응."

숙소 누님에게 묻자 추천하는 가게를 가르쳐줬다.

거리로 나가 바로 보이는 곳에 있다고 한다.

『여기로군.』

간판에는 '잡화점 사벨 타이거'라고 적혀 있었다.

"사벨 타이거?"

『전혀 잡화점 같지 않잖아.』

"그치만 여기밖에 없어."

프란의 말대로 이 주변에는 잡화점이 여기밖에 없었다.

어쩔 수 없군. 각오를 다지고 들어가자.

딸랑딸랑.

"어서 오세요."

안은 지극히 평범한 잡화점이었다. 주인이 근육질 아저씨라는 점을 제외하면.

글자로 하면 단순한 '어서 오세요'지만 소리로 하면 엄청나게 굵직했다. 글자를 진하게 표시하지 않으면 표현할 수 없는 남성 다움이 느껴졌다.

"여기 잡화점이야?"

"그렇습니다. 자주들 착각하지만 틀림없이 잡화점입니다."

그야 착각하겠지. 이름이 사벨 타이거니까. 점원은 이런 곳보다 던전에 있는 편이 위화감이 느껴지지 않을 우락부락한 근육남이고.

게다가 움직임을 보면 알 수 있다. 건실한 사람이 아니군.

감정해보자.

명칭 : 루퍼스   나이 : 41세

종족 : 인간

직업 : 상인

Lv : 30

생명 : 188   마력 : 73   완력 : 150   민첩 : 77

스킬 : 운반 3, 해체 4, 채취 2, 산술 1, 장사 2, 전퇴기(戰槌技) 4, 전퇴술

(戰槌術) 6, 추적 2, 빙설 내성 2, 요리 1, 기력 조작, 자이언트 킬러

칭호 : 자이언트 슬레이어

장비 : 상인의 앞치마, 산술의 귀걸이

어떻게 봐도 상인의 스테이터스가 아니었다. 중급 모험가. 게다가 전위 스킬로 구성돼 있었다.

구색을 맞추는 수준의 장사와 산술에서 위화감이 잔뜩 느껴졌다.

"모험가야?"

"전이야. 옛날부터 가게를 여는 게 꿈이었어. 겨우 자금이 모여서 3년 전에 모험가를 은퇴하고 이 가게를 열었지."

"이름이 왜 이래? 안 귀여워."

프란 씨, 좀 더 돌려서 말해!

"하하하, 자주 묻더라. 실은 가게를 열 때 뭔가 명물이 될 게 있는 편이 좋다고 생각해서 저걸 장식하기로 했어."

점주가 가리킨 건 가게 안쪽 벽에 걸려 있던 사벨 타이거의 머리 박제였다. 당장이라도 울부짖을 듯이 박력 있는 표정을 짓고 있었다.

"멋있어."

"그렇지? 하지만 여성들에게는 평이 안 좋아. 저렇게 멋있는데."

이 가게, 괜찮은가? 숙소 누님이 소개하지 않았다면 잽싸게 도망쳤을 거다.

프란과 주인이 대화를 나누는 사이에 가게를 둘러봤는데, 물건은 꽤나 알차게 갖추고 있어서 조미료뿐만 아니라 일용잡화도 충

실했다.

"이런, 물건 사는데 방해를 했군. 천천히 둘러봐."

『그럼 살 물건을 지시할게.』

"응."

소금과 향초류는 물론 설탕이나 양념류 같은 비싼 것도 갖추고 싶다. 그리고 접시나 스푼 등의 식기류도 사두자.

그건 그렇고 너무 부주의하지 않나? 일본과 달리 이 세계는 치안이 나쁘다. 강도도 있을 것이다.

그런데 이 가게는 일본과 마찬가지로 점내에 상품을 진열하고 손님이 고르는 시스템을 채택하고 있었다. 좀도둑에 무방비한 거 아닐까……?

아니, 그게 아닌가. 전 모험가인 점주가 일반인의 좀도둑질을 놓칠 리가 없다. 방범에 자신이 있기 때문에 선택한 진열 스타일일 테다.

최종적으로 물건을 3천 골드어치 사서 가게를 나왔다.

중요 고객이라고 생각했는지 또 와달라는 점주의 열렬한 배웅을 받았다.

『남은 돈은 이제 4만 골드 정돈가.』

"다음은 뭘 사?"

『사실은 포션을 사고 싶지만…….』

너무 비싼 포션은 사지도 못한다.

"회복 마술이 있어."

『하지만 레벨이 낮잖아? 그래서는 일시적인 방편밖에 안 돼.』

"레벨을 올리는 건?"

『그것도 생각해봤는데.』

남은 자기 진화 포인트는 27이다. 스킬 레벨을 하나 올리는 데 2가 필요하므로 레벨 1인 스킬이라도 10으로 만드는 게 가능하다. 더 올려도 상관은 없지만, 포인트를 다 쓰는 건 좀 불안하다.

『올리고 싶은 스킬이 몇 개 있어.』

"뭔데?"

예를 들면 검기다.

모험가 길드에서 시험을 받은 후, 길드 마스터가 드래곤 팽을 중급 검기라고 말했다. 레벨 7의 검기가 중급. 다시 말해 검기도 마술처럼 10으로 올리면 상위 등급이 나온다는 뜻 아닐까?

그게 내가 예상하는 바였다.

"응. 나도 그렇게 생각해."

『그렇지?』

검기 레벨의 상한은 검술 레벨에 존재하므로 검기를 카운트 스톱시키기 위해서는 검술을 카운트 스톱시킬 필요가 있다. 그러니 포인트를 쓰기가 상당히 곤란하다.

다음 후보는 분신 창조다. 이대로는 전혀 쓸 수 없는 스킬이지만 레벨을 올리면 어떨까? 도플 스네이크처럼 전투에 사용할 수 있지 않을까? 그리고 여러 가지 수속을 하거나 장을 볼 때도 내 분신이 보호자 행세를 하면 성가신 일을 줄일 수 있는 경우도 많을 것이다.

숙소에 묵는 것 역시 이렇게 고생할 일도 없었을 테다.

"그건 좋아."

『그렇지?』

다음으로 순간 재생이나 상태 이상 내성, 물리 공격 내성 등 죽지 않게 해주는 계열의 스킬이다. 수수하지만 궁지에 몰렸을 때는 압도적으로 도움이 되겠지. 게다가 이 세 가지는 보통 취득 조건이 까다로운 상위 스킬이라고 한다.

레벨이 아직 낮은 프란은 중급 이상의 마수의 공격을 한 번 받기만 해도 끝장이니 레벨이 높아질 때까지는 지나치게 신중한 정도가 좋다고 생각한다.

"맹점이었어."

『순간 재생 같은 건 올려둬도 손해는 아니야.』

거기에 회복 마술이 더해지면 상승효과도 얻을 수 있을 것이다.

그렇게 생각하니 순간 재생으로도 괜찮다는 생각이 들지만, 회복 마술은 타인에게 쓸 수 있다는 점이 크다.

어중간하게 올리기보다는 하나를 집중적으로 올리고 싶기는 하지만.

『뭐, 어느 거나 좋은 스킬이니까.』

숙소로 돌아가서 의논을 거듭한 결과, 우리는 회복 마술을 올리기로 했다. 상태 이상을 회복할 수도 있어서 편리하다고 생각했기 때문이다. 게다가 프란이 부상을 입어도 내가 회복시켜줄 수 있다는 점이 컸다.

또한 그 결과, 치유 마술 1이 생겼다.

불 마술과 짝이 되는 화염 마술처럼 회복 마술의 상위에 위치하는 마술이다.

치유 마술 1로 배운 건 리제네 힐과 그레이터 힐이라는 술법이었다. 리제네 힐은 평범한 힐에 연속으로 상처를 치유하는 효과가 조합된 술법이라고 한다. 그레이터 힐은 단순히 회복량이 늘어난 힐로, 신체 부위가 약간 절단돼도 치료할 정도의 회복술이었다. 어느 쪽이나 무척 유용한 술법이다.

그 김에 회복술사라는 칭호도 얻었다. 이것도 화술사와 똑같은 거겠지.

『이로써 회복 수단도 다 갖췄어.』

"응."

『그럼 내일은 어떻게 할래? 모험가 길드에서 의뢰를 찾아볼까? 돈은 아직 있으니까 며칠 동안은 빈둥대도 되는데.』

"의뢰를 찾을래."

『도시 밖으로 나가게 되는데 괜찮겠어?』

"괜찮아."

『그럼 내일은 길드에 가자.』

"응. 모험가 일이 기대돼."

『그래. 한동안은 네 레벨을 올려야지.』

"그 뒤에는?"

『넌 어떻게 하고 싶어? 뭐든 할 수 있어.』

"뭐든 할 수 있다……."

『하고 싶은 일 있어?』

"응……?"

『하하하하. 천천히 생각해도 돼. 시간은 잔뜩 있으니까.』

"응. 그럴래."

제3장 **모험가 길드와 약속**

숙소에서 맞이한 첫날 아침.

물론 모르는 천장이라고 중얼거리는 건 당연히 해야 할 일이다.

뭐, 나는 자지 않으니까 기상은 하지 않지만 말이다.

아침에 그렇게 강하지 않은 프란을 깨워서 옷을 갈아입혔다.

정화 마술로 몸을 깨끗이 하고 마술로 만든 물로 얼굴을 씻겼다.

프란의 머리 모양은 끝부분이 약간 곱슬인 데다 옆머리가 조금 긴 쇼트커트다. 곱슬이라서 아침에는 머리가 굉장해지기에 물로 까치집 진 머리를 다듬는 것도 잊지 않았다.

"안녕."

『잘 잤어?』

"푹 잤어."

그 후에는 식당으로 가 아침을 먹었다.

"안녕. 아침 정식 나왔다!"

프란의 앞에 목제 식판이 턱 놓였다.

담긴 건 딱딱한 검은 빵과 계란말이, 소시지 두 개, 삶은 계란이다. 여기에 건더기가 든 작은 수프가 따라 나왔다.

『어때?』

"맛있어."

노예였던 프란은 음식 대부분이 맛있게 느껴지는 모양이다. 덥석덥석 먹었다.

좋아 좋아. 많이 먹고 쑥쑥 커라.

'그래도 스승이 만든 요리가 훨씬 맛있어.'

어제 저녁을 먹을 때도 같은 말을 했지.

『하하, 기분 좋은데?』

'정말 그래. 스승의 요리가 먹고 싶어.'

요리 스킬을 끝까지 올렸으니 당연하다. 지금 이 도시에서 요리를 가장 잘하는 사람이 검인 나라는 상황이 신기하다.

전생의 기억 덕분인지 스킬 레벨이 같아도 프란보다 내가 만들 수 있는 요리의 가짓수가 많았다.

요리왕의 칭호까지 있는데 말이다.

뭐, 아무리 레벨이 높아도 이 세계에 존재하지 않는 요리는 만들 수 없다는 뜻이겠지.

앞으로 요리를 대량으로 만드는 방법과 대량으로 보존하는 방법을 정말로 고안할 필요가 있을지도 모르겠다.

『의뢰를 받아 도시 밖으로 나가면 점심은 내가 만들어줄게.』

"기대돼. 빨리 가자."

『그럼 의뢰를 찾으러 가야겠지.』

"응."

그리하여 모험가 길드로 찾아갔다.

"안녕."

"안녕하세요. 의뢰를 찾으러 오셨나요?"

"응."

"의뢰판은 그쪽에 있습니다. G 랭크 모험가가 받을 수 있는 의뢰는 가장 왼쪽에 있는 G, F 랭크 의뢰뿐이니 주의하세요."

우선 G 랭크부터 살폈다.

G 랭크 모험가의 수가 적은 데다 이른 아침이기도 해서 판 앞에는 아무도 없었다.

『약초 채취, 멧돼지 사냥, 부지의 풀 뽑기, 도로의 쓰레기 줍기?』

"맥이 빠졌어."

『그러게. 보수도 적고 말이야.』

F 랭크 의뢰는 어떨까.

『조금 낫긴 한데…….』

고블린 다섯 마리 토벌, 송곳니 쥐 구제, 숲에서 버섯 채집.

변함없이 맥이 빠지는 일이었다. 하지만 그 이상의 의뢰를 받을 수 없으니 할 수 없다.

프란의 레벨이 낮은 건 분명하니까 프란의 레벨이 오를 때까지는 잔챙이를 사냥할까.

"그럼 이거."

『약초 채취구나. 뭐, 처음이니까 괜찮지 않을까?』

대상은 힐 풀이라는, 5급 포션의 재료가 되는 약초다.

이거라면 숲속에 잔뜩 나 있었다.

"이거."

"네. 그럼 이쪽 의뢰군요. 확인했습니다."

"응."

"힐 풀의 생김새는 아십니까? 모르시면 자료가 있습니다만."

"괜찮아."

"그렇습니까. 처음에는 의뢰를 다섯 개 해결하면 G에서 F로 랭크가 오르니 열심히 하세요."

"응. 고마워."

"네."

어제 그런 소동이 있었는데도 접수원인 넬 씨의 호감도는 높은 듯했다. 다행이다 다행이야.

『좋아, 가볼까!』

"응."

문은 길드 카드를 보이자 쉽게 통과할 수 있었다. 남자 문지기는 프란을 기억하고 있는지 모험가라고 밝히자 무척 놀랐다.

『어디로 갈래?』

"음…… 저쪽."

『그 근거는?』

"감."

좋은 대답이다. 어차피 급한 의뢰도 아니니 내키는 대로 행동하면 된다.

『도중에 힐 풀 말고 다른 약초도 캐자. 그러면 돌아가서 바로 달성할 수 있는 의뢰가 있을 거야.』

"스승은 천재야."

『하하하. 더 칭찬해도 돼.』

"스승은 굉장한 천재야."

우리는 숲속을 느긋하게 걸어갔다.

힐 풀은 이미 정해진 양을 채취했다.

다른 약초나 버섯, 나무 열매도 잔뜩 채취했다.

채취, 약초학, 요리 스킬로 유용한 풀인지를 분간할 수 있었다.

게다가 위기 감지도 유효했다. 효과는 알아도 이용 방법까지는 자세히 알 수 없는 독 소재라도 위험의 정도를 느낄 수 있었다.

즉, 독 소재로 이용 가치가 있느냐를 파악하는 것이다.

차원 수납 덕분에 얼마든지 가져갈 수 있어서 궁금한 건 모조리 채취했다.

"스승."

『그래.』

프란이 갑자기 발을 멈췄다.

하지만 이미 감지한 나도 놀라지 않았다.

『고블린인가. 수는 열 마리 이상이네.』

"응."

『그런데 이 주변에는 고블린이 정말 많구나.』

프란은 이미 나의 자루에 손을 대고 임전 태세를 취하고 있었다. 나도 말리지 않았다.

고블린 무리라면 안전하게 사냥할 수 있는 딱 좋은 경험치고.

평범한 초보자에게는 추천하지 않겠지만 말이다.

『모험가가 포위돼 있는 건가?』

"저기."

『모험가가 세 명. 고블린은…….』

"열세 마리."

『게다가 상위종까지 있잖아.』

고블린 솔저, 고블린 시프, 고블린 아처가 무리를 이끌고 있는 듯했다.

반대로 모험가들은 아직 신참으로 보였다. 싸구려 무구로 몸을 감싸고 자신들을 포위한 고블린 무리를 파랗게 질린 얼굴로 노려보고 있었다.

『전사 한 명, 궁병 한 명, 마술사 한 명인가. 균형 있게 구성돼 있지만 저만큼 접근시켰으니 상당히 힘들겠어.』

게다가 전원이 나름대로 대미지를 입었다. 마술사는 큰 부상을 당한 듯했다.

"구할래."

『알았어.』

"마술로 숫자를 줄이고 헤치고 들어갈 거야."

우리는 동시에 흙 마술을 영창했다.

내가 영창하는 스톤 배럿은 작은 돌멩이를 산탄처럼 쏘는, 위력이 낮은 마술이다. 다만 평소 마력의 다섯 배 이상을 넣어서 발동시키는 나의 마술은 돌멩이 하나하나가 강력한 탄환 같은 위력을 가지고 있고, 더 나아가 적이 뭉쳐 있으면 여러 개체를 한꺼번에 맞출 수 있다.

이건 마술사 스킬을 가진 나이기에 가능한 힘기술인 것 같다. 공유화할 수 없는 스킬이어서 프란은 마술을 평범하게만 쓸 수 있는 게 아쉽다.

불 마술을 쓰면 한 방에 정리되겠지만 숲에서 불을 내기는 무섭다.

"스톤 애로."

『스톤 배럿.』

프란의 마술이 한 마리, 내 마술이 다섯 마리, 합쳐서 여섯 마리를 순식간에 격파했다. 그중 한 마리는 고블린 시프였다.

〈프란의 레벨이 4로 올랐습니다〉

이때 레벨이 올랐다. 잔챙이 고블린이라고는 하나 역시 상위종

227

이란 건가.

무슨 일이 일어났는지 알 수 없어서 양쪽 다 혼란에 빠졌다. 그 사이에 프란은 고블린들에게 갑자기 접근했다.

『일곱 마리 남았어.』

"핫."

엇갈릴 때 두 마리를 베고 모험가들과 고블린의 사이로 살며시 들어갔다.

물론 나 역시 일을 제대로 하고 있다. 모험가들에게 가장 성가 실 고블린 아처를 스톤 애로로 처치한 것이다.

"어? 왜 어린애가?"

"강해!"

모험가들이 놀라고 있었다.

일부 고블린들은 놀란 상태에서 회복하여 솔저를 선두로 달려 들었다.

"갸갸오!"

오호라. 강하다고 판단한 상대에게 주저 없이 전원이 달려들 줄이야.

고블린이긴 하지만 좋은 판단이다.

『그래봐야 소용없어! 스톤 배럿!』

어차피 휴식도 필요 없어서 나는 전투 중에도 영창을 계속하고 있었다.

그래서 스톤 배럿의 영창이 이미 끝난 상태였다.

오른쪽 두 마리가 돌에 맞고 피를 토하며 목숨을 잃었다.

왼쪽에서 왔던 두 마리도 프란의 적수가 되지 못했다.

"느려."

더블 슬래시를 맞은 마지막 두 마리도 순식간에 베인 것이다.

고작 20초 정도에 사태가 일변했고, 모험가들은 얼빠진 얼굴로 넋이 나가 있었다.

이대로 얼빠진 얼굴을 보고 싶은 마음도 있지만 역시 부상자를 그대로 두는 건 위험하다.

『회복 마술이 바로 도움이 되는데.』

스테이터스를 확인하니 단지 생명력이 줄었을 뿐이었다.

절단된 부위도 상태 이상도 없었다.

『평범한 힐이면 충분해.』

"──치유의 빛, 서클 힐."

회복 마술 7의 주문, 범위 회복 마법 서클 힐이었다.

무사한 두 명도 대미지가 약간 있었으니 겸사겸사 회복시킨 거 겠지.

정말 착하다니까!

"이런 조그만 애가 서클 힐을 쓴다고?"

"우와! 그거 중급 마술이잖아!"

놀라고 있군. 남자 전사의 말에 여성 궁병이 눈을 크게 떴다.

"게다가 저거 마검 아냐?"

오오, 나를 알아본 건가.

뭐, 다른 검과는 확연히 구분되는 고귀한 모습이니 안목 있는 녀석이 보면 눈치채겠지. 이거 참, 곤란한데.

"그, 그보다 유스타스! 괜찮냐!"

"괜찮아?"

"어라? 상처가 나았어?"

부상을 입은 마술사도 문제없는 듯했다.

이런다고 프란에게 이상한 트집을 잡거나 속여서 이용하려고 들면 조금 혼쭐이 날지도 모른다는 걸 알아두라고!

"괜찮아?"

"아, 네. 덕분에 살았습니다."

"고마워. 자, 너도!"

"어? 아, 고마워."

으음. 일단은 인사. 기본이지.

아무래도 지난번에 본 바보들과는 다른 모양이다.

"너는 그…… 모험가니?"

"응."

"저기, 이름을 물어도 괜찮을까요?"

"프란."

그 말에 모험가들이 눈빛을 교환했다.

'알아?'

'몰라. 이렇게 눈에 띄는 아이가 있다면 모를 리가 없어.'

'그렇지.'

'나도 몰라.'

아마 이런 느낌이겠지.

"저는 크랄이라고 합니다. 이 여자가 릴리, 저 친구가 유스타스입니다."

예의 바르게 자기소개를 했다.

하지만 프란은 이미 그들에게 흥미가 없는 듯했다.

"그래. 그럼."

그보다 레벨업한 스테이터스를 얼른 확인하고 싶은가보다.

『괜찮아? 사례 정도는 받을 수 있을지도 모르는데.』

'불쌍해.'

뭐, 그런가. 이 녀석들은 딱 보기에도 신참이다. 대단한 사례는 기대할 수 없을 것이다. 그보다 억지로 갈취하는 모양새가 될 듯했다.

하지만 즉시 떠나려고 하는 프란을 붙잡은 건 리더 격인 전사, 크랄이었다.

"기, 기다리세요."

"어?"

"이 고블린들은 해치운 당신 겁니다."

"뭐? 이 아가씨가 고블린들을 해치웠다고? 무슨 소리야."

"됐으니까 넌 가만히 있어!"

"목숨을 구해주셨는데 보조까지 받을 수는 없습니다."

바른 마음가짐이다.

여기서 거절하면 오히려 인상이 나빠질지도 모른다.

『상위종의 소재 정도는 받아도 되지 않을까?』

"알았어. 상위종만 받을게."

"어? 상위종이 섞여 있던 건가요?!"

이 친구야, 그것마저 몰랐어?

보기에는 확실히 알기 힘들지만 몸도 뿔도 조금 큰데.

"응."

프란은 놀라는 세 사람을 두고 마이 페이스로 소재를 떼어냈다.

솔저, 시프, 아처로 나아가자 모험가들의 얼굴이 굉장하게 변해갔다.

프란은 뿔과 마석을 허리에 차고 있던 주머니에 넣었다.

이 주머니는 더미다. 주머니에 넣는 척하고 차원 수납에 넣는 것이다.

"상위종이 세 마리라고?"

"이거 위험한 거 아냐? 길드에 알려야 돼……."

"아니, 기다려봐. 정말 상위종이야?"

"아마 정말일 거야. 저 세 마리, 확연히 몸집이 커."

우리가 상상한 것 이상으로 당황한 모양이다.

아마 뭔가 문제가 발생한 듯했다.

"왜 그래?"

"그게, 상위종이 동시에 세 마리나 출현했으니 모험가 길드에 보고해야 돼!"

"왜?"

"왜라니, 몰라?"

"응?"

"상위종이 있으니 킹도 있을지도 몰라."

모험가들의 설명을 종합하면 이랬다.

고블린 무리는 킹이 있으면 통솔력이 눈에 띄게 올라가고 전투력이 늘어난다.

이건 나도 안다.

또한, 보다 많은 마수를 사냥할 수 있는 데다 사망하는 개체도 줄고 상위종으로 진화하는 개체가 늘어난다.

그러면 전투력이 더욱 늘어나고 무리가 보다 커져가는 최악의 순환이 발생한다.

그리고 무리가 어느 정도 커지면 퀸이 태어난다. 평원에 퀸이 없었던 건 주위에 강한 마수가 있어서 무리가 일정 규모 이상 크지 못했기 때문이겠지.

중요한 건 킹과 퀸의 사이에서 태어나는 자식은 모두 홉고블린이 된다는 사실이다.

그리고 홉고블린의 위협도는 개체가 F. 고블린보다 한 단계 위 랭크다. 킹이 통솔하는 무리는 단순한 고블린 무리라 해도 위협도 D 이상이 된다고 한다. 그렇다면 평범하게 생각하면 킹이 이끄는 홉고블린 무리는 확실히 위협도 C는 될 것이다.

"그렇게 되면 손쓸 방법이 없어져. 마수 재해가 발생하는 거지."

"마을이 얼마나 사라지게 될지 상상도 안 가."

그렇군. 이 주변 모험가에게는 사활이 달린 문제인 듯했다.

내게는 맛있는 먹잇감들로밖에 보이지 않지만, 지금의 프란에게도 위협이 된다.

그렇다면 얼른 없애는 편이 낫다.

"저희는 바로 모험가 길드로 가서 보고하겠습니다."

그렇게 말하고 상위종의 시체를 각각 짊어졌다.

소재가 없어도 시체가 있으면 증거가 되기 때문이다.

"응."

"그럼 실례하겠습니다."

"오늘은 정말 고마워."

"잘 모르겠지만 구해줬나보네. 고마워!"

결과적으로 고블린 소재도 손에 넣었고, 전도유망한 젊은이들도 구했으니 나쁘지 않은 성과였군.

『그럼 마석을 흡수할까.』

신참 파티에서 멀어진 곳에서 마석을 꺼내 흡수했다.

스킬은 가지고 있는 것뿐이었지만, 이런 소소한 경험을 쌓는 게 중요하기 때문이다.

감사히 잘 먹었습니다.

"저기, 스테이터스 좀 봐줄래?"

『응, 알았어. 지금 볼게.』

"응."

명칭 : 프란   나이 : 12세

종족 : 수인 · 흑묘족

직업 : 마검사

Lv : 4

생명 : 41   마력 : 29   완력 : 28   민첩 : 49

스테이터스 수치가 상당히 상승했군. 특히 완력과 마력은 레벨 1이 올랐을 뿐인데 4나 상승했다. 마검사의 효과다. 나는 상승한 수치를 프란에게 가르쳐줬다.

"느낌이 좋아."

『그러게. 이대로 열심히 해서 레벨업하자.』

"아자."

무표정하게 주먹을 치켜드는 프란도 귀엽구나.

좋아, 나도 기합을 넣고 사냥감을 찾자!

초보자 파티와 헤어진 지 한 시간.

우리는 고블린 무리와 교전하고 있었다.

"더블 슬래시!"

"갸하게!"

"슈교!"

비스듬히 내리쳤다 올려치기를 고속으로 거듭하는 검기가 고블린 두 마리를 베었다.

〈프란의 레벨이 9로 올랐습니다〉

"또 올랐어."

『그래. 확인은 나중에 하자.』

내가 쏜 마술이 고블린을 뚫자 프란의 검기가 두 동강 냈다.

그래도 전혀 줄지 않네.

처음에는 경험치를 얻기 위해 고블린 몇 마리를 찾아서 사냥하기를 반복했다. 하지만 갈수록 주위에 고블린이 늘어나더니 결국에는 백 마리가 넘는 무리를 이루었다.

우리 역시 이만한 숫자와 싸울 생각은 없었다. 다만 조금 우쭐했다고나 할까, 경험치를 위해 욕심을 부렸다고나 할까, 조금 지나치게 추격하고 말았다.

소굴이 가까운지, 짧은 시간에 숫자가 급격하게 늘어난 것도 포위된 원인 중 하나일 것이다. 그중에는 상위종도 여럿 있어서 지휘 체계도 잡혀 있었다.

『또 온다!』

"읗!"

휘휘휘휘휘휘횤!

나무 사이를 뚫고 프란에게 무수한 돌멩이가 날아왔다. 돌뿐만이 아니라 나뭇조각 등도 섞여 있었다.

주위를 둘러싼 고블린들이 일제히 던진 것이다.

사방에서 날아오는 돌은 도저히 피할 수 없었다.

"스승!"

『응, 맡겨줘. 파이어 월!』

파이어 월이 프란의 몸을 덮어 돌멩이로부터 몸을 지켰다.

하지만 녀석들의 공격은 이것으로 끝나지 않았다.

『온다!』

"웅!"

프란이 나를 들고 자세를 잡았다.

화염 벽이 사라졌을 때──.

"고르라아!"

"교교가!"

"갸르!"

고블린 열 마리가 일제히 프란에게 달려들었다.

한 마리는 너무 빨리 뛰어든 모양이다. 파이어 월과 격돌해 화염에 휩싸여 몸부림쳤다.

"헤비 슬래시!"

프란은 고블린들의 공격을 피하고 고블린들과 엇갈리면서 나를 휘둘렀다.

그렇게 다섯 마리를 해치운 직후였다.

"갸하!"

"큭……."

"기시하!"

"아윽!"

고블린들의 무기를 처리하지 못하여 프란의 작은 몸에서 새빨 간 피가 흩날렸다.

하지만 프란은 격심한 통증을 참으며 겁먹지 않고 검을 휘둘 렀다.

통각 둔화를 세트하자고 제안하고 싶지만, 그 스킬은 감각이 둔해지기 때문에 오히려 발목을 잡힐 가능성도 있다.

"이야압!"

평소에는 얌전한 프란이 우렁차게 소리를 지르며 고블린에게 달려들었다.

이로써 열 마리를 더 격파했다.

이런 공방을 몇 번 반복하자 프란의 주위에는 40마리에 가까운 고블린 시체가 쓰러져 있었다.

그래도 프란을 포위한 고블린의 숫자는 줄어든 것처럼 보이지 않았다.

『미들 힐!』

"하아 하아……."

『야, 프란! 괜찮아?』

"……괜찮아."

『이제 도망치자. 경험치를 더 효율적으로 벌 방법은 얼마든지 있어.』

우리는 얕보고 있었다.

고블린도, 싸움도.

나의 이 몸은 통증도 느끼지 못하고 지치지도 않는 데다 파괴돼도 바로 수복된다.

좋은 의미로든 나쁜 의미로든 강한 마수를 제외하고 고전한 적은 없었다.

그 탓에 내게는 위기감이 부족했다. 입으로는 프란에게 위험하다는 둥 아직 이르다는 둥 떠들었지만, 마음속으로는 나만 있으면 어떻게든 된다고 생각했던 것이다.

그런 끝에 지금 이렇게 고블린을 상대로 고전하고 있다.

하지만 이제 와서 후회해도 늦었다.

회복 마술에는 생명력 자동 회복이나 빈사 상태에 빠졌을 때 상처를 치료해주는 술법 등 죽지 않게 하는 술법이 있다. 이대로 계속 싸우면 언젠가는 승리할 것이다.

하지만 그때까지 고통을 얼마나 겪고 피를 얼마나 흘릴까.

프란은 아직 그런 각오를 하지 않았겠지.

싸움에 공포를 느끼거나 트라우마에 빠지기 전에 일단 물러나야 한다.

『또 온다! 지금이라면 아직 도망갈 수 있어!』

부유와 공중 도약을 펼치면 하늘을 이동해 도망칠 수 있다.

고블린들이 쌓은 벽도 간단히 돌파할 수 있을 것이다.

"도망 안 쳐."

『무, 무슨 소리야! 이 이상 고통을 느껴봐야 소용없잖아! 좀 더 큰 마수를 사냥하면 경험치는 더 벌 수 있어!』

고집을 부리는 건가?

"소용없지 않아."

프란은 짧게 중얼거리고 나를 들어 자세를 취했다.

그 얼굴에는 강한 결의가 떠올라 있었다.

"스승이 있으면 죽지 않아. 죽지 않고 고통을 겪을 수 있어. 싸움에 익숙해질 수 있어. 그리고 경험도 쌓을 수 있어."

『프란…….』

"강해지기 위해서 더 아슬아슬한 싸움이 필요하다고 생각했어. 여기는 딱 맞는 전장이야."

그렇게 말하고 프란은 독기 넘치는 웃음을 지었다.

음, 나는 프란을 얕보고 있었다. 프란은 이미 각오를 다진 모양이다.

각오를 다지지 않았던 건 나뿐이었다.

프란이 상처를 입게 할 각오가 부족했다.

내가 강하게 해준다고? 분명 내가 버스를 태워주면 레벨은 오르겠지.

하지만 그게 진정한 실력일까?

경험과 정신력. 부상과 고통을 견디며 실전에서 그것들을 얻지 못하면 레벨만 올려봤자 의미가 없지 않을까?

프란은 그것을 제대로 알고 있었다.

"스승은 날 거들어줘."

굉장하다. 나처럼 일본에서 편하게 자란 온실 속 화초와는 각오가 달랐다.

좋아. 나도 각오를 다지자. 각오 완료다! 이제 주저하지 않는다. 안이한 무사안일주의도 버리자.

여기에 있는 건 내가 감싸주지 않으면 아무것도 못하는 연약한 새끼 고양이가 아니다. 이를 갈고 있는 맹수의 새끼다.

『회복은 나한테 맡겨!』

"응! 갈게!"

프란이 달려 나갔다. 그대로 고블린 무리에 돌진했다.

"하아아아!"

"교갸오!"

그리고 힘껏 검을 휘둘렀다.

모든 팔심을 실어 휘두른 검이 갑옷과 투구째로 고블린을 대나무 쪼개듯이 베었다.

한계 속도로 찌른 검은 고블린이 약간의 반응을 보이는 것조차 허락하지 않고 심장을 꿰뚫었다.

모든 기술을 시험하듯이 종횡무진으로 펼쳐지는 검극이 주위에 있는 고블린을 쪼개갔다.

적을 그저 쓰러뜨리는 게 아니라 자신의 한계를 알고 경험치를 쌓기 위한 싸움이다.

더 강하게, 더 빠르게. 그리고 더 뛰어나게.

프란의 머릿속에 그려져 있을 이상적인 자신에게 한 걸음이라도 가까워지기 위해 몇 번이나 검을 휘둘러 고블린을 베어 쓰러뜨려갔다.

때로는 호된 반격을 받기도 했다.

통증 탓에 잠시 멈춘 틈을 파고들어 고블린의 창이 왼쪽 어깨를 관통하고 단검이 다리를 찔렀다.

결사의 각오로 달라붙은 고블린에게 물리는 일도, 칼로 벤 고블린의 내장을 뒤집어쓰는 일도 있었다.

하지만 프란이 겁을 집어먹는 일은 없었다.

그 모든 상황이 프란의 피와 살이 되고 양식이 됐기 때문이다.

두 번 다시 같은 공격을 받지 않도록, 칼에 베여도 돌에 맞아도 절대로 움직임을 멈추지 않았다. 무슨 일을 당해도 눈을 떼지 않고 방심하지 않았다.

함께 싸우는 내 눈으로 봐도 프란의 각오는 놀라웠다.

나는 프란이 실전 경험을 쌓을 수 있도록 힘써 지원했다.

프란이 만족할 때까지 힘을 쏟을 수 있도록.

그렇게 지켜보고 있자니 프란의 변화가 눈에 띄기 시작했다.

"핫! 얍!"

지금 움직임, 조금 굉장하지 않았나? 검기를 발동하지 않았는데 트리플 스러스트와 똑같은 빠르기였다.

지금 것도 그렇다. 더블 슬래시처럼──아니, 더블 슬래시를 뛰어넘은 움직임이었다.

프란은 검술을 구사하고 있다고 생각했는데…….

실은 완전히 구사하지 못했던 모양이다.

아니, 그건 무리도 아닌가?

어느 날 수준 높은 검술을 갑자기 얻는다고 해서 육체나 뇌가 쉽게 순응할 리도 없다. 지금까지는 잔챙이와 만나기만 한 데다 전투가 순식간에 끝나기만 했기 때문에 문제가 되지 않았던 거겠지.

그런 스킬과 육체의 괴리가 아슬아슬한 실전 속에서 일치하기 시작한 것이다.

지금까지 예리하다고 감탄했던 검 실력은 단지 빠르기만 한 것이었다. 다채롭다고 생각했던 공격도 실은 읽기 쉬운 단조로운 공격이었다.

하지만 지금은 달랐다.

고블린의 공격을 피하는 횟수가 늘어나고 공격의 정확도가 굉장한 기세로 늘어갔다.

공격이나 움직임에서 임기응변이 늘어나고 모든 움직임에서 군더더기가 줄어들었다.

그야말로 검신일체.

프란의 정신과 육체와 기량이 짧은 시간에 눈에 띄게 성장을 보이고 있었다.

두 시간 후.

"하아…… 하아…….."

『프란, 잘했어!』

"응……!"

고블린 시체가 흩어져 있고 피와 체액이 대지를 뒤덮고 있었다. 그야말로 지옥 같은 참상.

그 중심에 프란이 나를 지팡이 대신 짚고 가까스로 서 있었다.

회복 마술 덕분에 상처는 없었다.

하지만 체력 소모가 심해서 어깨로 크게 숨을 쉬고 있었다.

온몸에는 자신의 피와 고블린에게서 튄 피, 진흙이나 먼지가 묻어서 성한 곳이 없을 정도였다.

어제 산 방어구도 검붉게 변색되어 있었다. 특히 드레스 아머는 손상이 심해서 수복이 필요할 것 같았다.

내가 더 적극적으로 공격을 했다면 이렇게까지 고전하지 않았을 테다.

하지만 이건 필요한 고전이었다.

수치상으로는 레벨이 8 올랐을 뿐이지만 프란은 그 이상으로 성장했다.

중간부터는 고블린을 해치울 때 반드시 마석을 쪼갤 정도가 됐으니 말이다. 난전 중에 격렬하게 움직이는 상대의 급소만을 정확히 노리는 영역에 도달한 것이다.

『——스태미나 힐.』

체력을 회복하는 마술을 거듭 썼다. 하지만 정신적인 피로까지는 회복시키지 못했다.

『주위 경계는 내가 할 테니까 조금 쉬어.』

나는 소재를 확인하고 마석을 흡수할까.

"도울게."

『아, 이봐. 괜찮아?』

"얼른 마치고 여길 떠날 거야."

『그렇지……. 킹은 결국 없었으니까. 증원이 오기 전에 해치우는 편이 나으려나.』

"응."

『그럼 무기와 뿔을 부탁해. 나는 마석을 중점적으로 흡수할게.』

"알았어."

30분 후.

『거의 회수했군.』

"잔뜩 했어."

『그래. 마석치가 단숨에 2백 가까이 쌓였어.』

상위종이 다수 있었다고는 하나, 잔챙이 고블린도 분명히 백 마리 이상은 있었을 것이다.

『그런데 마수가 전혀 접근하지 않았네.』

"응. 편했어."

이렇게 피 냄새가 가득하니 마수가 감지를 못 할 리는 없을 텐데.

하지만 다가오던 마수들은 갑자기 방향을 전환해 떠나기만 했다.

지능이 낮아도 이 참상을 보면 공포를 느끼는 걸까.

프란이 말하는 대로 편하게 회수했으니 다행이지만.

『새로운 스킬도 몇 개 있어. 게다가 재미있어 보이는 것뿐이야.』

이번 싸움에서 얻은 결과 중에서 가장 큰 소득은 물론 프란의 성장이다.

그리고 그 밖에도 물리적으로 여러 소득이 있었다.

부러지거나 녹슨 걸 제외해도 철제, 청동제 무기가 50개.

방어구도 조금 있었다. 뭐, 냄새가 나고 더러워서 대부분의 방어구는 버리게 됐지만.

마력을 띤 아이템도 몇 개 나온 건 큰 수확이다.

나중에 자세히 조사해보자.

그리고 새로운 스킬은 이런 느낌이다.

영창 단축, 곡예, 축각기(蹴脚技), 축각술(蹴脚術), 사령 마술, 독 흡수, 독 마술, 부기, 부동심.

홉고블린 다크메이지, 홉고블린 네크로맨서, 홉고블린 그래플러, 홉고블린 글래디에이터란 네 종류에게서 얻은 스킬이다.

뭐, 문제도 있긴 했다.

『홉고블린이 있었구나.』

"응."

새 스킬을 제공해준 네 마리는 홉고블린이었다.

스테이터스는 예전에 쓰러뜨린 고블린 킹과 동등했다.

그렇다면 고블린 퀸이 이미 태어나서 번식이 시작됐다는 건가?

『이봐, 고블린은 성장이 빨라?』

"응. 열흘 정도면 어른이 된대."

『완전 곤충이네. 그렇다면 위험한 거 아냐?』

홉고블린이 대량 번식할 가능성이 있는 건가.

『모험가 길드에 보고하러 돌아가는 게 좋겠어. 우리끼리만 사냥하고 싶지만 방치하면 피해가 커질지도 몰라.』

"응."

일단 홉고블린의 시체만 회수하려고 하다가——.

나는 사람이 접근하는 기척을 감지했다.

『프란!』

"응."

떠 있는 모습을 보이면 위험하므로 프란 앞으로 허둥지둥 돌아갔다. 프란은 당황하지 않고 나의 자루를 쥐어 등에 다시 찼다.

잠시 있자 나무들 저편에서 여러 모험가가 달려오는 모습이 보였다.

선두는 드워프인가. 술통에 팔다리가 달린 체형으로는 상상도
못 할 만큼 빨랐다. 몇 시간 전에 구해준 신참들의 모습도 보였다.

"저쪽이다!"

"이봐, 이거 전부 고블린 아냐?"

"이 참상은 뭐야……!"

『수고를 덜었네.』

크랄 일행이 고블린에 관한 보고를 하여 인원이 파견된 모양
이다.

"아가씨! 괜찮나!"

"상처는?"

"괜찮아."

"이건…… 전부 아가씨가 한 건가?"

"응."

프란이 고개를 끄덕이자 모험가 열 명은 일제히 놀란 표정을 지
었다.

"이만한 수를…… 혼자서?"

"그게 정말이라면 랭크 E…… 아니, 좁은 소굴이 아니라 넓은
곳에서 대군을 일제히 상대하는 건 랭크 D 모험가 수준이야."

"뭐?! 랭크 D?"

"정말이야?"

왠지 멋대로 흥분하고 있군.

모험가 랭크는 분명히 몬스터의 위협도에 따라 정해지는 거였
지?

같은 랭크의 마수를, 준비를 충분히 하고 파티를 짜서 상대하

여 죽지 않고 대처할 수 있는 수준. 그리고 한 단계 아래 랭크의 마수라면 혼자서 상대할 수 있는 수준이었지.

즉, 랭크 E의 모험가는 같은 랭크 모험가 4~6명이서 파티를 짜 위협도 E의 마수 한 마리를 사냥할 수 있는 수준이다. 그리고 랭크 F의 마수라면 혼자서 토벌할 수 있어야 한다.

『어디 보자, 고블린은 한 마리에 G, 열 마리에 F, 백 마리에 E지.』

혼자서 고블린 백 마리를 쓰러뜨린 프란은 낮게 잡아도 랭크 D의 실력이 있다는 건가. 게다가 이번에는 백 마리가 넘고 상위종이 다수 포함된 데다 상대에게 유리한 숲에서 동시에 상대했다. 그 점이 모험가들의 평가를 좀 더 올린 모양이다.

리더로 보이는 드워프 남성이 동료에게 설명하고 있었다.

그래그래. 프란이 칭찬받는 소리를 들으니 기분 좋군. 더 칭찬해도 돼.

프란은 그런 평가는 그다지 신경 쓰지 않는지, 드워프의 말을 무시하고 홉고블린의 시체를 사람들 앞에 털썩 내려놓았다.

"이거."

"이건 홉고블린인가?"

"저쪽에도 있어."

"게다가 네 마리?"

"이미 소굴 밖에 홉고블린이 나와 있는 단계인가!"

아무래도 상당히 아슬아슬한 사태인가 보다.

이대로 방치하면 열흘 이내에 고블린 스탬피드, 즉 고블린의 침공이 일어나는 것이다.

"이런, 미안하다. 자기소개를 아직 안 했구나. 나는 엘리번트.

알레사의 D급 모험가다. 이름을 말해주겠니?"

"프란."

"여행자인가? 여기서 고블린을 막아준 걸 감사한다."

"응? 난 알레사의 모험가야."

"뭐? 아니, 난 알레사에 10년 이상 있었지만 아가씨를 본 기억이 없는데……."

이렇게 작고 예쁜 데다, 심지어 실력도 좋은 프란을 못 볼 리가 없다는 표정이로군.

엘리번트의 파티 멤버 같은 세 남자도 고개를 끄덕이고 있었다.

수인들로 구성된 다른 파티도 똑같은 반응이었다.

"등록한 건 어제야."

"뭐?"

"말도 안 돼! 그럼 랭크는?"

"G."

"뭐어? 이렇게 강한데 G? 무슨 말도 안 되는 소리야!"

"아니, 랭크와 실력은 반드시 일치하지 않아요. 엘프 중에는 숲속에서 오랫동안 수행하고 인간계로 나와 모험가 등록을 한 결과, 랭크 G인데 실제로는 D에 상당하는 이도 있으니까요."

"그, 그렇군."

"그렇겠지."

"하여간에 프란 씨는 사람이 짓궂다니까!"

아아, 결국 그런 결론을 내렸구나.

성장이 느린 장수 종족이라면 어려 보여도 실은 수행을 십 수년 했다는 설정이 성립하니 말이다.

『이 녀석들이 멋대로 납득했는데 정정 안 해도 되겠어? 분명 프란을, 어려 보이게 꾸몄지만 실은 나이가 많다고 생각하고 있다고.』

'딱히 상관없어.'

산뜻할 만큼 자기 평가가 신경 쓰이지 않는 모양이다. 아쉽다. 이 녀석들이 놀라는 얼굴을 보고 싶었는데.

뭐, 설명하기도 귀찮으니 내버려둘까.

"아, 아무튼 퀸이 있는 소굴은 우리만으로는 감당할 수 없어. 일단 길드로 돌아가자!"

"그렇지. 미안하지만 프란 씨도 같이 와줬으면 하는데."

"알았어."

"고마워. 사태는 일각을 다투니 이만 돌아가자."

"좋았어!"

> 명칭 : 프란   나이 : 12세
>
> 종족 : 수인·흑묘족
>
> 직업 : 마검사
>
> Lv : 12
>
> 생명 : 113   마력 : 66   완력 : 89   민첩 : 91
>
> 칭호 : 해체왕, 회복술사, 스킬 컬렉터, 화술사, 요리왕
>
> 〈NEW〉 백전연마, 고블린 킬러, 살육자

프란의 스테이터스는 이런 느낌이다. 스테이터스가 엄청나게 올라갔다. 게다가 칭호가 세 개나 붙었어!

백전연마 : 한 전투에서 동격 이상의 적을 혼자서 백 마리 이상 격퇴한 자에게 내려지는 칭호.

효과 : 생명 40 상승, 완력 20 상승, 스킬 불퇴전을 획득.

고블린 킬러 : 동일 전장에서 고블린을 백 마리 이상 해치운 자에게 내려지는 칭호.

효과 : 스킬 고블린 킬러 획득.

살육자 : 동일 전장에서 혼자서 백 개의 생명을 제거한 자에게 내려지는 칭호.

효과 : 민첩 10 상승. 스킬 정신 안정을 획득.

스킬

불퇴전 : 역경에 빠지면 공포 무효, 회복 속도 상승【대】를 얻는다.

고블린 킬러 : 고블린에게 주는 대미지 상승.

정신 안정 : 살상에 대한 정신적인 부담이 낮아진다. 그 후, 정신을 안정시키는 효과를 발휘한다.

좋겠다, 칭호. 나도 가지고 싶다. 몸이 검이라서 그런지 나는 칭호를 얻지 못하는 듯하기 때문이다.

그건 그렇고 백전연마가 굉장했다. 획득 조건이 어려운 데다 이 내용만으로도 약간 치트가 아닐까? 하는 생각이 들 만한 효과였다.

그리고 중요한 것을 눈치챘다.

이제 와서 알았는데, 프란이 독자적으로 얻은 스킬은 나의 세트 스킬에 포함되지 않는다.

프란이 배운 스킬이 나와 겹치면 그 스킬을 세트 스킬에서 제외할 수도 있으니 그만큼 다양하게 교체할 수 있을 것이다.

모험가들과 함께 도시로 향하면서 프란에게 스테이터스를 가르쳐줬다.

'백전연마? 엄청 희귀한 거야!'

『그래?』

'영웅의 칭호야!'

저 프란이 흥분했다. 그만큼 기쁜 거겠지.

"이봐, 아가씨, 파티는 안 만드나?"

"파티?"

"그래. 혹시 어디에도 들지 않았다면 우리 파티에 들지 않겠어?"

놀랍게도 엘리번트가 파티에 가입하기를 권유했다. 그 눈은 진심 같았다.

"잠깐만. 우리도 생각하고 있었어."

"선수 치시면 곤란합니다. 우수한 모험가는 어느 파티든 원합니다."

게다가 그 말을 들은 다른 두 파티도 그렇게 말을 꺼내는 게 아닌가.

왠지 프란이 인정받은 것 같아서 기분 좋군.

『그렇다는데? 어떻게 할래?』

'내 파티는 스승뿐이야.'

『나를 숨기고 다른 파티에 참가하는 것도 가능해.』

'됐어. 스승이 있잖아.'

『그러냐.』

뭐, 내 능력을 보일 수는 없으니 파티를 짜는 건 어려울 것이다. 지금은.

고블린 무리와의 교전 후, 우리는 신속히 알레사로 돌아왔다.

사실은 방어구를 수복하러 가고 싶었지만, 길드로 끌려갔다.

예의를 차리느라 정화 마법을 써서 오물을 제거했지만, 모습이 엄청난 건 변함없었다.

모험가들은 아무도 알아차리지 못한 모양이지만 말이다.

"엘리번트 씨, 왜 그러세요?"

"아. 길드 마스터에게 보고할 게 있어."

"기다리세요. 확인하고 오겠습니다."

엘리번트의 심각한 얼굴을 보고 나쁜 사태라는 것을 눈치챘나 보다.

넬 씨가 황급히 안으로 들어갔다.

몇 분 후. 넬 씨가 우리를 부르러 왔다.

"길드 마스터가 부르십니다. 이쪽으로 오세요."

길드 마스터의 집무실에 들어가자 길드 마스터와 드나드론드 콤비가 있었다.

"보고를 듣죠."

"아아. 크랄 파티와 함께 현장으로 향했는데, 거기서 프란 씨를 만났소."

"전투는 이미 끝난 뒤였습니다."

"그렇습니까. 그럼 프란 씨에게 듣고 싶군요……."

길드 마스터가 가볍게 한숨을 쉬었다. 프란이 말수가 적다는 사실을 알기 때문일 것이다.

어떻게 이야기를 시킬까 걱정하는 얼굴이었다. 뭐, 사태가 꽤나 긴박한 거 같으니 여기서는 내가 거들어줄까.

"보고를 해주시겠습니까?"

『프란, 뿔을 꺼내줘.』

"응. 이거 봐."

프란은 도구 주머니로 위장한 차원 수납에서 홉고블린의 뿔을 꺼냈다.

"이건…… 홉고블린의 뿔?"

길드 마스터는 감정을 써서 그것이 무엇인지를 파악하더니 심각한 표정으로 뿔을 집어 들었다.

"고블린에 홉고블린이 섞여 있었던 건가! 고블린들의 총 숫자는? 홉고블린은 몇 마리였지?"

드나드론드도 뿔을 손에 들고 경악하고 있었다.

"잔뜩 있었어."

"으음, 좀 더 자세히 말해줘."

『130마리 정도야.』

"130마리 정도."

『홉고블린이 넷, 상위종이 스물 정도.』

"홉고블린이 넷, 상위종이 스물."

"말도 안 돼!"

드나드론드가 자기도 모르게 일어섰다.

"완전히 고블린 스탬피드의 전조잖아!"

"진정해요, 드나드론드 군."

"죄, 죄송합니다."

"그럼 프란 씨에게 질문하겠습니다. 고블린들은 어떻게 했습니까? 물러난 겁니까?"

"전부 쓰러뜨렸어."

"그렇군요, 물러나지 않았다라."

"응. 마지막까지 덤볐어."

"그거 좋지 않은 소식이로군요."

뭐가 안 좋지?

길드 마스터가 말하길, 프란이 쓰러뜨린 고블린들은 무리에 딸린 입을 줄이기 위해 소굴 바깥으로 쫓겨난 것 같다고 한다.

번식이 진행되어 소굴에서 감당할 수 없게 된 하급 고블린들이 킹의 명령을 받아 나온 것이다.

그러니 죽을 각오로 소굴의 위협이 될 법한 프란에게 맞선 거겠지.

게다가 홉고블린과 상위종이 섞여 있었으므로 소굴은 이미 홉고블린만으로 수비를 하고 있다고 생각해도 무방하다고 한다.

"이번 고블린 스탬피드는 규모가 큰 것 같군."

"모험가들에게 긴급 소집을 걸죠."

"오늘내일 준비를 하고 모레는 소굴 섬멸을 시도한다. 그런 계획인가요?"

"네, 우선 시프 계열 모험가에게 소굴의 위치를 찾게 하죠. 특별 의뢰를 내겠습니다."

어수선해졌군.

넬 씨 이외의 접수원도 불려와 여러 가지 지시를 받았다.

"그런데 엘리번트 씨. 한 번 더 움직여줬으면 하는데 괜찮겠습니까?"

"현장으로 길 안내를 하는 거요?"

"네. 시프 계열 모험가를 데리고 돌아오셨으면 합니다."

"알겠소. 알레사의 일대 사건이오. 나도 전력을 다하겠소."

엘리번트의 말에 다른 모험가들도 힘차게 고개를 끄덕였다.

프란도 데리고 가고 싶은 얼굴이지만 그렇게는 안 되지.

방어구 수복도 해야 하니 오늘은 쉬게 하자. 그것만큼은 양보 못 한다.

"프란 씨는…… 오늘은 쉬세요. 그 방어구로 무리를 시킬 수는 없죠."

"……응."

프란은 분하다는 듯이 고개를 끄덕였다. 굿잡 길드 마스터!

엘리번트 일행은 상황을 더욱 상세하게 확인할 모양이다.

"그럼 돌아갈게."

"아아, 기다려요. 돌아가기 전에 접수처로 가세요. 랭크를 F로 올리는 신청을 해뒀으니까요."

"의뢰를 아직 다섯 개 달성 못 했어."

"고블린 대군을 혼자서 섬멸하는 모험가를 G인 채로 둘 리가 없잖습니까. 그리고 G 랭크면 이번 토벌 의뢰에 참가할 수 없어서 말이죠. 이쪽의 편의 때문이기도 합니다."

"크하하하. 강한 모험가는 한 명라도 많은 편이 좋으니까."

"갑작스러운 의뢰라 모험가가 얼마나 모일지 알 수 없습니다.

전력에 확실히 도움이 될 사람은 귀중합니다."

"내일이라도 토벌전에 참가하라는 의뢰가 고지될 테니까 그 의뢰를 받아줘."

"응. 꼭 받을게."

"감사합니다."

"그럼 갈게."

길드 마스터의 말대로 접수처에서 랭크업 수속을 해줬다.

특별한 문제도 없이 순조롭게 끝났다. 시간도 고작 몇십 초 정도 걸렸을 것이다.

길드 카드에 단순히 F라는 글자가 새겨졌을 뿐이다.

"올랐다!"

기쁜 모양이다. 타인의 평가는 아무래도 상관없지만, 이렇게 눈으로 봐서 알 수 있는 랭크는 신경 쓰이나보다. 레벨도 그렇고.

뭐, 자신의 힘에 대한 기준도 되니까 당연하다면 당연한 일이다.

『좋아, 참전도 결정됐으니 방어구를 수복하러 가자. 근데 지금 가진 돈으로 부족하지 않을까?』

"무기를 팔래."

『길드에서 팔 수 있나?』

물어보니 길드에서는 소재나 채취물만 매입한다고 한다.

『그럼 가르스 영감네 가게로 가져갈까.』

문제는 이렇게 완성도가 떨어지는 무기를 가르스 수준의 대장장이가 인수해주느냐다.

『아니, 잠깐만. 아는 상인이 또 한 명 있었잖아!』

"응?"

『기억 안 나? 뭐, 존재감이 약하긴 했지. 란델 말이야.』

"아아."

그러고 보니 그런 녀석도 있었지 같은 반응은 그만둬. 뭐, 나도 남 말할 처지는 아니지만.

『서쪽 대로 가장자리에 있다고 했어.』

"찾아볼게."

규모가 큰 알레사에서 란델의 가게를 찾을 수 있을까 걱정했지만, 찾아보니 바로 발견할 수 있었다.

대로의 입구 부근에 있는 데다 가게 앞에 란델이 있었으니 말이다.

"어라, 프란 씨! 혹시 내 가게를 찾은 거야?"

"응. 팔러 왔어."

"그거 기쁜데! 자자, 들어와."

란델이 가게로 안내했다.

『뭐랄까, 엄청 너저분하네.』

좁은 가게 안에 상품이 빽빽하게 진열되어 있었다.

벌꿀과 독약이 함께 진열돼 있거나 일용 잡화와 무기가 진열돼 있는 등 통일성이 없었다.

"더러워."

『이런. 기껏 돌려서 말했는데!』

란델을 보니 쓴웃음을 짓고 있었다.

"하하. 자주 들어. 잘 팔릴 법한 물건을 모조리 진열해서 그래."

그렇다고 해도 범위가 너무 넓지 않나? 내가 할 말은 아니지만.

일반인은 가까이하기 힘들 것이다.

"이거, 사줘."

"우와. 아이템 주머니를 가지고 다니는구나!"

"일단은."

무기가 계속 나오자 란델은 뒤로 약간 물러섰다.

"그건 그렇고 이거……. 양이 엄청나네."

"이만큼 더 있어."

"뭐? 잠깐만. 미안하지만 바닥에 놓아줄래?"

"알았어."

"그 아이템 주머니, 이만큼 들어가는 걸 보니 상당히 고급이구나. 내 건 엄청 작아서 쓰기 힘드니까 부럽다."

역시 프로답게 잡담을 하면서도 무기를 감정해갔다. 눈빛이 예리한 것이 상인의 얼굴을 하고 있었다.

"으음, 상태가 그리 좋지 않네."

"고블린이 떨어뜨렸어."

"아아, 출처가 그런 물건이었구나. 강철제 무기도 몇 개 있어서 조금은 낫지만……. 합쳐서 만 3천 골드 정도일까?"

'괜찮아?'

『하나에 평균 2백 골드 정도군……. 상태를 생각하면 괜찮지 않을까?』

"알았어. 그거면 돼."

"그럼 이쪽으로 와."

"응."

받은 돈은 모두 차원 수납에 넣었다.

꺼내는 것도 간단해서 훌륭한 지갑 대용이다.

"고마워. 또 부탁할게."

재미있는 상품을 잔뜩 팔고 있으니 또 오는 일도 있겠지. 그때는 뭔가 사도록 하자.

돈도 벌었으니 이어서 가르스 영감네 가게로 가야겠군.

우리는 서둘러 영감의 가게가 있는 광장으로 향했다.

"상인이 엄청 많네."

광장에는 변함없이 상인이 많이 모여 있었다. 분위기도 흐리는데 다른 가게에서 화 안 내나?

우리는 어제도 이용한 뒷문으로 가게에 들어갔다.

『안녕.』

"오오, 너희들이냐! 어쩐 일이지? 칼집은 아직 다 안 됐는데."

"응, 오늘은 다른 볼일이야."

『방어구를 고쳐줬으면 하는데…….』

그리고 돌아선 가르스가 제일 처음 한 말은 "이, 이건 뭐야아"였다.

"이봐. 고작 하루 만에 이렇게까지……. 대체 무슨 일이 있었지?"

"고블린하고 싸웠어."

"고블린?"

『정확히는 고블린 대군이야. 백 마리가 넘는.』

"홉고블린도 있었어."

"뭐라? 그거 중요한 일이잖아! 스탬피드가 일어날 거야!"

『이미 모험가 길드에는 보고됐어.』

"그런가. 그런데 용케 무사했구나."

"스승 덕분이야."

"스승?"

『내 이름이야.』

그러고 보니 가르스에게는 내 이름을 가르쳐주지 않았을지도 모른다. 다만 불길한 예감이 들었다.

"뭐라고? 왜 그런 이상한——."

『좋은 이름이잖아?! 프란이 생각해줬다고! 가르스도 좋다고 생각하지?』

알아차려줘, 가르스여!

"아, 아아. 좋은 이름이구먼. 정말로."

『그치? 그렇지?』

"최고의 이름이야! 명검에 어울려!"

휴. 위험했어. 분위기로 전해졌는지 가르스는 프란을 힐끗거리면서 부자연스러울 만큼 내 이름을 극찬했다.

"그, 그러고 보니 방어구를 수복한다고 했나?"

『그래! 고칠 수 있어? 모레 고블린 토벌을 가야 하는데.』

"그건 문제없어. 고치는 건 바로 끝나니까."

"얼마나 들어?"

프란은 눈치채지 못한 모양이다. 다행이다.

"어디 보자…… 만 골드 정도려나."

『꽤 싸군.』

"뭐, 마수정 대금만 받는 거야."

『마수정?』

"마석과 달리 지면에서 채굴되는 수정의 일종이야. 마력을 저

장해서 의식의 촉매로 쓸 수 있지."

『처음 들었어.』

"수복은 단야 마술인 리페어를 써서 하는데, 그때 촉매로 마수정이 필요해."

『그럼 마술로 고치는 거야?』

"그래. 뭣하면 보고 갈 텐가?"

『괜찮아?』

그렇게 해서 가르스 영감이 수복하는 과정을 지켜보기로 했다.

영감은 방어구를 작업대 위에 놓았다. 거기에는 마법진이 그려져 있는 듯했다. 그리고 받침대 같은 곳에 노란 마수정을 놓았다.

나머지는 영창이 조금 긴 마술을 쓰는 것과 다르지 않았다.

"——리페어!"

가르스의 힘찬 목소리에 따르듯이 마법진이 빛났다.

그리고 빛이 잦아든 뒤에는 흠집과 얼룩이 깨끗하게 사라진 새 것 같은 방어구가 놓여 있었다.

"굉장해."

『그러게. 새것 같잖아.』

"그렇게까지 편한 마술은 아니야. 같은 방어구에 몇 번이나 쓰면 효력이 떨어지거든. 이번에는 작은 마수정으로 끝났지만, 다음에는 좀 더 큰 걸 써야 돼. 요금도 3만 정도는 들 거야."

그러면 다시 사는 편이 싸게 치이는 경우도 있다는 건가.

그때는 가지고 있는 돈을 고려해봐야겠군.

"고마워."

"별거 아냐. 홉고블린들과의 싸움에서 최선을 다하지 못하면 곤란하잖나!"

"맡겨줘."

『우리가 킹도 퀸도 쓰러뜨려줄게!』

"응. 우리 사냥감이야."

"하하하하. 믿음직스럽구먼!"

고블린 대군을 섬멸한 날 밤.

나는 숙소에 있었다.

『달이 아름답군.』

밤하늘에는 절반이 이지러진 은빛 큰 달과 큰 달을 따르듯이 작은 달 두 개가 떠 있었다.

은빛 큰 달은 차고 이지러지지만 여섯 개의 작은 달은 그러지 않는다. 그 대신 숫자가 늘었다가 줄어든다. 하늘에 뜨는 숫자가 하나씩 늘어가다 마지막에는 여섯 개가 된다. 그리고 다음 날에 또다시 0부터 늘어가는 사이클을 일주일 동안 반복하는 것이다.

환상적인 달들의 모습은 몇 번을 봐도 질리지 않았다.

『이런, 정신을 놓으면 계속 보게 된다니까. 새로 입수한 스킬을 확인할까.』

프란은 목욕탕에 들어갔다. 그동안, 따분하니 시간도 때울 겸 스킬을 확인하자고 생각했다. 시간은 효율적으로 써야지.

목욕탕 이야기가 나와서 하는 말이지만, 프란이 목욕을 좋아한다는 사실을 알았을 때는 무척 놀랐다. 그도 그럴 게 고양이잖아?

무심코 『고, 고양이인데?』하고 되묻고 말았다.

아무래도 고양이가 목욕을 싫어한다는 건 이쪽 세계에서는 상

고

식이 아닌 모양이다.

애초에 프란은 고양이를 본 적이 없었다. 흑묘족인데 말이다.

희귀한 생물이라서 왕도의 귀족들이 키운다고 한다. 노예 상인이 노리는 흑묘족보다 훨씬 행복한 삶을 누리나보다.

참고로 숙소는 어제 묵은 숙소가 아니라 길드에서 소개해준 한 등급 위의 숙소로 바꿨다.

하룻밤에 6백 골드라서 비싸지만, 큰 목욕탕이 있고 요리도 푸짐하고 맛있다고 한다.

그 이야기는 그만하고, 고블린 전에서 얻은 새 스킬은 이런 느낌이다.

영창 단축, 곡예, 축각기, 축각술, 사령 마술, 독 흡수, 독 마술, 부기, 부동심.

아쉽게도 나는 축각기, 축각술, 부기를 쓰지 못하기 때문에 지금은 제외했다. 부동심은 전투를 할 때 냉정해지는 효과인 듯하니 여기서는 시험할 수 없다.

그렇지……. 우선 곡예부터 해볼까. 이 스킬을 사용하면 점프나 균형에 보너스가 붙는다고 한다. 일단 방 안을 날아다녀봤지만 나는 효과를 그다지 실감하지 못했다. 아쉽다.

그래도 프란에게는 알맞은 스킬이라고 생각한다.

그럼 다음으로 마술을 검증하자.

우선 독 마술이다.

레벨 1에서 쓸 수 있는 마술은 포이즌 애로에 포이즌 크리에이트인가.

으음, 레벨 1은 약한 독 효과밖에 없는 모양이다. 강한 상대에게는 의미가 없을 듯했다. 평범한 사람에게 써도 고작 설사가 나게 만드는 정도의 미묘한 독일 것이다.

독 흡수 스킬로 크리에이트로 만든 독을 빨아들여봤지만 잘 모르겠다. 생명을 회복할 수 있다고 하는데, 나는 애초에 생명력이 없기 때문에 효과가 없었다.

독 흡수가 있으면 독 안개가 발생한 장소에서 공기 정화 기능이 달린 검으로 활약할 수 있으려나.

그리고 영창 단축도 시험했다. 레벨 1은 효과를 거의 느낄 수 없었는데, 그래도 1초 정도는 짧아졌으려나? 아슬아슬한 전투에서는 효과가 클 것이다. 게다가 스킬 레벨을 올리면 효과가 굉장해지겠다는 예감도 들고 말이다.

남아 있는 스킬은 제일 중요한 사령 마술이다.

『여러모로 쓸모가 있을 법한 마술이긴 해.』

그 사령 마술의 레벨 1은 크리에이트 레서 좀비, 서치 언데드라는 두 가지 술법을 쓸 수 있었다.

일단 고블린의 시체를 꺼냈다.

정화 마술 결계로 바닥에 피가 묻지 않도록 했으니 배려는 완벽했다.

『──크리에이트 레서 좀비!』

"아아오오아아."

『우와아…….』

직접 만들었지만 기분 나빠!

왠지 시체 때보다 기괴함이 늘어나지 않았나? 내가 코가 없어서 다행이다. 크리ㅇ의 기분을 십분 이해할 수 있었다.

『대기해.』

"아아우."

『명령은 듣는 건가.』

좀비는 그 자리에 서 있었다. 계속 비틀대고 있지만.

이어서 서치 언데드를 썼다.

기척 탐지처럼 눈앞에 선 좀비의 기척을 감지할 수 있었다.

자, 둘 다 시험해봤는데…….

이 녀석을 어쩌지.

아, 그러고 보니 권속 소환에는 어떻게 나타나 있지? 우와, 레서 고블린 좀비가 떠 있어. 이거 못 없애는 건가?

『……미안하다.』

"아──."

나는 사과 한마디를 던지고 좀비를 내리쳤다. 던전에 나타나는 좀비가 이 녀석과 똑같은지는 알 수 없지만 마석은 없는 것 같았다.

움직이지 않게 된 좀비를 정화 마술의 언데드 리턴으로 소멸시켰다. 권속 소환에는 좀비가 사라져 있었다.

『음, 성불해라.』

앞으로는 사령 마술을 무턱대고 쓰지 말자.

네 죽음은 헛되게 하지 않으마, 고블린 좀비! 아니, 이미 죽은 상태였지.

『……마음을 가다듬고 다음으로 갈까.』

고블린에게서 빼앗은 마법 아이템을 체크했다.

『일곱 개구나. 어디 보자, 효과는 뭐가 있지?』

무기가 두 개. 강철제 나이프와 망치다. 둘 다 공격력이 약간 상승하는 술법이 걸려 있다.

나이프는 소재를 벗기는 데 쓸 수 있겠지. 망치는 한동안 차원 수납의 양분이 되겠군.

다음으로 장식품류가 한 개. 완력을 올리는 대신 마력을 내리는 미묘한 효과를 내는 물건이었다.

『완력 5 상승, 마력 8 저하라니……. 뭐, 힘만 있는 녀석이라면 쓸려나?』

프란은 마술도 쓰니 필요 없을 것이다.

등가교환이라면 좀 더 생각해볼 여지가 있을 텐데.

방어구는 세 개였다. 철제 갑옷에는 녹 방지, 소가죽 갑옷에는 크기 조정, 마수제(魔樹製) 투구에는 충격 내성이 붙어 있었다.

어느 것이든 핵심인 방어력이 낮아서 쓸 일은 없을 듯했다. 가르스 영감네 가게에서 산 방어구의 성능이 훨씬 좋았다.

마지막 하나는 아이템 주머니였다. 다만 아이템 주머니로는 쓸 수 없었다.

『사용자 등록이 있는 건가?』

내 장비자 등록 같은 건가. 등록자 이외의 사람이 쓰면 평범한 주머니밖에 되지 않는 모양이다.

안에 투척용 돌이나 나무 열매 등이 들어 있는 것을 보아 고블린은 자질구레한 물건을 넣는 용도로 이용한 듯했다.

『계약 마술을 걸어 등록자를 덮어쓰면 어떨까?』

시험해보자.

『──계약!』

소용없었다. 다만 무의미했다기보다 더 강한 계약에 튕겨나간 느낌이 들었다. 덮어쓰는 건 가능해보였다. 아마 스킬 레벨 7도 낮은 모양이다.

『으음, 뭐가 들어 있는지 모르는 아이템 주머니를 열기 위해서 스킬을 올리기도 그런데.』

이것도 한동안 보류로군.

『남은 돈은…….』

오늘의 성과는 고블린의 뿔이 109마리 분. 상위종의 뿔이 20마리 분. 참고로 상위종의 뿔은 한 마리에 백 골드였다.

약초 채취 의뢰 달성료가 백 골드.

프란에게 만 골드를 줬으니 내 소지금은 3만 7천 골드 정도였다.

『모레 쓸 수 있도록 마나 포션을 사둘까? 그렇다면 낭비는 할 수 없지.』

오히려 부족하지 않을까?

『맞다, 수수께끼 소재도 잔뜩 채취했지.』

이것도 분류하자.

포이조너스 풀이 열 개, 빛 버섯이 열 개, 마비 제거풀이 열 개, 극독초가 열 개, 힐 풀이 열 개. 각 식물마다 다섯 개씩 채취해달라는 의뢰가 있었으니 의뢰를 도합 열 번은 달성할 수 있다는 계산이 나온다. 예상치 못하게 F 랭크가 되는 바람에 이제 G 랭크 의뢰로는 랭크를 올릴 수 없지만 말이다.

랭크 F 의뢰는 극독초 다섯 개를 채취해달라는 것밖에 없으므로 랭크를 올리려면 앞으로 의뢰를 열여덟 번이나 달성해야 한다.

던전은 입장자의 랭크를 제한하는 곳도 많다고 하니 모험가 랭크는 좀 더 올리고 싶다.

그리고 수수께끼의 극물이 서른 개 정도. 아니, 감정이 있으므로 이름이나 독물이라는 사실은 알 수 있다. 하지만 퀘스트 납품물도 아니라서 용도가 있는지 없는지조차 알 수 없었다. 그런 의미에서 수수께끼라는 것이다.

『란델네 가게에라도 가져가볼까.』

홉고블린 정보도 사전에 모아두고 싶으니 내일은 여러모로 바쁘겠어.

제4장 처음 간 던전

홉고블린 토벌 원정 당일.

우리는 가르스 영감의 대장간에 와 있었다.

부탁한 칼집을 찾기 위해서다.

"여, 기다리고 있었어. 이놈을 가져가."

『오오, 이게 내 칼집이구나!』

가르스 영감이 건넨 건 검게 물들인 가죽으로 만든 시크한 색상의 칼집이었다.

수수하지만 박음질이 꼼꼼하게 되어 있어서 초라해 보이지는 않았다.

"자, 스승."

『그래. 그럼 바로…….』

프란이 눈앞에 들어 올린 칼집에 부리나케 들어갔다.

철컥.

『오…….』

무척 진정된다.

받침대에 들어가 있을 때와 똑같을 만큼.

오히려 받침대가 칼집 같은 느낌이 들어서 진정됐던 걸지도 모른다.

『아아…….』

뜨거운 욕탕에 들어갔을 때처럼 극락에 빠진 목소리가 나왔다.

근데 정말 좋네.

검에 칼집에 들어가고 싶어 하는 욕구가 있었을 줄은 나도 몰랐다.

게다가 가르스 영감의 솜씨가 좋은 덕분인지 몸에 절묘하게 꼭 맞았다. 그 느낌이 또한 이불에 싸여 있는 듯한 평온함을 주었다.

계속 칼집에 있고 싶다. 그렇게 생각할 만큼 안정됐다.

『가르스 영감. 최고야. 역시 대단해.』

"크하하. 마음에 들어 하니 다행이로군."

"스승, 즐거워 보여."

『그래, 좋은 칼집이야.』

"게다가 단순한 칼집이 아니야."

가르스가 장난꾸러기 꼬마처럼 웃으며 칼집에 손을 댔다.

"단순한 칼집이면 재미가 없을 거 같아서 칼집에 장치를 좀 했지."

『뭐야? 정말이냐, 롱 베ㅇ크!』

"롱 베ㅇ크? 누구지?"

『미안, 너무 흥분했어.』

칼집에 장치? 언뜻 보기에 아무것도 없는데.

"여기에 쇠장식이 있잖아?"

"있어."

『이걸 이렇게 벗기면──.』

철컥.

"칼집이 세로로 갈라졌어."

"그래. 염동을 쓰면 아가씨의 손을 빌리지 않아도 칼집에서 쉽게 나올 수 있는 구조지."

『오호. 이거 좋은데. 칼집을 원래대로 되돌리는 것도 간단하고.』

염동으로 누르고 쇠장식을 고정시키면 순식간에 원래 모양으로 돌아가는 칼집이다.

"편리해."

"그렇지?! 강도와 양립하느라 고생했다고."

대장장이인데 가죽 제품도 최고급품을 만들 줄이야. 역시 최고 수준의 대장장이답구나.

『그럼 고맙게 받아갈게.』

"그래. 잘하고 와. 좋은 소재라도 발견하면 가져오고! 뭐, 생긴 지 얼마 안 된 던전이니 기대는 할 수 없겠지만."

"던전이 갑자기 생길 수도 있어?"

"응. 그래. 모르는 거냐?"

프란이 고개를 갸웃거렸다. 나도 던전이 생기는 과정은 전혀 모른다.

"혼돈의 신이 인류에게 내리는 시련으로, 여러 장소에 때때로 나타나는 건데 말이야."

『몰라.』

"혼돈의 신? 사신과는 달라?"

"그것도 모르는 거냐. 그럼 내가 설명해주마."

그렇게 말하고 가르스 영감은 신화부터 설명했다.

"간단히 말하자면 이 세계는 88명의 신이 만들었어. 그중에서도 열 명은 힘이 특히 강했지."

우선 처음에 태양의 신, 은월의 신, 대해의 신, 대지의 신, 화염의 신, 풍우의 신, 삼수(森樹)의 신, 수충(獸蟲)의 신이 세계를 만들고 생명을 만들어갔다.

그리고 명계의 신이 윤회의 바퀴를 만들자 세계의 이치가 구축됐다.

78명의 자식 신들은 부모 신들이 만든 세계에 다양한 존재를 가져와 세계를 보다 확장해갔다.

"자식 신?"

"그래. 유명한 신으로는 대장장이의 신이나 검의 신, 어둠의 신이나 요리의 신 등이 있지."

그리고 마지막으로 혼돈의 신은 그 이름대로 혼돈을 세계에 퍼트렸다.

다만 가르스 영감의 말에 따르면, 그것은 세계가 정체되는 것을 막기 위해 필요한 역경이자 시련이었다고 한다.

그건 우리도 잘 알고 있다. 역경을 극복하면 그만큼 성장할 수 있으니까.

고블린과 싸워 프란이 성장한 것처럼.

혼돈의 신은 선신인 건가. 뭐, 이름만 봐서는 상상도 할 수 없지만 말이다.

"사신은?"

"사신은 원래 싸움의 신이었어. 하지만 그 힘에 빠진 나머지 세계를 지배하려고 하다가 다른 신들과 전쟁을 벌이고 졌지. 원한이 너무 깊은 나머지 조각조각 나뉜 유해에는 저주가 실렸고, 거기서 사인이 태어난다고들 하지."

"그렇구나."

"던전은 혼돈의 신이 만든 시련 중 하나라고 해. 던전 마스터라는 혼돈의 신의 권속이 있는데, 세계에 혼돈을 주기 위해 활동하고 있다더군."

던전 마스터라. 역시 그런 녀석들이 있구나. 마석은 있을까?

스킬을 잔뜩 가지고 있을 가능성은 높을 텐데.

"연구 단계이긴 한데, 던전에는 처음에 코어라는 보주가 생긴다더군. 그리고 코어가 생겼을 때 가장 가까이 있던 생물이 삼켜져서 던전 마스터가 되는 거지."

"약한 것도 있고 강한 것도 있을 거 같아."

"그래. 던전 마스터에 따라 던전의 난이도나 방향성이 크게 달라지지. 지능이 낮은 동물이 던전 마스터라면 난이도는 낮은 경향을 띨 거야."

"별난 던전 마스터도 있어?"

"드래곤이나 오크, 울프에 코카트리스. 생명만 있으면 어떤 존재든지 던전 마스터가 될 가능성이 있지."

"사람도?"

"물론이지. 과거에 몇 번쯤 인류종 던전 마스터도 확인됐다고."

사람이 마스터인 던전이라. 성가시겠군.

"솔직히, 신의 시련이라고 해도 폐가 되는 쪽이 더 많지."

죽는 사람도 있을 테니 그건 어쩔 수 없겠지. 우리처럼 싸움을 원하는 사람은 적을 것이다.

"그야 던전에는 희귀한 마수도 있으니 모험가에게는 생계 수단이 됐지만 말이야."

던전이 나쁘기만 한 건 아니라는 말인가. 던전에서 일확천금을 번 녀석들도 있을 테니 모험가에게는 보물섬이나 다름없을 것이다.

"보물 상자도 있고, 그 안에는 강한 무기나 마법 아이템도 있어."

분명 상상도 할 수 없는 엄청난 마도구가 잠들어 있을 것이다. 왠지 두근거리기 시작했어!

"하지만 지나치게 강력한 던전 아이템이 전쟁을 부르는 경우도 있고, 우리 대장장이의 일거리를 뺏는 경우도 있어."

결국 댁의 푸념이냐!

"그래도 이번 던전에서 나오는 아이템 때문에 그렇게까지 걱정할 일도 없을 거야. 아이템의 능력은 던전이 생긴 기간에 비례하니까."

"응."

그런데 시간을 상당히 지체했다.

우리는 서둘러 모험가 길드로 향했다. 길드에서 작전에 대해 몇 가지 설명을 한 후 고블린 소굴로 향한다고 했기 때문이다.

"안녕, 넬."

"어머, 프란. 안녕!"

프란이 접수원에게 말을 걸자 넬 씨가 싱긋 웃으며 마주 인사했다.

이봐들, 언제 친해진 거야? 그런 생각이 들어서 프란에게 물어보니 숙소가 같았다고 한다. 욕실에 함께 들어갔다가 의기투합한 모양이다. 넬 씨가 계속 떠들고 프란이 말없이 맞장구를 치는 모습이 눈에 훤하다. 뭐, 사람을 사귀는 데 서툰 프란이 다른 사람과 사이가 좋아지는 건 기분 좋은 일이기는 하다.

"프란, 열심히 해."

"응. 맡겨줘."

"다치지 않게 조심해. 드나드론드 씨는 있지만 다른 고위 모험가가 없는 탓에 평소라면 내보내지 않는 저위 모험가가 많거든."

"고위 모험가?"

"응. 랭크 A부터 랭크 C에 속하는 모험가 대부분이 마랑의 평원에 임시 조사를 하러 가 있어. 본래라면 그 사람들에게 맡겨두면 문제없는 안건인데……. 특히 랭크 A 모험가는 차원이 달라. 여차하면 그녀 혼자 처리할 만큼."

"그녀? 여자야?"

"그래. 랭크 A 모험가 아만다. 알레사 길드의 에이스야."

그거 흥미롭군. 랭크 A인 것만으로도 충분히 대단한데 여성이라니. 한 번 만나고 싶다.

"게다가 기사단에 증원을 요청했는데 무시당했어."

"무시?"

"그래. 무시!"

"기사단인데?"

"정말 뭘 위해 있는지 이해를 못 하겠어!"

아무래도 내가 생각하는 청렴결백한 이미지의 기사단은 아닌가보다.

"거기 부단장이 최악이야. 대단한 귀족의 자식이거든. 난폭하고 쩨쩨한 데다 재수 없어서 귀족의 얄미운 부분만 모아놓은 거 같은 녀석이야. 그 녀석이 모험가를 싫어하나봐. 이번 일도 기사단장에게는 무단으로 전달하지 않았다 해도 이상하지 않아."

넬 씨는 그 귀족 녀석에게 상당한 울분이 쌓인 모양이다. 살기마저 느껴지는 표정으로 원망을 늘어놓고 있었다. 하지만 프란이 있다는 게 생각났는지 바로 메마른 웃음을 지었다.

"오, 오호호호호. 이런, 나도 참. 지금 한 말은 못 들은 걸로 해 줄래?"

"응. 알았어."

"고마워. 근데 프란도 그 녀석은 조심해. 이번 토벌전은 괜찮겠지만 앞으로도 관계없이 지낼 수 있을지는 모르는 거니까."

"응."

넬 씨와 잡담을 하며 기다리고 있자 모험가의 숫자가 점점 늘어났다.

『모험가가 이렇게나 있었구나.』

길드 안에는 모험가 50명 이상 있을 것이다.

모험가가 이만큼 모인 광경은 처음 봤다.

"그치만 그렇게 강하지 않아."

『드나드론드가 가장 강한가.』

드나드론드는 랭크 C에 지나지 않지만, 초보자를 단련시키는 교관으로 유명하다고 한다.

그 밖에도 랭크 C의 모험가는 몇 명쯤 있었지만, 드나드론드가 리더 역할을 맡는 데에 모두 이론은 없는 듯했다.

"야, 왜 꼬맹이가 끼어 있어!"

다만 프란에 대해서는 이론이 있는 모양이다. 뭐, 긴장감이 넘치는 모험가들 가운데 소녀가 섞여 있으면 눈에 띌 것이다. 애들이 낄 곳이 아니라며 화를 내는 녀석도 있겠지.

"검을 등에 메고 뭘 할 셈이야."

프란에게 말을 건 사람은 "너도 꼬마잖아!"라고 되받아치고 싶을 만한 외모를 가진 호리호리한 소년이었다. 입고 있는 갑옷이 아직 깨끗해서 신참이라는 느낌이 고스란히 전해졌다.

G 랭크의 모험가는 참가할 수 없다고 했으니 F 랭크 이상일 텐데······.

보기에는 고블린에게도 이기지 못할 것 같았다.

스테이터스로는 고블린보다 약간 강했지만, 차이는 정말 미묘했다.

아마 전투 계열이 아니라 도시 안에서 배달이나 짐 운반 의뢰로 랭크를 올린 쪽일 것이다.

검술 1은 지금까지 본 모험가 중에서 단연코 약했다.

이런 녀석까지 소집할 만큼 정말 사람이 부족한가 보다.

"고블린을 퇴치하러 갈 거야."

"알레사를 지키기 위한 중요한 싸움이야. 너 같은 꼬맹이는 거치적거려! 애초에 랭크 F 이상인 모험가만 참가할 수 있어. 꼬맹이는 돌아가!"

굉장히 불쾌한 얼굴을 하고 있군.

프란은 마이 페이스로 소년을 무시하고 멍하니 서 있었지만 말이다.

"야, 듣고 있어?"

"응?"

"쳇. 야, 이리 와봐. 여기는 어린애 놀이터가 아니야. 모험가 놀이는 저쪽에서 해."

아마 이 소년은 홉고블린 군단과의 전투를 앞두고 불안한 모양이다. 확실히 수준이 높은 상대이니 말이다.

그래서 묘하게 흥분하고 있는데 공격하기 알맞은 상대가 있으니 불안감을 느끼고 있다는 것을 숨기기 위해 시비를 걸었겠지.

주위에 있는 모험가들의 반응은 각양각색이었다.

재미있어하며 보는 자, 상관없다며 무시하는 자, 소년도 포함해서 시끄럽다고 여기는 자.

주위에서 보면 어린아이끼리 자리에 어울리지 않게 소란을 피우고 있는 모습으로밖에 보이지 않으니 그 반응은 당연하다.

"응."

"젠장, 자꾸 움직이지 마!"

자신의 손을 획획 피하는 프란에게 짜증난 듯이 소리를 지르는 소년.

슬슬 혼날 테니 말릴까. 그런 생각이 들었지만, 주위의 모험가들은 적극적으로 간섭하려 들지 않았다.

아니, 개중에는 화내는 사람이나 소리를 지르는 사람도 있었지만, 그 주위에 있는 모험가들이 말렸다.

"이봐, 그만둬!"

"왜——?"

"저게 소문의——."

"진짜——?!"

길드에서 일어난 사건과 고블린을 쓰러뜨린 일이 일부 모험가에게 퍼진 모양이다.

다만 어느 곳에나 정보의 중요성을 깨닫지 못해서 주위의 이야기에 귀를 기울이지 않는 녀석은 있다.

이 소년도 그렇고 위압적으로 소리를 지른 모험가도 그렇다.

"야, 빌어먹을 꼬맹이들아! 아까부터 시끄러워! 방해되니까 꺼져! 짐꾼은 충분해!"

"나, 나는 짐꾼이 아니야! 어엿한 F 랭크 모험가야!"

"올라온 지 얼마 안 된 F는 랭크 G나 다름없어!"

"그래도 나는 랭크 F야. 참가할 자격은 있어!"

"나도 랭크 F야."

"뭐라고?"

청년이 놀라서 프란을 내려다봤다.

정식 모험가라고 생각하지 않았겠지.

"하하하하하하. 너희들이 F 랭크? 너희 같은 잔챙이 꼬맹이가 F라면 나는 S 랭크다!"

"이봐 이봐. 이 녀석들이 정말 F 랭크라는 거야? 모험가는 랭크가 꽤나 쉽게 올라가는군."

"뭐, 어차피 유적 탐사꾼들이니까."

모험가를 무시하는 말이란 건 알겠는데, 유적 탐사꾼이 굴욕적인 말인가?

용병에게 전장의 하이에나라는 말을 한 것과 똑같은 건가?

"일거리가 계속 있을 거 같아서 등록했는데, 보아하니 높은 랭크로 올라가는 건 어렵지 않겠어!"

이 녀석들도 전 용병인가.

들은 이야기에 따르면, 이웃 나라에서 전쟁이 터졌지만 생각보다 빨리 끝나는 바람에 일자리를 얻지 못한 용병이 대거 생겼다고 한다.

스테이터스를 봤지만 전혀 대단하지 않았다.

이런 실력으로 어떻게 이렇게 으스댈 수 있지?

"헤헤헤. 너, 괜찮은 걸 갖고 있잖아."

"오? 꽤나 좋아 보이는 검이군."

"이리 넘겨."

나를 눈여겨보다니 눈이 높군.

뭐, 빼앗으려고 손을 뻗은 건 실수지만.

주로 위기관리 능력이 부족하다는 점에서 말이야.

프란에게 시비를 걸던 소년은 오한이라도 느꼈는지 소름이 돋은 채 물러서 있었다. 바람직한 반응이다.

프란이 뿌린 살기를 감지했을 것이다.

반면에 퇴물 용병들은 천박한 표정을 지으며, 뻗은 손을 멈추려고 하지 않았다.

"음──."

"너희들, 거기까지 해라!"

프란이 움직이기 직전이었다. 드나드론드가 용병들과 프란의 사이에 끼어들었다.

그리고 남자들을 몹시 야단쳤다.

"하여간에, 멍청한 놈들! 출발 전에 쓸데없는 소동 일으키지 마!"

"아니, 우리는 딱히……."

역시 드나드론드가 내뿜는 위압감은 감지한 모양이다. 얼굴이 굳어졌다.

"다 보고 있었으니까 변명은 됐다. 고블린 퇴치나 열심히 해!

그걸로 무마해주마."

그사이에 남자들에게 흥미를 잃은 프란은 살기를 지우고 그 자리를 떠났다.

더 이상 눈에 띄지 않는 편이 낫다고 판단한 내가 지시했다.

뒤에서는 소년 모험가가 프란에게 투덜대고 있었다.

"저 녀석, 드나드론드 교관이 구해줬는데 인사 한마디 안 하냐!"

"크하하하, 당연하지. 난 아가씨를 구해준 게 아니거든!"

"어?"

"정말이지, 출발 전에 전력이 줄면 안 되니까 말이야."

"네?"

드나드론드 녀석, 프란을 얼마나 위험하다고 생각하는 거야.

아무리 프란이라도 중요한 작전 전에 전력을 줄이는 짓은 안 한다고. 아마도.

그리고 손을 지나치게 써도 회복 마술로 어떻게든 해결할 테고.

『조금은 후유증이 남을지도 모르지만.』

"응?"

『아무것도 아냐. 고블린 퇴치를 열심히 하잔 소리야.』

"응. 물론이지."

그 후, 드나드론드가 모험가들을 정렬시켰다.

아니, 정렬이라고 해도 드나드론드를 둘러싸듯이 모였을 뿐이다.

던전 공략에 관해 설명을 할 모양이다.

처음에는 역할 분담이나 작전에 관한 이야기를 했다.

다음으로 던전 자체에 대한 설명이 이어졌다.

"던전이 처음인 사람도 많을 거다. 여기서 던전에 대해 기본적인 설명을 한다! 알고 있는 사람도 복습한다는 의미로 들어라."

우리도 그렇지만 여기에는 하급 모험가가 많다.

대부분 던전 미경험자인 듯했다.

던전에 관한 설명을 들을 수 있는 건 다행스럽다.

뭐, 요약하자면 던전을 다시 이용할 수 있으니 던전 코어를 파괴하지 말라는 내용이었다.

던전의 핵은 던전 코어다. 이걸 파괴하면 던전이 죽는다. 살아 있는 몬스터는 던전 마스터를 포함해 모두 소멸한다고 한다. 코어는 고밀도 보호막에 보호되고 있으므로 웬만한 공격으로는 파괴할 수 없다고는 하지만 말이다.

그 던전 코어와 이어져 있는 존재가 던전 마스터다. 마스터가 죽으면 코어는 휴면 상태에 들어가 활동을 정지한다. 그리고 던전 코어를 파괴했을 때와 마찬가지로 마수는 소멸한다고 한다.

이 휴면 상태가 핵심인데, 휴면 중인 코어에 마력을 불어넣으면 인간이라도 던전을 한정적으로 이용할 수 있다고 한다. 던전 마스터가 생전에 만든 것에만 한정되지만, 던전 안에 아이템이나 마수를 발생시키는 일도 가능하다나. 따라서 모험가 길드에서는 던전이 막대한 부를 가져오는 경우도 많기에 되도록 코어를 파괴하지 않고 마스터를 쓰러뜨려서 던전의 관리권을 손에 넣고 싶다는 의향을 나타냈다.

"하지만 현재는 비상사태다. 최악의 경우에는 코어를 파괴하라는 허가도 내려져 있다. 던전 공략이 가장 중요하다는 사실을 잊지 말길 바란다."

모험가들이 의기양양하게 출발하고 두 시간 후.

"고블린들이다!"

파수의 외침이 울려 퍼졌다.

지금은 옮겨온 자재를 사용해 던전 앞에 간이 거점을 구축하고 있는 중일 것이다.

던전 입구에서 고블린이 나타난 모양이다.

우리는 주위를 순찰하러 나가 있느라 뒤늦게 도착했다.

"스승, 저기."

『거점을 다 못 만들었잖아. 완전히 난전이야.』

모험가들과 홉고블린들이 뒤엉켜 싸우고 있었다.

저러면 범위 계열의 불 마술을 쏠 수도 없다.

모험가 측은 드나드론드를 중심으로 응전하고 있는 듯했다.

"갈게."

『그래. 던전에 돌입하기 전에 숫자를 어느 정도 줄여놔야 해. 모험가가 전멸하면 꿈자리도 사나울 테고.』

"스승은 안 자잖아."

『비유야, 비유!』

프란이 나를 뽑아 달리기 시작했다.

우선은 위기에 빠진 신참들을 지원해야겠지.

프란은 달리는 발걸음을 멈추지 않고 닥치는 대로 베어 쓰러뜨렸다.

뭐, 등 뒤로 기습을 했기 때문에 거의 일격에 쓰러졌다.

"약해."

『홉고블린이라고 해도 한 마리 한 마리는 그렇게 강하지 않으니까.』

일단 지금 쓰러뜨린 개체의 스테이터스는 이런 느낌이었다.

명칭 : 홉고블린 소드맨

종족 : 사인

Lv : 8

생명 : 69   마력 : 28   완력 : 39   민첩 : 25

스킬 : 위압 1, 회피 1, 검기 1, 검술 3, 지휘 1, 순발 2, 협력 2, 기력 조작

예전에 싸운 고블린 킹보다 스테이터스는 약간 떨어졌다. 다만 이 녀석들은 협력 스킬도 가지고 있어서 집단으로 있으면 성가실 것이다.

출발 전에 프란에게 시비를 건 퇴물 용병들은 이미 쓰러져서 움직이지 않았다.

공을 탐내서 너무 나선 모양이다. 온몸을 잔뜩 찔려서 이미 살릴 수 없다는 것을 얼핏 보기에도 알 수 있었다.

프란은 거들떠보지도 않았다. 어쩌면 얼굴도 잊었을지도 모른다.

"핫!"

『칼을 휘두르는 족족 베이는구나!』

나는 프란에게 휘둘리면서 주위에 보이지 않는 오러 블레이드 공격을 뿌려 눈에 띄지 않게 홉고블린을 베어갔다.

프란이 구해준 모험가들은 저마다 감사 인사를 했다.

반은 곤혹스러워하는 목소리였지만 말이다.

"고, 고맙다!"

"저런 귀여운 아가씨가 진짜 이렇게 강할 줄이야."

"어? 누구지?"

오, 아까 본 소년도 있군.

"마, 말도 안 돼!"

무리하지 않고 착실하게 싸우고 있었다. 프란을 보고 너무 놀라 순간 위기에 빠졌지만 선배가 구해줬다.

다른 C. D 랭크 모험가들이 동굴 입구를 필사적으로 막느라 거점 부근에는 강한 모험가가 적었다. 그래서 홉고블린들의 눈길은 자연히 종횡무진 활약하는 프란에게로 향했다.

"대어야."

『저쪽에서 계속 접근하니까. 그만큼 다른 모험가들을 구할 수 있으니까 상관은 없지 뭐.』

여기서는 마석의 흡수를 삼갔다.

프란이 쓰러뜨린 홉고블린에게서 마석이 없어진 사실이 알려지면 여러모로 귀찮아질 것 같기 때문이다.

그러므로 감정으로 확인해서 꼭 원하는 스킬을 가지고 있는 홉고블린만 마석을 흡수하기로 했다. 그 정도라면 들키지 않을 거다.

『슬슬 괜찮지 않을까? 얼른 던전에 들어가자.』

"응."

던전 안이라면 남의 눈을 의식하지 않고 마석을 흡수할 수 있는 데다 시체를 수납하면 증거도 인멸할 수 있다.

던전으로 향하는 프란.

입구 부근에서는 인간과 홉고블린이 밀고 밀리는 싸움을 벌이고 있었다.

"정보대로 동굴형이야."

던전은 미궁형이나 동굴형, 자연형 등 종류가 다양하다.

동굴형은 생긴 지 얼마 되지 않은 던전에서 많이 보이는 유형으로, 함정이 거의 없는 대신 개미집처럼 복잡한 구조를 띠는 것이 많다고 한다.

사역마를 보내 탐사를 할 수 있는 술사가 던전을 조사한 결과, 내부에 함정류는 없다고 했다. 수많은 고블린이 왕래하는 데 함정은 방해가 되니 말이다.

특수 공간 종류도 없다고 한다.

특수 공간이란 전이 봉인이나 회복 봉인, 마력 흡수 등의 특수한 효과가 있는 필드를 말하며, 잘못 들어가면 전멸할 위험마저 있다. 그것들을 탐지하는 방법이 있는지, 특수 공간은 확실히 없다고 한다.

우리에게는 희소식이다. 함정을 신경 쓰지 않고 싸우기만 하면 되니까.

『가자!』

"응."

『이야호!』

프란은 하늘을 날아 동굴 입구를 수비하고 있는 모험가들의 벽을 넘었다.

그걸 본 드나드론드가 놀라고 있었다.

눈을 동그랗게 뜨고 프란을 올려다보고 있었다.

이 아저씨야, 만약 프란이 치마를 입었다면 유죄라고.

"저건 공중 도약? 천기사의 고유 스킬일 텐데?!"

어라? 좀 위험했나?

『천기사? 이름을 들으니 꽤나 상위 직업이라는 느낌이 드네.』

천기사는 얼마나 상위에 있는 직업일까. 무려 하늘이라는 말이 들어가니 강할 것 같다. 그에 따라서는 남 앞에서 공중 도약을 삼가야 할지도 모른다.

"스승, 이제 와서 뭘 그래."

『윽……. 그것도 그런가?』

뭐, 프란의 말도 일리가 있다. 아니, 앞으로도 비슷한 일이 있을 테니 숨겨봐야 헛일인가. 그렇다면 태연하게 쓰는 편이 낫다.

"그보다 지금은 고블린."

『이런, 그랬지.』

"스승은 마술을 써줘. 착지하면 내가 연달아 공격할게."

『알았어.』

프란은 부유도 사용해서 더욱 높이 도약했다.

거기에 맞춰 나는 트라이 익스플로전을 발동했다.

쿠아앙!

입구 부근에 가득했던 홉고블린들을 깡그리 날려버렸다.

드나드론드에게는 속임수 정도 효과밖에 내지 않았지만, 홉고블린이 상대라면 필살의 위력을 낼 수 있다.

그리고 착지한 프란이 즉시 연달아 공격을 가했다.

"소닉 웨이브!"

검기 5의 소닉 웨이브. 전방에 충격파를 쏘는 검기인데, 홉고블린들을 한 번에 쓰러뜨리기 좋은 기술이다.

"기회야."

고블린이 줄어든 동굴 입구로 프란이 재빨리 뛰어들었다.

"아, 기다려! 던전에 돌입하는 건 랭크 D 이상의 모험가뿐이야!"

물론 알고 있다.

그래서 누구도 방해하지 않도록 앞질러 온 것이다.

드나드론드 일행은 아직 홉고블린과 싸우고 있으니 말이다.

"젠장! 아가씨를 따라라!"

"그렇죠. 자업자득이라고는 하나 저런 작은 소녀를 죽게 내버려두면 꿈자리가 사나우니까요."

"멍청이! 그게 아냐!"

"네?"

"저 아가씨를 내버려두면 먹음직스러운 걸 전부 빼앗긴단 말이다!"

"설마 저런 소녀가요?"

"아까 공중 도약과 마술을 봤잖아! 저 아가씨의 외모는 무시해. 어린아이의 가죽을 뒤집어쓴 뛰어난 모험가라고 생각하란 말이다!"

이번 소탕전이 종료되면 길드에서 회수한 소재는 환금한 후에 길드가 마진을 제하고 나머지를 모험가에게 똑같이 분배한다.

하지만 전투 중에 직접 해치워 자신의 아이템 주머니에 수납한 몫은 소유권을 인정한다.

다시 말해 쓰러뜨리면 쓰러뜨릴수록 수익이 올라간다는 뜻이다. 모험가들의 의욕을 높이기 위한 조치일 것이다.

뭐, 경우에 따라서는 새치기를 하거나 사이가 틀어지는 일이 일어난다고 생각하지만 말이다. 우리가 멋대로 던전에 돌입한 것처럼.

"스승."

『이거…… 완전히 경험치 덩어리잖아!』

던전 안에는 홉고블린이 득실득실했다.

"부탁해."

『그래! 플레어 블래스트!』

화염 마술 1의 플레어 블래스트.

불길을 집약시킨 열선을 쏘는 마술이다. 범위는 그다지 넓지 않지만 위력은 불 마술을 크게 상회한다.

슈잉——퍼펑!

열선이 고블린들을 꿰뚫고 폭풍이 남은 녀석들도 닥치는 대로 쓰러뜨렸다.

동굴 같은 좁은 장소에서 쏘니 위력이 절대적이었다.

프란은 고블린 무리에게로 돌입해 더욱 파고들었다.

『가진 돈을 몽땅 털어 전이 깃털도 샀으니까, 갈 수 있는 데까지 가보자!』

"하아압!"

"구갸악!"

『파이어 재블린!』

내가 발동이 빠른 마술을 뿌려서 접근하는 홉고블린의 숫자를 줄였다. 그리고 프란이 마술을 뚫고 다가온 홉고블린을 처리했다. 우리가 하는 행동이기는 하지만 좋은 콤비 플레이다.

시체를 모두 수납하는 짓은 하지 않았다.

뒤에 올 녀석들이 가져갈 몫도 남겨두지 않으면 필요 이상으로 원한을 살지도 모른다. 그리고 수납의 한계도 모르고 말이다. 중요한 순간에 수납을 하지 못하는 건 싫다.

다만 마석을 흡수한 시체는 전부 수납했다.

전투 중에 감정을 써서 스테이터스를 체크하여 스킬을 재빨리 확인한 다음 유용한 스킬을 가지고 있다면 마석을 베었고, 마석을 흡수하는 것과 동시에 시체를 증거 인멸하기 위해 수납했다.

가지고 있지 않다면 다른 부위를 베어 해치웠다.

때때로 피부가 새까만 이블 홉고블린이 섞여 있으면 그 녀석들을 우선적으로 쓰러뜨렸다. 스킬은 홉고블린과 다르지 않지만 마석치가 배에 가깝기 때문이다. 뭐, 보너스 같은 상대다.

상대를 선별해서 쓰러뜨리는 건 순간적인 판단력이 필요한 작업이다.

그런 과정을 반복하자 분할 사고를 이상할 만큼 능숙하게 운용하게 됐다.

이제는 마술의 이중 영창도 가능하다.

마술을 영창하는 데는 나름대로 집중력이 필요하므로, 지금까지는 분할 사고 스킬이 있어도 동시에 두 가지를 영창하는 건 무리였다. 역시 사용하기 어려운 스킬은 훈련을 쌓아서 구사하지 않으면 진정한 위력을 발휘할 수 없는 듯했다.

『하하하하, 파이어 재블린!』

열 개에 가까운 화염 창이 홉고블린 무리에게 쏟아졌다.

"스승, 굉장해."

『프란도 조만간 할 수 있게 될 거야.』

"욱신거리는 두통이 생겨."

분할 사고를 너무 쓰면 두통이 몰려오는 듯했다. 뭐, 얼핏 생각해도 뇌를 혹사시키는 스킬이다.

『그건 나는 모르는 감각이야.』

나는 통증을 느끼지 않으므로 당연히 두통도 없다.

분할 사고는 내 쪽이 상성이 좋은 모양이다.

마술사 스킬도 있고 말이다.

"전투를 하면서 하급 마술을 영창하는 걸 목표로 삼을래."

『내 다음 목표는 서로 다른 마술을 동시에 영창하는 거야.』

"잘해봐."

『그래. 맡겨둬.』

다행히 이곳은 연습 상대가 부족하지 않았다.

그렇게 프란은 거침없이 던전을 나아갔다.

일단 반향정위로 지형을 조사했는데, 레벨 1은 그렇게까지 상세하게 조사할 수 없었다.

그래서 기척 탐지, 진동 감지, 열원 탐지 등으로 홉고블린의 숫자가 많은 방향을 알아내 그쪽으로 나아갔다.

"스승, 계단이 있어."

『2층이 있었구나.』

계단을 내려갔지만 2층도 1층과 구조가 거의 다르지 않았다. 차이는 홉고블린의 밀집도가 올라간 정도일까?

스킬을 더 모을 수 있으니 상관없다.

"좋은 연습 상대야."

프란은 거기서부터 더욱 대단해졌다.

이미 프란의 눈에는 홉고블린이 경험치로밖에 보이지 않을지도 모른다.

어느새 홉고블린들은 프란의 모습을 보기만 해도 도망쳤다.

정보가 퍼진 걸까. 하지만 프란은 도망치는 홉고블린들을 쫓아 등을 단숨에 베었다.

얼마나 갔을까. 1층이라면 전부 돌파할 정도의 거리는 걸었다고 생각한다.

『이 앞, 좀 트여 있네.』

"응. 기척도 많이 느껴져."

『드디어 보스인가?』

신중하게 다가가자 홀처럼 꾸며져 있는 공간이 나왔다.

일단 타일 같은 게 바닥에 깔려 있어서 지금까지 지나온 동굴과는 상태가 달랐다. 살며시 홀을 들여다봤다.

『큰 놈이 있어.』

홀에 득실대는 50마리에 가까운 홉고블린들 중앙에 유달리 큰 고블린 두 마리가 있었다.

고블린 킹과 퀸이다.

마랑의 평원에서 쓰러뜨린 고블린 킹이 떠오르는군. 소굴이 침입을 받으면 일단 보스 주위에 모이는 건 고블린의 습성일까.

킹도 그렇지만 퀸은 이번 토벌전에서 중요한 목표 중 하나다. 여기서 확실히 해치우고 싶다.

킹과 퀸은 역시 다른 고블린과는 달랐다. 스테이터스도 강하고 스킬도 풍부했다.

하지만 그것뿐이었다. 평원으로 치면 에어리어 3에 나타나는 마수 정도의 힘을 가지고 있겠지.

방심만 하지 않으면 질 상대가 아니다.

『가자, 프란.』

"응!"

『우선 선제공격하자.』

우리 존재를 눈치채기 전에 가능한 한 마술을 쏘았다.

『플레어 블래스트!』

"플레어 블래스트."

『한 번 더 플레어 블래스트!』

킹과 퀸으로 향하는 길을 뚫기 위해 마술을 같은 곳에 집중적으로 날렸다. 그리고 우왕좌왕하는 홉고블린 사이로 프란이 뛰어들었다.

『이대로 킹과 퀸을 쓰러뜨리자!』

그렇게 마음을 단단히 먹었지만…….

『어라?』

"죽었어?"

홉고블린 무리를 헤치고 도달한 홀 중심부에는 검게 탄 킹과 퀸이 쓰러져 있었다. 견제할 생각으로 쏜 마술이 직격한 듯했다.

『어, 우리 승리인가?』

주위를 둘러보니 홉고블린들이 허둥지둥 뿔뿔이 도망치는 모습이 보였다.

정말 이로써 끝난 모양이다.

『이것으로 의뢰 완료인가?』

하지만 동굴의 길은 아직 이어져 있었다.

『여기가 끝이 아닌 건가?』

"길이 나 있어."

『던전 마스터가 있을까?』

방금 죽은 킹이나 퀸이 던전 마스터가 아니었던 모양이다.

드나드론드가 설명한 마수 소멸이 일어나지 않았으니 말이다.

"갈 수 있는 데까지 가볼래."

『좋아, 가볼까!』

그 후, 우리는 2층을 나아갔다.

그리고 문을 발견했다.

구조가 상당히 수상쩍은, 3미터에 가까운 크기의 철제 장식문
이었다.

"큰 문이야."

『드디어 보스가 나오려나?』

그 문은 들어가려는 자를 거부하는 듯한 중후함과 위압감을 내
뿜고 있었다.

이 앞에 아무것도 없는 일은 없겠지.

『일단 전이 깃털을 준비해둬.』

"응."

끼이익.

내 염동에 밀린 문은 삐걱거리는 소리를 내며 천천히 열렸다.

그 앞에는 조금 넓은 공간이 존재하고 있었다.

안에는 아무것도 없나?

아니, 작은 마수의 기척이 느껴졌다. 곤충 계열 마수인가?

『방심하지 마.』

"물론이야."

콰앙!

오오! 갑자기 문이 닫혔어.

그건가? 보스를 쓰러뜨리지 못하면 나갈 수 없는 계열의 정석적인 함정인가?

『함정은 없다고 했잖아.』

"갇혔어?"

『프란, 침착해.』

"괜찮아. 전부 쓰러뜨리면 돼. 할 일은 달라지지 않으니까 문제없어."

대담하시군요.

슈슈슈슈슈슈슉.

"응?"

『납셨군.』

방에 솟아나온 건 푸른 껍데기를 가진 곤충형 마수였다. 소프트볼만한 크기에 뿔이 달린 무당벌레였다. 배 쪽이 심해 등각류처럼 징그러워서 무척 소름 끼쳤다.

명칭 : 아미 비틀 리더

종족 : 요충 · 마수

Lv : 5

생명 : 8   마력 : 18   완력 : 4   민첩 : 22

스킬 : 바람 마술 1, 권속 소환 5, 지휘 1, 연계 1, 산성니

명칭 : 아미 비틀

종족 : 요충 · 마수

Lv : 2

생명 : 6   마력 : 5   완력 : 3   민첩 : 20

스킬 : 경화 1, 산성니

명칭 : 아미 비틀 메딕

종족 : 요충 · 마수

Lv : 4

생명 : 10   마력 : 10   완력 : 1   민첩 : 20

스킬 : 회복 마술 2, 산성니

명칭 : 아미 비틀 슈터

종족 : 요충 · 마수

Lv : 4

생명 : 3   마력 : 11   완력 : 2   민첩 : 20

스킬 : 바람 마술 3, 산성니

잔챙이지만 수가 많았다. 백 마리는 족히 넘을 것이다.

게다가 리더는 권속 소환 스킬을 가지고 있었다. 얼른 전멸시키지 않으면 눈덩이처럼 불어나겠지.

"재미있겠어."

프란은 순조롭게 전투 중독자의 길을 걷기 시작한 듯했다.

소름 끼치는 벌레 대군에 돌진해 즐겁게 싸우기 시작했다.

나는 염동을 사용해 벌레들의 움직임을 억제하는 식으로 거들었다.

이만큼 작으면 최소한의 염동으로도 움직임을 억제할 수 있다. 덩치가 더 클 경우에는 염동을 쓰는 것보다 평범하게 마술이라도 날려서 쓰러뜨리는 편이 마력의 소비가 훨씬 적게 끝나기 때문이다.

"흡! 하압!"

나는 움직임을 멈추고 있었고 프란이 오로지 마석만 꿰뚫었다.

일단 희귀한 마수인 것 같으니 소재도 반 정도는 수납해두자.

슈터의 바람 마술이 가장 성가셨지만, 위력이 무척 약한 데다 마력이 낮아서 몇 발을 쏘니 마술을 날리지 못하게 됐다. 정신이 사나운 정도밖에 되지 않았다.

리더들이 부하를 잇달아 소환했지만, 오히려 포상에 지나지 않았다. 바람 마술이나 경화, 권속 소환에 협력이 레벨업하는 데다 마석치도 자꾸 쌓여갔다.

30분 후.

문 밖에서 인기척이 느껴졌다.

"젠장! 안 열려!"

드나드론드 일행이 도착한 모양이다.

『어쩔 수 없지. 끝내자.』

"보너스 스테이지인데……."

『진정해. 아쉬운 건 나도 마찬가지야.』

"응……."

섬멸을 개시했다.

불 마술과 광범위 검기를 연발했다.

순식간이었다. 5분도 지나지 않아 남아 있던 2백 마리 정도를 섬멸했다.

어느새 바람 마술이 레벨 7까지 올랐다. 마석을 그만큼 흡수했다는 뜻이겠지.

덜컹.

『어라? 저쪽이 열렸어.』

드나드론드 일행이 쾅쾅 두드리고 있는 입구 문은 여전히 닫혀 있었다.

그리고 반대편 벽에 숨겨져 있던 또 다른 문이 열렸다.

"굉장히 강한 마력이 느껴져."

『이 마력 수준……. C급 마수 정도……. 아니, 그 이상이야.』

지금까지 만난 마수 중에서 가장 마력이 강한 건 글러트니 슬라임 로드다.

하지만 문 저편에서 누군가가 쏘아대는 마력은 그것을 능가했다.

『설마, 생긴 지 얼마 안 된 던전에 이런 마력을 가진 녀석이 있을 줄이야…….』

"팔이 근질근질해."

『잠깐만, 이번 적은 진짜 위험해. 준비를 확실히 하자.』

일정 시간 동안 상처를 계속 회복시켜주는 제네레이션에 일정 시간 동안 상태 이상에 대한 저항력을 올려주는 올 레지스트. 그

밖에도 스테이터스 상승이나 감각 강화 등의 보조 마술을 최대한 걸었다.

『좋았어, 가자.』

"응!"

문 저편은 지금까지 지나온 동굴과 달리 석벽에 둘러싸인 인공적인 방이었다.

"이야 이야! 처음 오는 손님이야! 환영해!"

으음, 품위 없는 형씨가 하늘이 떠 있었다.

피부가 타르처럼 검고 박쥐 같은 날개가 나 있는 데다 뿔이 달린, 위압감이 엄청난 모습을 하고 있었다.

다만 경망스러운 태도가 모든 것을 무위로 만들고 있었다. 두려움이 반감하는군.

우선 감정을 하자.

명칭 : 데몬

종족 : 악마 · 마수

Lv : 30

생명 : 1900   마력 : 2409   완력 : 720   민첩 : 675

스킬 : 구멍 파기 3, 암흑 마술 4, 위압 4, 운반 2, 공황 4, 검기 5, 검술 5, 상태 이상 내성 7, 흙 마술 7, 등반 1, 독 마술 7, 마력 장벽 6, 어둠 마술 10, 요리 1, 암흑 강화, 암흑 무효, 암시, 자동 마력 회복, 지배 무효, 피부 경화, 마력 상승【소】, 완력 상승【소】

엑스트라 스킬 : 스킬 테이커 6

칭호 : 악마 백작

장비 : 마영 강철로 만든 장검

설명 : 던전 마스터만 소환할 수 있는 던전 고유종. 혼돈의 신의 권속
이며, 전투력은 무척 높다. 소환할 때 기본 개체에 던전 마스터가 개별
적으로 능력을 부여하기 때문에 그 능력은 천차만별이다. 마석 위치 :
심장.

『악마구나…….』

너무 강하다. 천을 넘는 스테이터스 수치는 처음 봤다.

암흑 마술 : 어둠 마술의 상위 마술. 어둠과 그림자, 독과 죽음을 다룬다.

공황 : 자신을 쳐다보는 대상에게 정신 상태 이상 〈공황〉을 부여한다.

마력 장벽 : 마력을 소비해서 물리와 마술 양쪽에 내성이 있는 장벽을 전
개한다.

스킬 테이커 : 조건이 맞으면 대상의 스킬을 약탈한다.

우와, 스킬도 성가신 게 갖춰져 있어.

『프란, 위험한 상대야. 방심하면 바로 죽는다!』

"응!"

고블린이나 아미 비틀에게서 마력을 흡수한 덕분에 나의 마력
은 거의 가득 찼다. 스킬도 마술도 마음껏 쓸 수 있다.

하지만 그래도 눈앞에 있는 상대에게 이길 수 있다고 단언할 수
없었다.

그만큼 압도적이었다.

언제든지 도망칠 수 있도록 전이의 깃털은 항상 준비해둬야겠다.

"하하! 해볼 생각이로군! 좋아아! 나는 꼬마라고 해서 안 봐준다? 어차피 던전도 통과했고 말이야!"

"야, 악마! 뭐하고 있어! 얼른 그 녀석을 처리해!"

응? 자세히 보니 방 저편에 고블린이 있었다.

일반적인 고블린과 달리 말이 유창한데…….

명칭 : 레어 고블린

종족 : 사인

Lv : 11

생명 : 25　마력 : 131　완력 : 12　민첩 : 13

스킬 : 구멍 파기 2, 권속 소환 5, 곤봉술 2, 심화(心話) 2, 조교 2, 패기 1

칭호 : 던전 마스터

장비 : 떡갈나무 곤봉, 가죽 로브, 대신의 팔찌

잔챙이지만 던전 마스터가 틀림없었다.

그럼 벽 웅덩이에서 빛나는 게 던전 코어인가?

여기가 던전에서 가장 깊은 곳이라는 뜻이겠지.

그런데 진짜 잔챙이네. 이 녀석이 악마를 부리고 있는 건가?

고블린이나 아미 비틀은 이해가 간다. 이 녀석의 부하로 어울릴 것이다.

하지만 저 악마는 너무 강하지 않나? 던전 마스터의 특수능력인가?

악마 사역 능력이 있다면 재미있었을 텐데, 스킬에서 그 정도 기술은 확인할 수 없었다.

또 하나 아쉬운 점은 던전을 조종하는 스킬이 없다는 것이다.

아마 던전 코어를 통해 던전 메이킹을 하는 듯했다. 그래서 그런지 던전 마스터의 스킬 자체에 그런 계열의 스킬은 전혀 없었다.

"시끄러워! 침입자는 제대로 처리할 테니까 닥치고 있어!"

"젠장. 몬스터 뽑기에 가디스 포인트를 전부 쏟아 부어 엄청난 레어 악마를 뽑았을 때까지는 최고였는데! 왜 말을 안 듣는 거야! 게다가 술사형 주제에 근접 전투를 하고 싶어 하고 말이야!"

굉장히 설명조 대사이기는 했지만, 덕분에 상황을 전부 알 수 있었다.

악마에게는 지배 무효 스킬이 있다. 그 탓에 던전 마스터의 지배조차 받지 않는 모양이다.

"이 방까지 도달하는 녀석이 있을 줄이야! 내 정예들은 어떻게 했냐!"

"당한 거 아냐? 어차피 고블린이잖아."

"인간 같은 하등 생물에게 지고한 생물인 고블린 병단이 질 리가 없잖아!"

"아, 네네. 그러시겠지."

"아무튼 넌 녀석을 해치워!"

"안 그래도 꽤나 붙어볼 만한 상대야."

악마는 그렇게 말하고 검을 뽑았다.

"자, 저 녀석이 시끄러우니까 간다."

악마가 그대로 돌진해 왔다.

"으랍!"

"하압!"

치이잉! 캉!

"하하! 좋은 검이야! 이 녀석과 정통으로 맞붙을 수 있을 줄이야!"

명칭 : 마영 강철로 만든 장검

공격력 : 561+450   보유 마력 : 56   내구도 : 1000

마력 전도율 C+

스킬 : 회귀

마력 전도율이 높군. 마력을 이미 모아놨는지 공격력은 천을 넘었다. 게다가 스킬인 회귀가 있어서 던지거나 해도 악마의 손으로 되돌아간다.

이쪽도 마력 5백 정도를 소비해서 공격력을 올렸기 때문에 맞붙을 수 있었다. 자칫하면 첫 공방에서 내가 부러졌을지도 모른다. 두려운 상대다.

"검 실력은 그쪽이 위로군! 그럼 이러면 어떠냐?!"

"아……?"

녀석의 모습이 순간 보이지 않는다고 생각했는데 갑자기 뒤에서 나타났다.

"아윽!"

위험해!

프란의 왼쪽 어깨가 완전히 절단됐다.

피가 잔뜩 뿜어져 나와서 생명력이 단숨에 감소했다.

『무슨 일이 일어난 거야……!』

염동으로 베여 날아간 프란의 왼팔을 끌어당겨 단면끼리 붙였다.

허둥대며 그대로 그레이터 힐을 영창했다.

팔다리 절단 정도는 고치는 치유 마술 1이다. 절단면을 재접합하는 정도는 간단했다.

"오? 염동 스킬이라도 가지고 있는 건가? 게다가 그 레벨의 회복 마술을 쓰다니 재미있군! 마검사인가?"

악마는 웃고 있지만 이쪽은 그럴 때가 아니었다.

『지금 건 뭐지?』

악마의 모습이 갑자기 사라지더니 뒤에서 베었다.

『프란! 괜찮아?』

"괜, 찮아!"

"자, 간다!"

악마의 모습이 다시 사라졌다. 그리고 뒤에서 베어왔다.

"읍!"

뒤로 정신을 쏟고 있었던 덕분에 이번에는 아슬아슬하게 막을 수 있었다.

"벌써 막는 건가! 반사 신경이 좋군!"

역시 그랬다. 어떻게 봐도 사라졌다.

시간 이동? 녀석의 스킬에 그런 방면의 능력은 없었을 테다.

그렇다면 마술인가? 어둠 마술이나 암흑 마술일까……?

"차앗!"

"핫."

역시 그랬다.

악마가 전이했을 때, 녀석의 그림자에서 마력이 흘러나왔다. 그리고 프란의 그림자에서 녀석이 솟아나왔다.

그림자를 이용한 전이 마술이다.

원인만 알면 대처가 가능하다.

어차피 등장하는 곳을 알고 있기 때문이다.

"이야호——컥!"

"너무 건방져!"

"크하하, 제법이군! 속임수를 벌써 눈치챈 건가?"

쳇. 여유롭군.

녀석의 옆구리를 가른 지금의 일격은 진동아에 마독니도 발동한 건데.

"어? 독인가? 내 상태 이상 내성을 뚫고 중독시킬 줄이야……. 제법이구나!"

네네, 또 그런 부류라는 거냐! 싸움에 미친 녀석!

독에 줄어드는 생명력은 미미했다. 역시 내성이 높은 상대에게 큰 효과는 기대하기 어려운 건가.

『프란, 직접 공격은 급소를 노리자.』

"응."

우리에게 유리한 점은 상대가 아직 우리를 얕보고 있다는 것. 그리고 내 존재가 알려져 있지 않다는 것이다.

그래서 나는 공공연하게 공격하지 않고 가만히 보조에 전념했다.

"하아아아!"

"햐하하!"

칼이 다시 격렬하게 맞부딪쳤다.

그런 가운데 두 명의 주위에서 뭔가가 빛났다.

직후, 빛 속에서 홉고블린이 나타났다. 숫자는 네 마리였다.

"가라, 나의 권속들이여! 침입자를 죽여라!"

던전 마스터의 소행이었다.

여기서 홉고블린이 나타날 줄이야⋯⋯. 너무 어울리지 않아서 오히려 두렵다.

예상대로 소환된 홉고블린들은 프란과 악마가 벌이는 너무나도 격렬하고 너무나도 빠른 전투에 전혀 끼어들지 못하고 머뭇거리고 있었다.

"뭐하고 있어, 얼른 해!"

던전 마스터의 명령에 각오를 다진 홉고블린이 전투의 가장자리에 접근해⋯⋯.

"방해된다!"

악마의 검에 양단되었다.

다시 또 한 마리가 프란의 검에 베였다.

"뭐, 뭐하는 거냐! 같은 편이다!"

"이런 빌어먹을 잔챙이들은 방해될 뿐이라고! 모처럼 즐거운데 말이야. 꺼져!"

가엾게도 남은 홉고블린들도 악마가 쏜 검은 광탄에 날아가 하늘의 부름을 받았다.

분노와 굴욕에 부들부들 떠는 던전 마스터가 조금 가련하게 느껴지는군.

그런 가련한 던전 마스터를 제쳐두고 프란과 악마의 싸움은 더욱 격렬해져갔다.

홀에는 검이 맞부딪치는 소리만이 요란하게 울리고 있었다.

검 실력은 프란이 앞서지만 악마는 약간의 부상에도 끄떡하지 않고 검을 휘둘렀고, 힘과 속도에서는 프란이 압도적으로 밀렸다. 그 탓에 묘한 교착 상태가 일어나고 있었다.

하지만 이 공방은 프란이 압도적으로 불리했다. 한 방이라도 정통으로 당하면 빈사 상태에 빠질 테니 말이다.

"재미있는걸! 이봐! 하지만 이대로는 분명 결말이 안 나!"

그렇게 외친 악마가 나를 크게 튕겨내고 프란에게서 약간 거리를 벌렸다.

뭘 할 생각이지?

"슬슬 결판을 낼까! 우선 너한테서 싸울 힘을 빼앗아주지."

"?"

『위험해, 녀석의 엑스트라 스킬이야!』

"햐하하하. 먹어라, 스킬 테이커!"

악마가 소리치며 손을 내밀었다.

『큭. 당했다!』

이름을 보아 상대의 스킬을 빼앗는 스킬일 것이다. 악마가 전혀 사용하지 않아서 접촉형, 혹은 발동에 시간이 걸리거나 발동 조건이 어려운 스킬이라고 멋대로 생각하고 있었다.

단순히 쓰기 아까웠을 뿐이냐! 게다가 접촉하지 않고도 발동이 가능할 줄이야!

저만큼 자신만만하게 외쳤으니 발동 조건은 충족했을 것이다.

프란의 전투력을 빼앗는다고 했지?

그렇다면 검술이나 검기를 도둑맞은 건가?

기껏 여기까지 스킬을 키웠는데! 다시 키워야 하는 건가!

그 이상으로, 이 자리에서 검술을 빼앗기면 싸울 수 없게 돼!

『경우에 따라서 전이 깃털을 쓸 거야!』

"응!"

어떤 사소한 이변도 놓치지 않도록 우리는 집중력을 최대한 발휘해 경계했지만, 악마는 손을 내민 모습 그대로 움직이지 않았다.

프란에게서도 무슨 일이 일어난 기색은 느껴지지 않았다.

『………….』

"………….'

어라?

『……프란, 괜찮아?』

"응?"

"쳇! 실팬가!"

다행이다. 왜 그런지 실패한 모양이다.

확실하게 빼앗지 못한 건가?

게다가 우리는 조금 특수하고 말이다.

프란이 쓰는 스킬은 나, 다시 말해 장비하고 있는 무기가 지닌 특수 능력의 범주에 속한다고 할 수 있다. 프란에게 수탈 계열 스킬을 써도 그 장비품에서 스킬을 빼앗을 수 없을지도 모른다.

"젠장할! 못 뺏은 건 어쩔 수 없지. 그렇다면 이걸 받아라! 다크니스 볼테커!"

악마는 돌변해서 암흑 마술을 날렸다.

거대한 암흑 소용돌이가 드릴처럼 지면을 깎으며 프란에게 날아왔다.

마술을 쓰기 시작했나.

녀석의 스테이터스를 보아 원래는 원거리 포격형일 것이다.

"핫!"

하지만 프란에게는 닿지 않았다.

"자아! 하나 더 간다!"

"훗."

"쳇!"

공격의 위력은 높아도 단조로웠다.

고블린 무리를 상대로 결사의 수행을 하기 전의 프란처럼.

악마는 확실히 강했지만 전투 경험이 부족한 듯했다. 던전 마스터가 만든 지 얼마 되지 않았나보다.

"다크니스 스피어!"

"파이어 월!"

"다크니스 블래스터!"

"어설퍼."

"요리조리 피하기는!"

암흑 마술이니 더 음습하고 지저분한 마술도 있을 것이다. 그걸 쓰는 편이 몇 배 더 짜증날 텐데.

그런데도 일격필살 공격 마술만 날렸다.

그래도 이 승부는 프란이 불리했다.

실력의 차원이 달랐다.

이쪽의 공격은 결정타가 되지 않는데 녀석의 공격은 하나하나가 필살기이니 말이다.

차츰 프란의 말수도 줄었다. 여유가 없어지기 시작한 거겠지.

이제 도망쳐야 하나?

하지만 아직 큰 성과를 올리지 못했다.

안에서 소란을 피움으로써 고블린들을 소굴로 끌어들여 도시로 향하지 않도록 만든다는 목적은 달성했다고 생각한다.

뭐, 원래는 C, D 랭크 모험가의 임무지만.

남은 건 이 악마다. 이 녀석만 처리하면 이 던전은 공략한 거나 마찬가지일 것이다.

우리가 탈출하게 된다고 해도, 그 뒤에 이 녀석과 싸울 드나드론드 일행을 위해서 힘을 좀 더 줄여두고 싶다.

"블랙 봄!"

"웃."

"이야아!"

속을 끓이던 악마가 광범위 마법을 시전하기 시작했다.

이건 위험하다. 휘말린 던전 마스터가 비명을 지르고 있었다. 좁은 공간이라서 살았다.

공간이 더 넓었다면 더욱 광범위한 상급 마술에 섬멸됐을지도 모른다.

여기서는 던전 마스터도 휘말리니까 그렇게는 할 수 없다.

『아니, 잠깐만.』

좋은 생각이 떠올랐다.

『녀석은 던전에 속한 마수야.』

드나드론드의 설명을 떠올리자.

던전 코어나 던전 마스터에 관해 다양한 설명을 들었다.

지금 여기서 중요한 점은 던전 마스터가 소멸되면 코어가 파괴됐을 때와 마찬가지로 살아 있는 마수는 소멸된다는 것이다.

그렇다면…….

『저 고블린을 쓰러뜨리면 이 악마도 사라진다는 거야.』

"──파이어 애로."

"앗, 이 자식! 비겁하다!"

프란이 쏜 마술을 보자 악마는 당황한 기색으로 전이해 던전 마스터를 감쌌다.

역시 내 추측은 틀리지 않은 것 같다.

던전 마스터는 대신의 팔찌를 장비하고 있지만, 지금 상황에서는 소생하자마자 즉사한다는 최악의 흐름이 기다리고 있다. 악마는 던전 마스터를 감싸지 않을 수 없는 것이다.

지배를 받지 않는다고는 하나 던전 마스터라는 굴레에서 벗어난 것도 아니기 때문이다.

"씨익."

"이 꼬맹이, 기고만장해서는!"

『파이어 재블린!』

"이럴 수가, 무영창 보유자인가?"

아니, 내가 몰래 마술을 썼을 뿐입니다.

"파이어 애로."

『트라이 익스플로전.』

"파이어 애로."

『플레어 블래스트!』

펑, 쿵, 콰앙!

단속적으로 쏘아댄 마술이 악마를 휘감았다.

"큭."

"히이익!"

폭염에만 스쳐도 던전 마스터는 죽을 수도 있기에 악마 녀석은 던전 마스터 앞에서 꼼짝도 못하고 샌드백 상태로 버티고 있었다.

"이 멍청한 놈! 그래서 내 전투 장소는 앞에 있는 광장으로 하라고 했는데!"

"시, 시시시, 시끄러워! 네가 없으면 이 방의 방위 전력이 없어지잖아!"

던전 마스터가 바보라서 살았다.

악마의 생명력이 착실하게 줄어갔다. 하지만 예상 이상으로 녀석의 마법 방어력은 높았다.

이대로라면 이쪽의 마력이 먼저 바닥난다.

『프란, 작전 변경이다.』

"알았어."

내가 이중 영창으로 공격 마법이 중단되지 않도록 하고, 프란은 조금 전 싸움에서 습득한 바람 마술을 영창했다.

바람 마술 4의 소닉 슈터. 쉽게 말해서 투척할 때 바람의 힘을 빌려 속도를 올리는 술법이다. 그리고 궤도를 약간 조종할 수 있다.

"갈게."

『그래, 언제든지 상관없어.』

"핫!"

프란이 타이밍을 가늠해 나를 던졌다.

『야호!』

소닉 슈터의 효과도 있어서 나는 무시무시한 속도로 호를 그리며 돌진했다. 마족의 오른쪽을 우회해 던전 마스터에게 향하는 궤도다.

"잔꾀를 부리긴! 바람 마술인가? 하지만 그렇게 둘까보냐!"

프란이 던전 마스터를 마술로 노리고 있기 때문에 악마는 섣불리 그 자리에서 움직일 수 없다.

그래도 악마는 오른팔을 뻗어 나를 내리치려고 했다.

속도가 상당할 텐데도 악마에게는 완벽하게 보이는 모양이다.

악마의 주먹이 나를 내리──치지 못했다.

"아니이! 커헉!"

나는 직전에 바람 마술로 궤도를 바꿔 모았던 염동을 단숨에 해방했다. 오랜만에 쓰는 염동 캐터펄트 어택이다.

그리고 빈틈이 생긴 악마의 몸에 돌진했다.

물론 남은 마력 대부분을 도신에 전도시켰다.

이것이 최후의 일격이다. 실패하면 전이 깃털로 도망칠 수밖에 없었지만──.

"말도…… 안……."

『어떻게든 통했나…….』

그렇게나 대단하던 악마도 이 상황에서 염동 캐터펄트를 막지 못했다. 악마의 장벽을 뚫고 나의 칼끝이 가슴에 깊숙이 파묻혔다.

그런데 식은땀 나게도 비어 있던 왼팔이 검과 몸 사이로 들어와 있었다. 어느새!

전도시키는 마력을 아꼈다면 왼팔을 뚫지 못해서 위기에 빠졌을지도 모른다.

역시 얕볼 수 없는 악마.

"크으으……"

나는 마석을 완벽하게 쪼갰다. 마석이 나의 도신에 흡수됐다.

"크아아아악……———."

마석이 흡수된 악마는 단말마의 비명을 지르고 그대로 쓰러졌다.

〈자기 진화 효과가 발동되었습니다. 자기 진화 포인트 40 획득〉

좋아! 역시 악마의 마석이다. 여기까지 오며 치른 전투로 마석치가 2699/2800이 됐는데 현재는 3199/3600이다. 놀랍게도 5백이나 되는 마석치를 벌었다.

"서, 설마, 악마가……?"

망연자실한 던전 마스터. 압도적인 강자였을 악마가 프란 같은 소녀에게 당했으니 어쩔 수 없을지도 모른다.

그런데 적의 앞에서 그렇게 무방비하게 서 있어도 되는 건가?

"핫!"

"크아아악!"

당연히 틈을 놓치지 않고 프란이 휘두른 오러 블레이드가 던전 마스터의 오른팔을 날려버렸다.

대신의 팔찌와 함께 오른팔이 바닥에 떨어졌다.

그리고 통증과 공포로 울부짖는 던전 마스터의 목을 프란의 무자비한 일격이 갈랐다.

던전 마스터라고 해도 어차피 고블린. 프란이 전력으로 날린 오러 블레이드의 일격을 견딜 수 있을 리도 없었다.

방금 전까지 강한 빛을 내뿜던 던전 코어가 급격하게 빛을 잃어갔다.

하지만 그뿐이었다.

『……아무 일도 안 일어나네.』

"스승, 이긴 거야?"

『그런 거 같은데…….』

던전 마스터를 쓰러뜨렸으니 뭔가 변화가 좀 더 있어도 좋았을 텐데. 지진 정도는 각오하고 있었는데 정말 아무 일도 일어나지 않았다.

던전 마스터를 쓰러뜨리긴 한 거겠지?

뭐, 마수가 소멸했을 테니 밖으로 나가보면 알겠지.

『아, 악마 시체는 괜찮아?』

몹시 당황하며 확인했지만 악마의 몸에 변화는 없었다. 다행이다. 모래처럼 변해 소멸하지 않았을까 걱정했지만 제대로 소재──아니, 시체가 남아 있었다.

시체는 수납하지 않았다. 아깝지만 악마의 시체는 길드에 넘겨야 한다고 생각했다. 선수를 친 빚도 있고.

게다가 몰래 수납했다고 해도 숨기기는 어려울 것이다. 이유는 던전 코어의 시스템과 관계가 있다.

휴면 상태인 코어는 인간이라도 이용할 수 있다. 코어를 만진 사람은 던전 마스터가 전에 만든 사물의 리스트를 볼 수 있다나.

즉, 이곳의 던전 코어를 재이용할 때 리스트에 악마의 이름도 나온다는 뜻이다.

그렇다, 악마의 소재를 몰래 챙긴다고 해도 반드시 들킨다. 그리고 무시무시한 질투와 원망을 받을 것이다.

그러므로 악마의 시체는 길드에 맡기기로 했다.

그러려면 위장 공작을 약간 해야 한다. 익스플로전으로 심장 주변을 날려 가슴에 커다란 구멍을 뚫었다.

이로써 '마석은 프란의 공격에 산산조각 나 소멸하고 시체만 남았습니다'라는 변명을 할 수 있다, 고 생각한다.

마석만은 챙기겠다고 주장할 수도 있지만, 그러면 프란의 몫이 너무 많아질 것이다. 역시 다른 모험가들의 원망을 살 것 같았다.

뭐, 믿지 않는 녀석도 많겠지만 그건 어쩔 수 없다. 없는 건 없는 거니까.

검은 챙겼다. 이거라면 출처를 속여서 팔 수 있을지도 모른다. 최악의 경우, 녹여서 소재로 쓸 수 있을 것 같고 말이다. 그 김에 앞으로 도움이 될 것 같아서, 잘린 던전 마스터의 팔에서 대신의 팔찌도 회수했다.

대신의 팔찌 획득!

"승리."

프란이 주먹을 치켜들고 승리의 포즈를 취했다. 전법이 약간 비겁했지만, 실력이 위인 상대에게 승리한 것이 기쁜 모양이다.

〈프란의 레벨이 상승했습니다――〉

〈프란의 레벨이――〉

〈프란의――〉

〈프란——〉

프란의 레벨이 8이나 상승했어!

내가 악마를 쓰러뜨리는 바람에 프란에게 경험치가 들어갈까 걱정했는데, 장비품인 내가 쓰러뜨려도 프란이 쓰러뜨린 것으로 치는 듯했다. 검을 던져 악마를 쓰러뜨렸다는 취급을 해주는 건가?

이번에는 던전 마스터의 무능함 덕분에 승리한 꼴이니까 그야말로 호박이 넝쿨째로 굴러들어온 셈이군.

이로써 던전에 돌입한 뒤로 레벨이 13이나 올랐다.

드드드.

오, 아무래도 문의 봉인이 해제된 모양이다.

"이봐! 아가씨 있어?"

"이, 이거, 악마잖아!"

"지, 진짜야?!"

던전을 공략한 우리는 도시로 향하는 귀로에 올랐다.

모험가들의 얼굴에는 짙은 피로와 그 이상의 기쁨이 감돌고 있었다.

모험가 중에서 사망자가 열 명 정도 나왔지만, 이번 규모 같은 마수 재해가 그 정도 피해로 그친 건 오히려 행운이라고 한다.

우리가 던전을 재빨리 공략해서 마수를 소멸시킨 덕분이라며 모험가들이 감사해했다.

악마의 시체를 독점하지 않았던 것도 우리가 호의적으로 받아들여진 요인일 것이다.

아니, 그 점이 크다.

악마의 소재는 랭크가 같은 마수의 소재보다 상당히 비싸다고 한다. 던전에만 있는 고유종이니 말이다.

취득할 수 있는 경험치도 차원이 다른 데다 위협도 B의 마수 중 에서는 상위를 차지한다고도 했다.

악마는 군침 도는 상대인가 보다. 반대로 이쪽이 당할 위험이 무척 크기는 하지만.

그리고 드나드론드가 혼자서 멋대로 행동하지 말라며 엄청나 게 야단쳤다. 약 1시간 정도는 설교를 들었을 것이다.

웃으면 프란이 토라지니까 어떻게든 참기는 했지만, 세기말 패 자가 수인 소녀에게 설교하는 그림은 범죄를 넘어 희극적이었다.

출발 전에 시비를 걸었던 소년의 중재가 없었다면 더 길어졌을 테다.

프란에게 시비를 걸었던 용병들은 죽었지만 자신이 그렇게 되 지 않았던 건 프란 덕분이라며 변호해준 것이다.

『저 녀석…… 착한 녀석이네.』

'그렇게 얼렁뚱땅 넘어가려고 해도 안 속거든?'

『역시 들켰어?』

'스승은 안 혼났어. 치사해.'

『진정해.』

'나만 혼났어.'

『미안하다니까.』

'그럼, 고기 해줘.'

『알았어.』

'불고기로.'

『좋아.』

'스테이크랑 꼬치구이도.'

『오케이.』

요즘 내가 만든 지구 요리를 계속 먹은 탓인지 프란이 먹보 캐릭터가 된 느낌이 든다.

뭐, 그걸로 기분이 풀린다면 얼마든지 만들겠지만.

악마라는 실력이 한층 뛰어난 상대를 쓰러뜨린 기념도 할 겸 먹고 싶은 걸 마음껏 먹게 하자.

이런, 도시에 도착하기 전에 성과 확인이라도 해둘까.

참고로 악마를 쓰러뜨리기 직전에는 이랬다.

공격력 : 392   보유 마력 : 1650/1650   내구도 : 1450/1450

스킬 : 자기 진화 〈랭크 7 마석치 2699/2800 메모리 62 포인트 9〉

그게 이렇게 됐다.

명칭 : 스승

장비자 : 프란

종족 : 인텔리전스 웨폰

공격력 : 434   보유 마력 : 2050/2050   내구도 : 1850/1850

마력 전도율 A

자기 진화 〈랭크 8 마석치 3199/3600 메모리 70 포인트 49〉

스킬 : 감정 7, 고속 자기 수복, 염동, 염동 상승【소】, 염화, 공격력 상승

【소】, 장비자 스테이터스 상승【중】, 장비자 회복 상승【소】, 보유 마력 상승【소】, 메모리 증가【중】, 감정 차단, 마수 지식, 스킬 공유, 마술사

스킬의 레벨도 많이 올라갔다. 홉고블린도 아미 비틀도 스킬 레벨이 웬만큼 높았기 때문이다. 숙련도도 많이 획득해서 스킬 레벨이 쭉쭉 올라갔다. 몇 시간 전까지는 레벨 1이었던 바람 마술이 레벨 7에 이르렀으니 말이다. 하루 만에 레벨이 6이나 올라서 나도 놀랐다.

이미 7이었던 검기는 8, 검술은 9가 되었고, 상태 이상 내성은 3, 흙 마술은 5로 올랐다. 그 밖에도 많은 스킬의 레벨이 올랐다.

던전에서 새로 입수한 스킬도 많았다. 특별히 유용해 보이는 건 암흑 마술 1, 마력 장벽 1, 어둠 마술 2, 함정 감지 1, 암흑 강화, 암흑 무효, 자동 마력 회복, 지배 무효 정도였다. 특히 자동 마력 회복은 세트하고 있기만 해도 마력이 회복된다. 효과는 미미하지만 리스크 없이 마력을 회복할 수 있는 건 무척 반갑다.

여기에다 엑스트라 스킬인 스킬 테이커 1까지 얻었다.

자기 진화 포인트를 40이나 입수했지만 쓸데가 너무 많아서 적다고 생각할 정도였다.

일단 검기와 검술 레벨을 올리고 마술 레벨을 올리자. 그리고 암흑 강화를 입수했으니 암흑 마술을 올릴까? 권속 소환이 쓸모가 있다면 레벨을 올려보고 싶은 생각도 든다. 예전에 포기한 순간 재생, 상태 이상 내성. 더 나아가 이번에 입수한 스킬 테이커도 후보에 들어갈 것이다. 여기에 스킬 슈피리어화도 포함될 예정이어서 고민은 끝나지 않았다.

게다가 프란은 레벨이 25가 됐다.

악마와의 싸움에서 녀석을 쓰러뜨린 것만으로 8이나 올랐다.

보통은 파티에 분산될 막대한 경험치가 프란 한 명에게 집중된 것이다.

명칭 : 프란　나이 : 12세

종족 : 수인 · 흑묘족

직업 : 마검사

상태 : 계약

Lv : 25

생명 : 193　마력 : 127　완력 : 140　민첩 : 146

스킬 : 고블린 킬러, 정신 안정, 껍질 벗기기 능력, 불퇴전, 방향 감각, 밤눈

〈NEW〉인섹트 킬러, 데몬 킬러

칭호 : 백전연마, 해체왕, 회복술사, 고블린 킬러, 살육자, 스킬 컬렉터, 화술사, 요리왕

〈NEW〉인섹트 킬러, 초거물 사냥꾼, 던전 공략자, 데몬 킬러

인섹트 킬러 : 동일한 전장에서 곤충 계열 마수를 3백 마리 이상 해치운 자에게 내려지는 칭호. 스킬 인섹트 킬러 획득.

초거물 사냥꾼 : 압도적인 강자에게 단신으로 도전해 이긴 자에게 내려지는 칭호. 생명 20 상승, 모든 스테이터스 5 상승, 성장 속도 약간 상승.

던전 공략자 : 던전 마스터를 살해하거나 던전 코어를 파괴하면 내려지는 칭호. 던전 안에서 생명과 마력의 자동 회복 속도가 상승.

데몬 킬러 : 악마를 해치운 자에게 내려지는 칭호. 스킬 데몬 킬러 획득.

초거물 사냥꾼? 치트 칭호가 또 나왔구나. 백전연마와 맞먹는 강력한 칭호였다. 덕분에 프란의 스테이터스가 비정상적으로 변했다.

이제 드나드론드와 정면으로 맞설 수 있을 것이다. 프란! 무서운 녀석!

아니, 다 내 탓이기는 하다.

프란은 의욕이 넘치는 편이니 자만하지 않고 앞으로 더욱 위험한 곳으로 가기를 원할 가능성이 있다. 나도 정신을 더욱 바짝 차리고 프란을 지원해야겠어!

그러기 위해서도 스킬의 레벨을 올리는 게 급선무다.

『저기, 프란은 어떤 스킬의 레벨을 올리고 싶어?』

'검기와 검술.'

『그렇겠지.』

이번에 느꼈는데, 마술은 실력이 자신보다 뛰어난 상대에게 효과를 거두기 어렵다. 하지만 검이라면 불리한 국면도 역전할 수 있는 기회가 있다. 높은 마력 전도율과 뛰어난 마력 보유량을 자랑하는 내가 있기 때문이다.

『일단 검기와 검술을 올린다?』

"응."

『좋아, 해볼까.』

네, 했습니다.

자기 진화 포인트를 6 소비해 검기 10, 검술 10으로.

〈검기가 10에 도달했습니다. 검성기 1이 스킬에 추가됩니다〉

〈검술이 10에 도달했습니다. 검성술 1이 스킬에 추가됩니다〉

〈검술과 검기가 10에 도달했습니다. 속성검 1이 스킬에 추가됩니다〉

검성기와 검성술은 알겠는데 속성검?

아무래도 검에 마술 속성을 일정 시간 부여할 수 있는 모양이다. 써보지 않으면 잘 모르겠다.

그럼 나머지는 어떻게 할까?

역시 신경 쓰이는 건 스킬 테이커다.

스킬 테이커 1 : 대상이 가진 희귀도 1 이하인 동시에 레벨 1인 스킬을 하나 선택해 50퍼센트의 확률로 빼앗는다. 동일한 대상에게는 한 번만 사용 가능하다. 스킬을 다시 사용하려면 하루가 필요하다. 사정거리는 스킬 레벨×1미터.

스킬의 희귀도란 말이지. 감정의 레벨이 부족해서 그런지 지금까지 희귀도가 표시된 적은 없는데.

이게 있으면 스킬 수집이 보다 순조로워질 것이다.

게다가 상대의 스킬을 봉인할 수 있다면 전투도 보다 편해진다. 무엇보다 지금까지 손을 대지 못했던 마석이 없는 상대——다시 말해 인류종에게서도 스킬을 얻을 수 있다.

문제는 동일한 대상에게는 한 번밖에 쓸 수 없다는 점이다. 실패하면 그 녀석에게는 평생 스킬을 빼앗을 수 없게 되니 말이다.

성공률 50퍼센트라……. 안정적으로 빼앗을 수 없는 점이 좀 두렵다. 전술에 넣기에도 미묘한 성공률이고.

어떻게 할까. 아니, 나는 이미 완전히 흥미가 끌렸다.

프란은 어떨까.

『이봐, 스킬 테이커 말인데——.』

나는 프란에게 대강 설명했다.

'좋을 거 같아.'

『그래?』

'엑스트라 스킬이니까 분명 엄청 강할 거야.'

『좋았어, 그럼 레벨 올린다.』

말씀대로 하겠습니다.

일단 2로 올려봤다.

스킬 테이커 2 : 대상이 가진 희귀도 2 이하인 동시에 레벨 2 이하인 스킬을 하나 선택해 60퍼센트의 확률로 빼앗는다. 동일한 대상에게는 한 번만 사용 가능하다. 스킬을 다시 사용하려면 이틀이 필요하다. 사정거리는 스킬 레벨×1미터.

이럴 수가, 2에 60퍼센트? 조, 좋아, 좀 더 올리자!

엑스트라 스킬의 레벨을 올리는 데는 1 레벨에 3 포인트가 필요하다. 남은 자기 진화 포인트가 16까지 줄었지만 후회하지 않는다.

스킬 테이커 10 : 대상이 가진 희귀도 10 이하인 동시에 레벨 10 이하인 스킬을 하나 선택해 100퍼센트의 확률로 빼앗는다. 동일한 대상에게는 한 번만 사용 가능하다. 스킬을 다시 사용하려면 18일이 필요하다. 사정 거리는 스킬 레벨×1미터.

다시 사용하려면 18일이나 기다려야 하는 건가. 쓸 시기를 잘 따져봐야겠군. 뭐, 우리 같은 경우에는 나와 프란이 모두 쓸 수 있으니 기회가 두 번 있다. 일반적인 경우보다는 마음 편히 쓸 수 있겠지.

그리고 희귀도 10이 어느 정도 수치를 나타내는지 조사해야 한다.

감정의 레벨을 올릴까? 혹시 엑스트라 스킬이나 유니크 스킬도 빼앗을 수 있다면 어처구니가 없을 만큼 강하다. 솔직히 말해서 치트다.

바로 써보고 싶다.

다만 주위에는 아군밖에 없다. 산적이라도 안 나오려나?

모험가 집단에게 달려드는 산적이 있을 리가 없겠지만 말이다.

결국 아무 일도 없이 길드에 도착했다.

길드는 시끌벅적했다.

승리한 기쁨과 길드로부터 받을 보수 때문에 모두의 얼굴도 밝았다.

"아가씨는 잠깐 이리 와줘."

"응."

프란이 드나드론드에게 이끌려 길드 마스터의 방으로 향했다.

하지만 주위에 있던 모험가들은 놀라지 않았다.

프란을 최대 공로자로 여기고 있기 때문이다.

이런저런 소문을 듣고 프란의 실력에 회의적이었던 모험가들도 오늘의 활약으로 알았을 것이다.

"좋겠군, 분명 보너스를 받겠지."

"엄청난 공훈을 세웠으니 어쩔 수 없지."

"나도 구해줬어."

"어떻게 하면 저 나이에 저렇게 강해질 수 있는 거지?"

"괴물이야, 괴물."

"우리 파티에 들어와 주지 않으려나."

"하아 하아, 귀여워 프란."

호의 50퍼센트, 질투 40퍼센트, 혐오 10퍼센트 정돈가.

그런데 마지막 녀석, 좀 무섭잖아!

"아아, 프란 씨. 기다리고 있었습니다."

"응."

"우선 감사 인사를 드리죠. 당신 덕분에 피해가 적게 끝났습니다. 그 정도 던전에 악마가 있었을 줄이야……. 착실하게 공략했으면 사망자는 더 늘어났겠죠."

가볍게 감사 인사를 하며 말을 시작했지만 그 눈은 웃고 있지 않았다.

이 사람은 드나드론드와 달리 방심할 수 없구나. 아직도 이쪽을 의심하고 있는 느낌이다.

"솔직히 혼자 빠져나가면 곤란하지만, 이번에는 그 덕분에 도움을 받았으니 명령을 어긴 일은 불문에 부치겠습니다."

다양한 요소를 저울에 잰 결과, 일단 문책하지 않기로 했나 보다.

"당신이 쓰러뜨렸다는 악마의 시체를 봤습니다."

드나드론드가 보여줬을 것이다.

"솔직히 말해서 그건 위협도 B의 개체였습니다. 그걸 당신 혼자서 쓰러뜨린 겁니까?"

"응."

"그게 사실이라면 당신은 랭크 A에 상당하는 실력이 있다는 뜻이 됩니다."

실력을 평가받는 건 기분 좋지만, 섣불리 랭크 A로 인정받아서 위험한 의뢰에 배정되는 것도 곤란하다.

"운이 좋았어."

"호오? 무슨 뜻이죠?"

그래서 이 부분은 진실을 말하기로 했다.

"그렇군요. 던전 마스터를 노린 견제에 기습을 당했다라⋯⋯."

"던전 마스터가 바보였어."

"그래도 바로 죽지 않았던 것만으로도 충분히 이상합니다. 그리고 그 악마의 시체 말입니다만⋯⋯."

"?"

"치명상이 된 심장 공격. 강인한 마력 장벽을 뚫고 악마를 쓰러뜨릴 수 있는 자가 얼마나 된다고 생각합니까?"

"글쎄?"

"허어⋯⋯. 그건 뭐, 상관없겠죠. 그럼 본론입니다."

역시 한 소리 하려는 건가.

"악마의 마석은 어떻게 됐습니까?"

"소멸했어."

"⋯⋯저만한 개체입니다. 마석은 굉장히 유용합니다. 나라에서 탐낼 수준입니다."

"응."

"정말 없는 겁니까?"

"이미 이 세상에는 존재하지 않아."

내가 흡수했으니 말이다.

"허어. 알겠습니다. 믿도록 하죠."

거짓말은 하지 않았으니 일단 넘어간 건가?

그렇게 안심한 그때였다.

"기다려! 그렇게 넘어갈 생각이냐!"

방문을 세차게 열고 누군가가 난입했다.

길드 마스터의 방에 난입한 건 은 갑옷을 걸친 데다 살이 뒤룩뒤룩 쪄서 건강해 보이지 않는 남자였다.

누구지? 본 적이 없는데.

그리고 기척도 전혀 못 느꼈는데……. 아아, 장비 덕분인가.

명칭 : 오귀스트 알산도　나이 : 29세

종족 : 인간

직업 : 전사

상태 : 평상

Lv : 30

생명 : 108　마력 : 99　완력 : 52　민첩 : 45

스킬 : 연기 1, 가창 1, 기승(騎乘) 1, 기만 1, 궁정 작법 4, 검술 1, 산술 1,

사교 2, 독 내성 1, 독 지식 2, 약초학 2

유니크 스킬 : 허언의 이치 5

칭호 : 자작, 알레사 기사단 부단장

장비 : 미스릴 롱소드, 은철로 만든 전신 갑옷, 적사자의 망토, 기적 차단의 반지

뭔가 언밸런스하네.

레벨이 30이나 되는데 그에 비해 스테이터스 수치는 낮았다. 랭크 E 모험가 정도 수준인가.

게다가 스킬이 너무 조악했다.

사교 따위가 있는 건 귀족이기 때문이겠지.

하지만 검술 1은 기사인데 너무 낮은 거 아닌가? 더구나 직함은 부단장인데.

"넘어갈 생각이라니, 무슨 말씀이십니까? 오귀스트 공."

"말 그대로야. 악마의 마석이다. 그쯤 되는 물건을 그 계집애가 독점하게 둘 리가 없잖나!"

"무슨 말씀을 하시나 했더니. 이번 토벌에서는 스스로 쓰러뜨린 마수의 소재는 그 사람 자신이 획득할 권리가 있습니다. 악마를 쓰러뜨린 그녀가 마석을 얻는 건 정당한 권리. 오히려 소재를 길드에 환원했으니 이쪽으로서는 질책할 이유가 전혀 없습니다."

"주절주절 떠들기는. 홉고블린 정도 소재라면 얼마든지 주지. 하지만 악마의 소재처럼 랭크가 높은 소재는 하급 모험가에게 결코 넘길 수 없어."

결국 생각보다 굉장한 소재가 나왔으니 이제 와서 주기가 아깝다, 이건가?

"그 계집애, 독단 행동을 했다지 않나. 명령 위반의 죄가 있어!

그런 자에게 정당한 보수를 받을 권리가 있는 건가?"

"휴우. 명령 위반을 죄로 물어야 한다면 대부분의 모험가가 대상이 됩니다. 그런 자리에서 독단 행동을 하는 모험가가 나오지 않는 경우가 드물기 때문입니다. 오히려 명령이나 규칙을 위반한 적이 없는 모험가가 있다면 보고 싶군요."

"어차피 저급한 자들이란 건가."

"뭐, 예의가 바른 기사단 분들과 달리 거친 인종이 모여 있으니까요."

길드 마스터의 눈은 전혀 웃지 않고 있다. 살기마저 느껴졌다.

오히려 그걸 전혀 알아차리지 못하는 이 돼지 귀족에게 감탄했다. 얼굴 가죽이 너무 두꺼워서 둔감해진 건가?

"흥. 좋은 걸 하나 가르쳐주지. 그 계집애는 거짓말을 하고 있어."

움찔.

이 녀석의 유니크 스킬인가

> 허언의 이치 : 대상의 말 속에 포함된 거짓말을 간파한다. 자신의 거짓말을 다른 이가 간파하기 어렵게 한다. 자신의 거짓말을 다른 이가 믿기 쉬워진다.

사기꾼이나 독재자, 교주 정도에게 알맞은 스킬이다.

그런데 이 정도 유니크 스킬을 가지고 있는데 지방 기사단의 부단장? 판타지 소설에 등장하는 밉상 같은 역할인가? 스케일이 작아!

쓰기에 따라서는 엄청나게 큰일을 할 수 있을 법한 스킬인데…….

아무리 우수한 스킬이라도 사용자가 쓰기 나름이라는 말의 견본이로군.

우리는 마구 추궁당하고 있지만 말이다.

하지만 다음 말은 나의 예상을 뛰어넘는 것이었다.

"마석은 소멸했다고 했지만 그건 거짓말이야. 어딘가에 숨겨두고 있는 게 틀림없어."

응? 아니, 그건 거짓말이 아닌데? 소멸했다는 건 진짜야.

"……설령 그렇다고 해도 마석의 소유권은 그녀에게 있습니다."

"아니, 이런 자리에서 허위로 신고한 걸 용서할 수 없어. 그 밖에도 뭔가 숨기고 있을지도 모르네."

"정말 소멸했어."

"또 거짓말을 하는군."

무슨 소리를 하는 거지?

허언의 이치가 있으니까 거짓말이 아니라는 걸 알고 있을 텐데.

아니, 그렇구나. 이 녀석이 허언의 이치를 가지고 있다는 사실은 유명할 것이다.

그래서 이 녀석이 거짓말을 한다고 말하면 거짓말쟁이로 몰린다.

그 점을 이용해서 프란을 함정에 빠뜨리려고 하는 것이다.

"응?"

『프란, 한동안 말하지 마.』

'알았어.'

그럼 어떻게 해줄까.

"여기는 공적인 자리가 아닙니다. 그녀에게는 어디까지나 사적으로 이야기를 듣고 있습니다. 그런 자리에서 농담 좀 했다고 책망하는 법률은 없다고 생각합니다만."

귀족을 싫어하는 일념 때문인지 묘하게 감싸주고 있군. 고맙긴하다. 힘내, 길드 마스터.

"귀족인 내게 거짓말을 한 거야. 어떤 자리든 그건 죄지."

"다시 한 번 말씀드리겠습니다만, 농담을 한 정도로 죄가 되는 줄은 몰랐습니다."

"아무튼! 이 계집애는 신용할 수 없어. 듣자하니 출신지조차 알수 없다고 하지 않나! 타국의 간첩일지도 몰라. 모든 소지품을 기사단으로 공출하게. 짐을 검사하지. 그러면 오늘의 무례는 불문에 부쳐주지."

뭐어? 이 녀석 무슨 소릴 하는 거지? 공출이라고? 그럴싸한 협박이잖아. 따를 거라고 생각하나?

"무슨 소리를 하시는 겁니까!"

"애초에 너희 모험가 길드는 우리 기사단을 무시하고 고블린을 토벌하지 않았나. 어차피 우리 정예 기사단에 이익을 빼앗기는게 싫어서겠지. 천한 모험가에게 어울리는 행동이야. 악마의 소재를 넘기면 그것도 불문에 부쳐주지."

"네에? 우리는 기사단에도 연락을 넣었습니다. 토벌을 실시할일시도 제대로 전했을 겁니다."

"흥, 거짓말 하지 마라! 아무튼 이번에 얻은 이익의 절반, 악마의 소재 전부, 그 계집애의 짐을 넘겨."

"이익의 절반? 악마의 소재 전부? 아무 일도 안 한 기사단에 그걸 넘길 이유가 없습니다만."

"우릴 무시하고 무슨 소리를 하는 거냐! 너희 모험가 놈들이 눈앞의 욕심에 눈이 멀어 도시의 수비를 등한시하고 고블린들의 소굴로 향한 동안 우리가 도시의 치안을 지켰단 말이다!"

"큭. 꽁무니를 빼느라 아무도 참가하고 싶어 하지 않아서 이쪽의 요청을 무시한 주제에."

"무슨 말 했나?"

"아니, 아무 말도 안 했습니다."

그런 거로군.

홉고블린이 무서웠던 기사단은 토벌 참가 요청을 억지로 무시했다.

하지만 모험가 길드만으로 실시한 토벌이 생각보다 적은 피해로 엄청난 이익을 거두자 이제 와서 그 이익을 탐낸 거겠지.

천박한 건 어느 쪽이야.

"이봐, 먼저 그 검부터 넘겨. 상당히 예리한 검 같은데, 어디서 훔친 거지? 솔직히 말해."

빌어먹을 돼지 귀족 녀석이 다가왔다.

'벨까?'

『기다려, 좀 더 상황을 지켜보자.』

나 역시 사실은 베고 싶었다.

"기사단에 길드에 대한 명령권은 없습니다. 그래도 귀족은 우리에게 명령하겠다는 건가요? 모험가가 목숨 걸고 얻은 이익의 태반을 내놓으라고?"

"당연한 권리다."

이 자식, 단언했어.

그러자 길드 마스터에게서 무시무시한 살기가 솟구쳤다.

우와아. 이만큼 화가 났는데도 용케 손을 대지 않고 참을 수 있구나.

그러기는커녕 표면상으로는 싱긋 웃고 있고. 조금 존경스러워, 길드 마스터.

"우선 계약서에 사인을 해. 자, 여기에 네놈의 이름을 넣으면 소재의 인도가 수리된다."

"그건 기사단 전체의 뜻입니까? 단장님도 아시는 거죠?"

"······당연하다."

"그럼 문의를 드려도 괜찮겠습니까?"

"뭐? 그런 건 할 필요 없잖아."

"그걸 정하는 건 접니다."

왠지 형세가 바뀌었군.

"문의를 드리는 데 무슨 문제라도 있으신가요?"

"웃기지 마라! 내가 거짓말을 하고 있다는 거냐! 부, 불쾌하군. 오늘은 이만 돌아가지!"

우와아. 완벽하게 핵심을 찌른 느낌이다. 초조해하는 게 훤히 보였다.

포인트 벌기인지 착복해서 이익을 탐하기 위해선지는 몰라도 아무튼 단장이란 녀석의 허락 없이 온 건 확실하겠지.

『좋아, 이 녀석에게 시험해보자.』

무엇을? 스킬 테이커를 말이다.

마침 유니크 스킬을 가지고 있다.

'나도 하고 싶어.'

『그래. 우선 내가 시험해볼게.』

대상은 물론 유니크 스킬이다. 그런데 이 스킬은 감정이 없으면 처음 보는 상대에게는 쓰기가 어렵다.

그 악마는 감정을 가지고 있지 않았다. 뽑기를 뽑는다는 말을 했는데, 스킬 구성이 미묘하게 이상했던 건 그 탓인 걸까? 초기 스킬이 랜덤이었다든가.

아니면 던전 마스터가 감정을 붙여주는 걸 잊었나? 음, 그 마스터라면 그럴 법하다.

"또 오지!"

이런, 봉이 돌아간다.

『간다. 스킬 테이커!』

──잘 먹혔구나. 이 스킬은 상대도 모르게 사용할 수 있다는 점에서 강하다고 할 수 있었다.

스킬을 몰래 훔쳤다.

허언의 이치 5가 손에 들어왔다. 유니크 스킬은 훔칠 수 있는 모양이다.

이 스킬의 진정한 위험성은 스킬 레벨을 그대로 훔칠 수 있다는 점에 있을 것이다.

레벨이 높은 스킬을 빼앗으면 갑자기 숙련자가 된다.

결점은 세트 스킬이 아니라 어디까지나 내 스킬로 등록되기 때문에 프란과 공유할 수 없다는 것일까.

반대 경우도 당연히 성립한다. 경우에 따라 어느 쪽이 쓸지 골라야겠군.

"스킬 테이커."

프란이 나에 이어 작은 목소리로 중얼거렸다. 이것도 당연히 성공했다.

가장 레벨이 높은 궁정 작법 4를 빼앗았다.

큭큭큭, 중요한 스킬이 없어진 걸 눈치채고 쩔쩔매보라고!

'스승, 해냈어.'

『그래. 대성공이야.』

'이제 베어버릴까?'

『뭘 그렇게 자꾸 베겠다는 거야. 왜 그렇게 베고 싶어 해?』

'저 녀석이 재수 없으니까.'

우리 애가 점점 위험해져가는 느낌이 들었다.

입수한 궁정 작법의 효과로 정숙하게 만들 수는 없나? 아니, 무리겠지.

"휴우. 죄송하게 됐습니다."

"저건 누구야?"

"대귀족의 아들이자 알레사 기사단의 부단장인 인물입니다. 지위를 돈으로 산 속물이지만 집안이 좋아서 대하기가 까다롭습니다. 일 년 전쯤에 부임한 이래로 일이 있을 때마다 신분을 내세워서 도시 전체가 싫어합니다. 뭐, 길드에 이렇게 어처구니없는 태도로 나온 건 처음입니다만."

"기사단에 따질게."

"무리입니다. 대개는 부모가 묵살하고 있으니까요. 그래서 저렇게까지 멍청하게 자란 모양입니다. 게다가 허언의 이치라는 거짓말을 간파하는 스킬을 가지고 있어서 함부로 다룰 수도 없습니다."

"잔챙이인데 부단장? 돈이 있으면 돼?"

"그건 나라에 문의해보세요. 그리고 잔챙이는 잔챙이지만 레벨은 웬만큼 높습니다. 귀족에게는 종종 있는 일인데, 강한 기사와 파티를 맺어 마물을 사냥해 레벨만 올리는 겁니다."

실제로 버스를 태워주는 건가.

그래서 전투 계열 스킬은 성장하지 않았구나.

전투 경험은 없는 주제에 겉보기에는 레벨 30인 기사인 것이다.

"다음에 오면 날려버릴 거야."

"가능하면 말리고 싶군요. 괜찮습니다. 부단장은 저렇게 멍청합니다만 단장은 이야기가 통하는 분이니까요. 이야기를 전하면 한동안 얌전해질 겁니다."

"그럼 됐어."

"부탁합니다. 당신이 손을 대면 피해는 우리에게까지 미치니까요."

결국 댁들을 위해서냐!

뭐, 이 사람과의 경우, 끈끈한 관계보다 기브 앤드 테이크 쪽이 신용할 수 있을 것 같긴 하다.

"다시 한 번 악마의 소재를 제공해준 걸 감사드립니다. 덕분에 우리 길드도 무척 풍족해졌습니다."

"응."

"그런데 마석은 정말 가지고 있지 않은 겁니까?"

길드 마스터 너도냐!

"농담입니다."

"위험했어."

"뭐가 말입니까?"

"손이 나갈 뻔했거든."

"하하하하. 그거 무서운 소리군요. 그럼 부디 녀석은 조심하세요. 거짓말 간파 스킬을 악용해서 다른 사람을 태연히 함정에 빠뜨리는 남자입니다."

"괜찮아."

"그렇습니까. 당신이 그렇게 말한다면 상관없습니다만······."

"이제 가도 돼?"

"네, 감사합니다. 아, 잠깐만요."

"응?"

"접수처에서 랭크를 올리세요. 서류는 이미 통과됐습니다."

"또?"

"네. 당신이 또다시 터무니없는 성과를 올렸으니까요. 악마를 단독으로 격파한 모험가를 랭크 F라고 소개할 수는 없습니다. 일단 랭크 D로 올리겠습니다."

"E가 아니라?"

"원래는 C로 올리고 싶었지만 역시 다른 지부의 승인을 얻지 못했습니다."

그것도 그렇다. 이제 막 모험가가 된 소녀가 단독으로 랭크 B의 악마를 격파했다? 무슨 모험 소설도 아니고.

오히려 D로 오른 것만 해도 감지덕지다.

"알았어. 접수처로 갈게."

"잘 부탁합니다. 거기서 보수도 지불하겠습니다. 보너스도 넣었습니다."

"응."

접수처에서 랭크 상승에 관한 이야기를 하자 다른 모험가들이 소란을 피웠다.

듣자하니 이 길드에서 승급이 가장 빠르다고 한다.

실질적으로 등록한 지 사흘이 됐으니 말이다.

모험가들의 이야기를 들어보니 랭크가 올라가느냐 마느냐로 내기를 한 모양이다. 그런데 등급이 두 단계나 오르는 바람에 예상을 뒤엎는 엄청난 결과가 나온 듯했다.

오히려 그쪽 소란이 더 컸다.

"하하! 아가씨 덕분에 잔뜩 벌었어!"

"젠장! 난 엄청 잃었다고!"

"와하하하."

"어때, 한 잔 사줄까?"

"멍청아, 이런 조그만 애가 술을 마실 수 있겠냐!"

"잘 마실게."

"오! 그래?!"

"그럼 사과 주스라도 사줄까!"

그렇게 해서 프란의 모험가 랭크는 D로 올랐다.

랭크 D인가. 이제 어엿한 중견 모험가다.

오늘 일로 생각을 해봤는데, 어느 시기에 모험가들에게 나에 대해 밝히는 편이 낫지 않을까? 앞으로 비슷한 일이 있을지도 모른다.

랭크 D의 모험가라면 조금 별난 마검을 들고 다녀도 이상하지 않을 것이다.

마석을 흡수해서 강해지는 검. 그 정도는 밝혀두는 편이 프란도 편할 테다.

다만, 인텔리전스 웨폰이란 점은 어떨까……. 다음에 가르스 영감에게 상담해볼까.

뭐, 악마의 마석은 프란이 몰래 가지고 있다고 생각하는 녀석이 대부분일 테니 문제는 없을 것이다. '숨기고 있다'가 '검으로 흡수했다'로 바뀌는 것뿐이다.

그렇게 생각하면 악마의 소재를 길드에 환원해서 다행일지도 모른다.

그 덕분에 모두에게 보너스가 나왔다고 한다.

그러면 오늘 술은 우리가 살까. 이렇게 소소하게나마 친분을 쌓는 것도 중요하니까.

"역시 오늘은 내가 낼게."

"무슨 소리야! 이런 꼬맹이한테 얻어먹을까보냐!"

"괜찮아. 보너스가 나왔어."

"오오. 배포가 두둑한데!"

"안 두둑해."

"크하하, 재미있는 아가씨잖아!"

"좋아, 잃은 만큼 마셔서 만회해볼까!"

"와하하하하!"

결국 10만 골드나 마실 줄이야…….

에필로그

프란은 잠들었나.

술은 마시지 않았을 텐데……. 오늘은 격전을 벌였으니 당연한가.

악마는 강했다. 정말 지는 줄 알았다.

악마뿐만이 아니다. 몇 개월 전까지는 단순한 회사원이었던 내가 마수를 상대로 싸우고 있다. 믿을 수 있겠어?

혼잣말을 하며 새삼 깨달았는데, 내가 이 세계로 전생한 지 벌써 몇 개월이 지났나…….

시간이 순식간에 흘렀다. 그런 짧은 기간 동안에 마수와 얼마나 싸웠는지.

고블린을 비롯해 레서 와이번이나 슬라임, 타이런트 사벨 타이거에 홉고블린.

만약 그대로 인간이었다면 처음에 만난 고블린에게 죽었겠지.

검으로 전생해서 처음에는 당황하기만 했지만, 지금은 나쁘지 않다고 생각하기 시작했다.

지구에서라면 절대로 손에 넣을 수 없는, 이야기 속에만 존재하는 마법이나 초능력.

그 힘을 휘두르는 자신.

그리고 프란과의 만남.

만난 지 아직 5일밖에 지나지 않았다는 것을 믿을 수가 없다.

그만큼 농밀하고 인상 깊은 5일이었던 거겠지.

프란을 노예에서 해방시키고, 고갈의 숲을 돌파하고, 모험가가 되어 여러 사람들을 만나고, 고블린 무리를 상대로 결사의 수행을 하고, 홉고블린이 득실대는 던전을 돌파. 마지막으로 악마와 던전 마스터와 사투를 벌였다.

음, 농밀하다고 할 수준이 아니었군.

이벤트를 얼마나 겪은 거야.

하지만 이만큼 충실한 5일도 없었다.

검인데 살아 있는 실감이 난다고 말하는 게 이상할지도 모르지만, 인생에서 이 5일 만큼 그런 감각을 느낀 적은 없었을 것이다.

"응……."

『프란?』

몸을 뒤척인 것뿐인가.

나는 염동으로 프란의 모포를 살며시 고쳐주었다.

자는 얼굴이 귀엽다.

아니, 나는 로리콤이 아니다.

물론 프란은 미소녀이긴 하다.

약간 곱슬인 검은 머리도, 흰 피부도, 복슬복슬한 고양이 귀도 모두 귀엽다.

하지만 그런 감정은 아니다.

오히려 보호자로서 느끼는 애정에 가깝다. 이게 아버지의 감정인지, 검으로서 장비자에게 느끼는 호의인지는 스스로도 알 수 없지만 말이다.

새근거리며 자는 프란을 보고 있으면 무조건 지켜주고 싶다는 생각이 든다.

고작 5일.

그 짧은 시간에 이제 프란과 떨어진다는 상상조차 할 수 없게 됐다.

지금 지구로 돌려보내준다고 해도 나는 분명히 거절할 것이다.

그만한 경험을 이세계로 전생하고 보낸 몇 개월 동안에, 그리고 프란과 보낸 5일 동안에 얻었다.

『이세계라…….』

숙소의 창문으로 밤하늘을 올려다봤다.

거대한 은빛 초승달을 둘러싸듯이 달 네 개가 빛나고 있었다.

이 광경을 볼 때마다 이세계에 왔다는 것을 실감했다. 이 세계 야말로 지금의 내 현실이라는 것을.

그리고 새삼 결의했다.

『프란과 함께 이 세계에서 앞으로 계속 나아가겠어.』

작가의 말

안녕하세요, 타나카 유라고 합니다.

처음 뵙는 분도, 인터넷에서 연재할 때부터 읽어주시던 분도 이 책을 선택해주셔서 감사합니다.

인터넷에서 이미 책을 사신 분은 친구와 지인에게 추천해주세요.

서점에서 서서 읽는 중이라는 분. 지금 바로 계산대로 가져갑시다. 모든 일은 거기서부터 시작됩니다!

이 소설은 WEB소설 투고 사이트 '소설가가 되자'에 투고한 작품을 수정한 겁니다.

쓰기 시작했던 당초에는 설마 책으로 나온다고는 생각도 하지 않았습니다.

농담으로 친구에게 "책으로 나오면 사인해줄게"라고 말하기도 했었죠.

아니, 사이트 이름이 소설가가 되자라서 의식은 하고 있었습니다.

소설가는 옛날부터 꿈이었고, 되기 위해서 노력을 한 적도 있습니다.

실제로 꿈에 가까워졌던 적도 있습니다. 뭐, 결국 잘 풀리지는 않았지만요.

그런 때 만난 것이 소설가가 되자였습니다.

여기라면 책으로 내지 않아도 여러 사람들에게 나의 작품을 읽게 할 수 있고, 감상도 얻을 수 있을 것 같다. 책으로 나오는 건 무리겠지만 실력을 갈고닦기에는 제격이지 않을까?

첫 투고 때는 그렇게 가벼운 마음이었습니다.

처음에는 독자가 전혀 늘지 않아서 완전히 취미 수준이었고요.

제가 쓴 소설을 읽게 하고 독자들이 올려준 감상에 일희일비했습니다. 그리고 비난을 받으면 낙담했습니다.

그러던 것이 어느새 독자 수가 조금씩 늘어 상위 랭킹에 올라가자 '어쩌면……' 하고 생각하게 됐습니다.

그리고 염원하던 책이 나왔습니다.

"내 직업은 소설가야!"라고 말할 정도의 자신은 아직 없습니다만, 앞으로도 작품을 계속 쓰겠다고 생각할 정도의 자신은 붙었습니다.

지금은 소설가가 되자에 투고해서 정말 다행이라고 생각하고 있습니다.

마지막으로 감사의 말씀을 드립니다.

이런 저의 보잘 것 없는 작품을 평가해주시고 상을 주신 마이크로 매거진 사와 끈기 있게 함께 수정해주신 편집자 I 씨. 저는 이제 출판사 쪽으로 발 뻗고 자지 않습니다.

최고로 귀여운 일러스트를 그려주신 Llo 님. 프란이 너무 귀여워서 저는 기절할 뻔했습니다.

책으로 나올 계기를 마련해준 소설가가 되자.

힘들 때 응원해준 고향 친구나 직장 동료들.

또 출판에 관련된 모든 분들.

그리고 이 소설을 인터넷에 투고할 때부터 계속 응원해주신 독자 여러분.

진심으로 감사드립니다.

그럼 2권에서 또 뵙죠.

마지막까지 읽어주셔서 감사합니다.

TENSEI SITARA KEN DESITA Vol. 1
©2016 by Tanaka Yuu
First published in Japan in 2016 by Tanaka Yuu
Korean translation rights reserved by Somy Media, Inc.
Under the license from Micro Magazine Co., Ltd., Tokyo JAPAN

전생했더니 검이었습니다 1

2022년 9월 15일 1판 7쇄 발행

저　　자	타나카 유
일러스트	Llo
옮 긴 이	신동민
발 행 인	유재욱
본 부 장	조병권
담당편집자	박치우
편집 1팀	김준균 김혜연 박소연
편집 2팀	정영길 조찬희 박치우 정지원
편집 3팀	오준영 곽혜민 이해빈
미　　술	김보라 박민솔
라 이 츠	맹미영 이승희 이윤서
디 지 털	박상섭 김지연
물　　류	허석용 백철기
발 행 처	㈜소미미디어
등　　록	제2015-000008호
제 작 처	코리아피앤피
주　　소	서울시 마포구 토정로222, 403호(신수동, 한국출판콘텐츠센터)
판　　매	㈜소미미디어
영　　업	박종욱
마 케 팅	한민지 최원석 최정연
전　　화	(02)567-3388, Fax (02)322-7665

ISBN 979-11-5710-609-7 04830
ISBN 979-11-5710-608-0 (세트)